Über dieses Buch

Fjodor M. Dostojewskijs berühmte Erzählung aus dem Jahre 1864 signalisiert bereits im Titel die Vielschichtigkeit dieses Meisterwerks, das Friedrich Nietzsche »einen wahren Geniestreich der Psychologie« nannte. Die ›Aufzeichnungen aus dem Untergrund‹ sind nur vordergründig der Bericht eines vierzigjährigen Ich-Erzählers aus einem »Raum unter dem Fußboden« – einem Keller oder einem Versteck –, sie sind weit eher ein merkwürdiger Monolog aus dem geheimen Untergrund einer Menschenseele.

Von höchster Intelligenz, jedoch in Beruf und privaten Beziehungen gescheitert, verweigert sich Dostojewskijs namenloser Erzähler der Fortschrittseuphorie des beginnenden Industriezeitalters, stemmt sich verbittert gegen die völlige Zerstörung seiner Person und will »diese ganze Vernünftigkeit mit einem Fußtritt davonjagen«. Auf seinem freiwilligen Rückzug in das Reich der Verrücktheit, des Widersinns und der sorgsam kultivierten Kränkungen kündigt der Räsoneur des Untergrunds so wichtige Strömungen der Moderne wie Dekadenz, Kulturpessimismus und Surrealismus an.

Literatur · Philosophie · Wissenschaft

Fjodor M. Dostojewskij

Aufzeichnungen aus dem Untergrund

Eine Erzählung

Deutscher Taschenbuch Verlag

Vollständige Ausgabe.
Aus dem Russischen übertragen von E. K. Rahsin.
Mit einem Nachwort von Rudolf Neuhäuser,
einer Zeittafel, Literaturhinweisen und Anmerkungen.

Titel der Originalausgabe:
›Zapiski is Podpol'ja‹ (Petersburg 1864)

Von Fjodor M. Dostojewskij
sind im Deutschen Taschenbuch Verlag erschienen:
Der Idiot (2011)
Schuld und Sühne (2024)
Die Dämonen (2027)
Die Brüder Karamasow (2043)
Der Jüngling (2054)
Der Spieler (2081)
Das Gut Stepantschikowo und seine Bewohner (2104)
Erniedrigte und Beleidigte (2119)
Aufzeichnungen aus einem toten Hause (2141)
Drei Erzählungen (dtv zweisprachig 9054)
Der Großinquisitor (dtv zweisprachig 9174)

Juli 1985
Deutscher Taschenbuch Verlag GmbH & Co. KG, München
© 1977, 1980 R. Piper & Co. Verlag, München
Umschlaggestaltung: Celestino Piatti
unter Verwendung einer Zeichnung von
Alfred Kubin (© 1977 Spangenberg Verlag, München)
Gesamtherstellung: C. H. Beck'sche Buchdruckerei,
Nördlingen
Printed in Germany · ISBN 3-423-02154-3

Natürlich sind beide, sowohl die Aufzeichnungen als auch die Gestalt ihres Verfassers, von mir erdacht. Nichtsdestoweniger kann es nicht nur, sondern muß es sogar solche Erscheinungen, wie den Verfasser derartiger Aufzeichnungen, in unserer Gesellschaft geben, wenn man die Verhältnisse in Betracht zieht, unter denen sich unsere Gesellschaft überhaupt hat herausbilden können. Ich habe hier einen der Charaktere der jüngstvergangenen Zeit etwas deutlicher dem Publikum vor Augen führen wollen, als es sonst üblich ist. Es handelt sich also um einen der Vertreter dieser Generation, die ihre Zeit jetzt gerade noch zu Ende lebt. Im vorliegenden ersten Bruchstück, „Der Untergrund" betitelt, versucht dieser Eine zunächst, uns mit sich und seinen Ansichten bekannt zu machen, und scheint gleichsam die Gründe erklären zu wollen, warum er in unserer Mitte aufgetaucht ist und sogar hat auftauchen müssen. Erst im nächsten Bruchstück, „Bei nassem Schnee", folgen dann die eigentlichen „Aufzeichnungen" dieses Verfassers über einige Begebenheiten in seinem Leben.

F. M. Dostojewskij[1]

DER UNTERGRUND

I

Ich bin ein kranker Mensch ... Bin ein schlechter Mensch. Bin ein abstoßender Mensch. Ich glaube, ich bin leberleidend. Übrigens habe ich mir von meiner ganzen Krankheit noch nie auch nur die geringste Vorstellung machen können und weiß nicht einmal mit Sicherheit, was in mir nun eigentlich krank ist. Ich lasse mich nicht kurieren, habe das noch nie getan, obschon ich vor den Ärzten und der Medizin alle Achtung habe. Zudem bin ich noch übertrieben abergläubisch, oder sagen wir: abergläubisch genug, um die Medizin als Wissenschaft zu achten. (Ich bin genügend gebildet, um nicht abergläubisch zu sein, bin es aber trotzdem.) Nein, mit Verlaub, ich mag mich aus Bosheit nicht kurieren. Nun, das zum Beispiel werden Sie bestimmt nicht zu verstehen belieben. Nun, ich aber, ich kann das verstehen. Ich werde Ihnen freilich nicht erklären können, wen ich in diesem Fall mit meiner Bosheit schikanieren will; ich weiß auch vorzüglich, daß ich selbst den Ärzten nichts damit „verpatzen" kann, wenn ich mich von ihnen nicht behandeln lasse, — oh, ich weiß es selbst am allerbesten, daß ich mit alledem nur mir allein schade und sonst niemandem. Und dennoch: wenn ich mich nicht kuriere, so geschieht das doch nur aus Bosheit. Also das Leberchen ist krank? Na, dann mag es doch von mir aus noch kränker werden!

Ich lebe schon lange so, — an die zwanzig Jahre. Jetzt bin ich vierzig. Früher war ich Beamter, jetzt bin ich es nicht mehr. Ich war ein bösartiger Beamter. Ich war grob, und das Angroben machte mir Spaß. Da ich doch keine Schmiergelder annahm, mußte ich mich eben anderswie entschädigen. (Hm, fauler Witz; aber ich streiche ihn nicht aus. Als ich ihn hinschrieb, glaubte ich, er werde sich geistreich ausnehmen; jetzt aber, wo ich selbst einsehe, daß ich nur albern prahlen wollte, streiche ich ihn absichtlich nicht aus!)

Saß ich an meinem Pult und trat jemand heran — meistens Bittsteller mit Anfragen —, fauchte ich ihn zähneknirschend an und empfand labende Genugtuung, wenn es mir gelang, jemanden einzuschüchtern. Und es gelang fast immer. Es war ja auch meistens zaghaftes Volk: eben Bittsteller. Doch unter den großspurig Auftretenden gab es einen Offizier, den ich besonders nicht ausstehen konnte. Er wollte sich um keinen Preis einschüchtern lassen und rasselte geradezu unverschämt mit seinem Säbel. Dieses Säbels wegen habe ich anderthalb Jahre lang mit ihm Krieg geführt.

Schließlich besiegte ich ihn doch: er unterließ das Rasseln. Das war aber noch in meiner Jugend. Aber wissen Sie auch, meine Herrschaften, worin gerade der Hauptgrund meiner Wut bestand? Das war ja der ganze Jammer, gerade darin lag ja die größte Gemeinheit, daß ich dabei die ganze Zeit, sogar im Augenblick meiner ärgsten Wut, mir zu meiner Schmach selbst eingestehen mußte, daß ich nicht nur kein böser, sondern nicht einmal ein erboster Mensch bin, daß ich ganz umsonst nur Spatzen schrecke und darin mein Vergnügen suche. Schaum steht mir vor dem Munde — doch bringt mir ein Püppchen oder gebt mir ein Schlückchen Zuckerwasser und ich werde mich höchstwahrscheinlich sofort beruhigen. Werde seelisch sogar bis zum Gerührtsein weich werden . . ., wenn ich mich auch nachher am liebsten selbst werde zerfleischen mögen und vor Scham monatelang schlaflose Nächte habe. Ich bin nun einmal so.

Das habe ich übrigens vorhin gelogen, daß ich ein böser Beamter gewesen sei. Aus Bosheit hab ich's gelogen. Mit den Bittstellern und dem Offizier hab' ich einfach nur Mutwillen getrieben, in Wirklichkeit jedoch konnte ich überhaupt nicht böse werden. Wollte ich es aber, so fühlte ich im Augenblick unendlich viele ganz entgegengesetzte Elemente in mir. Ich fühlte sie nur so wuseln in mir, diese entgegengesetzten Elemente. Ich wußte, daß sie mein ganzes Leben lang in mir so wuselten und mich baten, sie hinauszulassen, aber ich ließ sie nicht, ließ sie nicht, absichtlich ließ ich sie nicht sichtbar werden! Sie quälten mich bis zur Scham, bis zur Verkrampfung brachten sie mich, und ach! ich wurde ihrer schließlich so überdrüssig, so maßlos überdrüssig! Oder denken Sie jetzt womöglich, daß ich hier irgend etwas bereue — vor Ihnen, meine Herrschaften? . . . daß ich für irgend etwas um Ihre Verzeihung bitte? . . . Ich bin überzeugt, daß Sie das denken . . . Doch übrigens, ich versichere Sie, 's ist mir ganz egal, was Sie da denken . . .

Es war nicht nur dies, daß ich nicht verstand, böse zu werden, — ich verstand überhaupt nichts zu werden: weder böse noch gut, weder ehrlich noch schlecht, weder Held noch Insekt. Und jetzt lebe ich so dahin in meinem Winkel, verhöhne mich selbst mit dem boshaften und völlig zwecklosen Trost, daß ein kluger Mensch doch überhaupt nicht ernsthaft etwas werden kann, sondern nur ein Dummkopf etwas wird. Jawohl, ein Mensch des neunzehnten Jahrhunderts muß, ja, ist moralisch verpflichtet, ein vorherrschend charakterloses Wesen zu sein; ein Mensch jedoch mit Charakter, ein tätiger Mensch, hat vorherrschend beschränkt zu sein. Dies ist meine vierzigjährige Überzeugung. Ich bin jetzt vierzig Jahre alt, aber vierzig Jahre — das ist doch das ganze Leben, das ist doch das höchste Alter! Länger als vierzig Jahre zu leben ist unanständig, ist trivial, ist unsittlich! Wer lebt denn über vierzig Jahre? — antwortet aufrichtig, ehrlich. Ich werde es euch sagen, wer noch über vierzig lebt: nur Dummköpfe und Spitzbuben. Das sage ich allen Greisen ins Gesicht, allen diesen ehrwürdigen Greisen, allen diesen silberhaarigen, parfümierten Greisen! Sage es der ganzen Welt ins Gesicht! Ich habe das Recht, das zu sagen, denn ich selbst werde bis sechzig leben. Bis siebzig werde ich leben! Bis achtzig werde ich leben! ... Wartet! die Luft geht mir aus ... laßt mich erst wieder zu Atem kommen ...

Sie denken bestimmt, meine Herrschaften, daß ich Sie belustigen wolle? Dann irren Sie sich. Ich bin durchaus kein so lustiger Mensch, wie es Ihnen scheint, oder wie es Ihnen vielleicht scheint. Übrigens, wenn Sie, geärgert durch dieses Geschwätz (ich fühle es doch, daß Sie schon gereizt sind), mich vielleicht fragen wollen, wer ich denn eigentlich sei, so will ich Ihnen die Antwort nicht schuldig bleiben: ich bin Kanzleisekretär. Ich war Beamter, um nicht zu verhungern (aber nur aus diesem Grunde), und als mir im vorigen Jahr einer meiner entfernten Verwandten testamentarisch sechstausend Rubel hinterließ, nahm ich sofort meinen Abschied und siedelte mich hier in meinem Winkel an. Ich lebte auch früher schon hier, jetzt aber habe ich mich endgültig in diesem Winkel niedergelassen. Mein Zimmer ist ein billiges, schäbiges Nest am Rande der Stadt. Meine Aufwartefrau ist ein Weib vom Lande, ein altes, das vor Dummheit frech geworden ist und zudem noch abscheulich riecht. Man sagt mir, das Petersburger Klima sei mir schädlich und Petersburg für meine kümmerlichen Mittel viel zu teuer. Das weiß ich alles, weiß es hundertmal besser als alle diese erfahrenen und überklug kopfnickenden Ratgeber. Aber ich bleibe in Petersburg; ich verlasse es nicht! Ich verlasse es deshalb nicht, weil ... Ach! Das ist doch wirklich vollkommen gleichgültig, ob ich es nun verlasse oder nicht verlasse.

Übrigens, bei der Gelegenheit noch eine Frage: worüber kann ein anständiger Mensch zu jeder Zeit mit dem größten Vergnügen reden?

Antwort: über sich selbst.

Nun also, dann werde auch ich über mich selbst reden.

II

Jetzt möchte ich Ihnen erzählen, meine Herrschaften, gleichviel ob Sie es hören wollen oder nicht, warum ich nicht einmal ein Insekt zu werden verstand. Ich erkläre Ihnen feierlichst, daß ich schon mehrmals ein Insekt werden wollte. Aber selbst diese Würde blieb mir versagt. Ich schwöre Ihnen, meine Herrschaften, daß allzuviel erkennen — Krankheit ist, richtige, vollständige Krankheit. Für den menschlichen Bedarf wäre eine gewöhnliche menschliche Erkenntnis schon übergenug, also die Hälfte oder um ein Viertel weniger von der Portion, die auf den Anteil eines erwachsenen Menschen unseres unseligen neunzehnten Jahrhunderts kommt, der zudem noch das doppelte Unglück hat, in Petersburg zu leben, in der abstraktesten und vorbedachtesten Stadt der ganzen Welt. (Es gibt vorbedachte und nicht vorbedachte Städte.) Es würde doch vollkommen genügen, wenn es nur eine Erkenntnis wie zum Beispiel die gäbe, mit der alle sogenannten unmittelbar lebenden und tätigen Menschen auskommen. Ich könnte wetten, Sie denken jetzt, ich schriebe dies aus Großtuerei, um über die tätigen Menschen zu witzeln, und dazu noch aus einer gesellschaftlich plumpen Großtuerei, rassele sozusagen mit dem Säbel, wie mein Offizier. Aber, meine Herrschaften, wer wird denn mit seinen eigenen Krankheiten prahlen, und gar noch mit ihnen den Ton angeben wollen?

Übrigens, was sage ich da? Aber das tun doch alle! Gerade mit ihren Krankheiten prahlen sie ja, ich aber, nun, ich tu's meinethalben noch mehr als die anderen allesamt. Streiten wir nicht darüber: mein Einwand ist wohl nicht stichhaltig. Aber trotzdem bin ich fest überzeugt, daß nicht nur sehr viel Erkenntnis, sondern bereits jedes bewußte Erkennen — Krankheit ist. Ich bleibe dabei. Aber lassen wir auch dieses Thema eine Weile beiseite. Sagen Sie mir zunächst etwas anderes: wie kam es, daß ich in denselben, jawohl, ausgerechnet in denselben Augenblicken, wo ich am allerfähigsten war, sämtliche Feinheiten „alles Schönen und Erhabenen", wie man das ehemals bei uns nannte, zu erkennen, — daß ich gerade dann mitunter so widerliche Sachen nicht bloß zu erkennen, sondern auch zu begehen vermochte, Sachen, die … nun ja … kurz, die, zugegeben, zwar alle machen, die aber, wie mit Fleiß, gerade dann von mir verübt wurden, wenn ich am klarsten erkannte, daß man sie eigentlich überhaupt nicht tun sollte? Je mehr ich von der Erkenntnis des Guten und all dieses „Schönen und Erhabenen" durchdrungen war, desto tiefer sank ich in meinen Schlamm und desto fähiger war ich, völlig ihm zu verfallen. Doch das wichtigste Charakteristikum war dabei dies, daß all das gleichsam nicht zufällig in mir war, sondern geradezu als hätte es genau so zu sein. Als wäre das mein allernormalster Zustand gewesen, und durchaus nicht Krankheit und nicht Verderbtheit, so daß mir schließlich sogar die Lust verging, gegen diese Verderbnis noch anzukämpfen. Es endete damit, daß ich fast zu glauben begann (oder vielleicht glaubte ich schon tatsächlich), daß dies am Ende gar mein eigentlich normaler

Zustand wäre. Zuerst aber, am Anfang, wieviel Qual hatte ich auszustehen in diesem Kampf! Ich glaubte nicht, daß es anderen ebenso erginge, und verbarg das vor den anderen wie ein Geheimnis. Ich schämte mich (ja, vielleicht schäme ich mich sogar jetzt noch); ich brachte es so weit, daß ich es geradezu als ein gewissermaßen heimlich unterdrücktes, unnormales, erbärmliches Genüßlein empfand, in einer dieser mitunter abscheulichen Petersburger Nächte in meinen Winkel heimzukehren und dann mich bewußt zu der Erkenntnis zu zwingen, daß ich auch heute wieder eine Gemeinheit begangen hatte, daß das Getane wiederum auf keine Weise ungeschehen zu machen war, und dafür nun innerlich, heimlich wie mit Zähnen an mir zu nagen, zu nagen, zu feilen, und mich selbst auszusaugen, bis sich die Bitterkeit schließlich in irgend so eine schmachvolle und verfluchte Süße verwandelte und zu guter Letzt – in entschiedenen, echten Genuß! Ja: in Genuß, in Genuß! Ich bestehe darauf. Eben deswegen habe ich doch überhaupt angefangen, davon zu sprechen, weil ich endlich genau wissen möchte, ob auch andere solche Genüsse kennen? Ich werde es Ihnen ausführlicher erklären. Der Genuß liegt hier gerade in dem allzu grellen Erkennen der eigenen Erniedrigung; entsteht daraus, daß man schon selbst fühlt, an der letzten Wand angelangt zu sein; daß das zwar scheußlich ist, aber doch auch nicht anders sein kann; daß es für dich keinen Ausweg mehr gibt, daß du nie mehr ein anderer Mensch werden kannst; daß, selbst wenn Zeit und Glaube noch übrig wären, um sich in etwas anderes umzumodeln, man das bestimmt selber nicht wollen würde; wollte man es aber dennoch, so würde man doch nichts tun, weil es vielleicht tatsächlich nichts gibt, in was man sich ummodeln könnte. Aber die Hauptsache und das Ende von allem ist, daß alles nach den normalen und fundamentalen Gesetzen gesteigerten Erkennens vor sich geht, und nach dem Trägheitsgesetz, das sich unmittelbar aus diesen Gesetzen ergibt, folglich aber kann man sich hierbei nicht nur nicht umändern, sondern kann hierbei überhaupt nichts ändern. Es ergibt sich zum Beispiel aus dem gesteigerten Erkennen: »Stimmt, du bist ein gemeiner Mensch«; — als ob das für den gemeinen Menschen eine Beruhigung sein könnte, wenn er doch schon selbst fühlt, daß er tatsächlich gemein ist. Doch genug davon ... Ach, viel hab ich zusammengeschwätzt, was aber erklärt? Wodurch läßt sich dieser Genuß hier erklären? Aber ich werde es schon noch erklären. Werde es schon fertigbringen! Werde bis zum Ende gehen! Nur deswegen hab ich doch zur Feder gegriffen ...

Meine Eigenliebe ist zum Beispiel überentwickelt. Argwöhnisch und empfindlich bin ich wie ein Buckliger oder wie ein Zwerg, aber es hat, offengestanden, auch solche Augenblicke gegeben, wo ich mich, wenn ich geohrfeigt worden wäre, vielleicht sogar darüber gefreut hätte. Ich sage das im Ernst: bestimmt hätte ich auch darin einen Genuß zu entdecken verstanden, einen Genuß eigener Art, versteht sich, einen Genuß der Verzweiflung, aber gerade in der Verzweiflung gibt es ja die ätzendsten Genüsse, besonders wenn man schon sehr stark die Ausweglosigkeit seiner Lage erkennt. Und hier, also bei der Ohrfeige, — hier erdrückt einen ja förmlich die Erkenntnis, bis zu welch einer Schmiere man dich zertreten hat. Die Hauptsache jedoch, wie man es sich auch überlegt und wie man es auch überdenkt: es kommt dabei doch immer heraus, daß man als Erster an allem selbst schuld ist, und das Kränkendste an der Sache: daß man ohne Schuld schuldig ist, sozusagen nach den Naturgesetzen. Erstens, weil man klüger ist als alle, die einen umgeben. (Ich habe mich immer für klüger gehalten als die, die mich umgaben, und gar manches Mal — glauben Sie es mir — mich sogar dessen geschämt; wenigstens habe ich mein Leben lang immer zur Seite gesehen und niemals den Menschen gerade in die Augen blicken können.) Und zweitens, weil ich, selbst wenn ich großmütig gewesen wäre, durch diese Großmut nur noch mehr gelitten hätte, nämlich infolge des Erkennens ihrer ganzen Nutzlosigkeit. Ich hätte doch bestimmt nichts aus ihr zu machen verstanden: weder zu verzeihen, denn der Beleidiger hat mir vielleicht naturgemäß die Ohrfeige gegeben, und den Gesetzen der Natur hat man nichts zu verzeihen, noch zu vergessen, denn wenn es auch hundertmal die Gesetze der Natur sind, so bleibt es doch beleidigend. Und selbst wenn ich mich am Beleidiger hätte rächen wollen, so würde ich mich doch für nichts und an niemandem gerächt haben, denn es wäre mir bestimmt unmöglich gewesen, den Entschluß zu fassen, etwas zu tun, selbst wenn ich's hätte tun können. Warum nicht? Ja, darüber will ich jetzt ein paar Worte separat sagen.

III

Wie geschieht denn das, zum Beispiel, bei Leuten, die es verstehen, sich zu rächen, und überhaupt ihren Mann zu stehen? Wenn sie vom Rachedurst ergriffen werden, so bleibt ja von ihrem ganzen Wesen überhaupt nichts mehr übrig, außer diesem Gefühl. Solch ein Mensch schießt denn auch sofort wie ein wild gewordener Stier mit gesenkten Hörnern auf das Ziel los, und höchstens eine Mauer kann ihn dann noch zum Stehen bringen. (Bei der Gelegenheit: vor der Mauer ergeben sich solche Menschen, das heißt die unmittelbaren und tätigen Menschen, widerspruchslos, vor der Mauer »passen« sie wie im Kartenspiel. Für sie ist die Mauer keine Ablenkung wie zum Beispiel für uns denkende und folglich untätige Menschen, kein Vorwand, auf diesem Wege umzukehren — ein Vorwand, an den unsereiner gewöhnlich im Grunde selbst nicht glaubt, doch über den er sich stets ungemein freut. Nein, sie „passen" vor ihr wirklich mit aller Aufrichtigkeit. Die Mauer hat für sie stets etwas Beruhigendes, moralisch Entscheidendes und Endgültiges, meinetwegen sogar etwas Mystisches ... Doch von der Mauer später.) Also gerade solch einen unmittelbaren Menschen halte ich für den eigentlichen, den normalen Menschen, wie ihn die zärtliche

Mutter-Natur selbst haben wollte, als sie ihn liebend auf der Erde erzeugte. Solch einen Menschen beneide ich bis zur Gelbsucht! Er ist dumm. Nun gut, darüber will ich mit Ihnen nicht streiten, vielleicht aber, wer kann's denn wissen, *muß* der normale Mensch dumm sein? Vielleicht ist das sogar sehr schön. Und ich bin um so mehr zu diesem, sagen wir, Verdacht geneigt, als zum Beispiel der Gegensatz des normalen Menschen, also der gesteigert erkennende Mensch, der natürlich nicht aus dem Schoß der Natur, sondern aus der Retorte hervorgegangen ist, (das ist fast schon Mystizismus, meine Herrschaften, aber ich argwöhne auch das) — wenn man also diesen Retortenmenschen nimmt, so „paßt" er vor seinem Gegensatz zuweilen dermaßen, daß er sich selbst samt seiner ganzen gesteigerten Erkenntnis gewissenhaft für eine Maus hält, nicht aber für einen Menschen. Mag das auch eine gesteigert erkennende Maus sein, so bleibt sie doch nur eine Maus, jener aber ist ein Mensch und folglich auch alles weitere. Und die Hauptsache: *er selbst, er selbst* hält sich für eine Maus; freiwillig; niemand bittet ihn darum; das aber ist ein wichtiger Umstand. Betrachten wir nun diese Maus in ihrer Tätigkeit. Nehmen wir zum Beispiel an, daß sie auch einmal beleidigt wird (und sie wird fast andauernd beleidigt) und sich gleichfalls rächen will. Wut kann sich in ihr vielleicht noch mehr ansammeln als in einem homme de la nature et de la vérité. Das gemeine, niedrige Wünschlein der Maus, dem Beleidiger mit derselben Münze heimzuzahlen, kann vielleicht noch heißer in ihr sieden als in diesem homme de la nature et de la vérité, denn der homme de la nature et de la vérité hält bei seiner angeborenen Dummheit seine Rache allereinfachst für Gerechtigkeit. Die Maus jedoch verneint hierbei infolge ihrer gesteigerten Erkenntnis die Gerechtigkeit. Endlich kommt es zur Tat selbst, zum Racheakt. Die unglückliche Maus hat aber inzwischen außer der anfänglichen Gemeinheit schon so viele neue Gemeinheiten in Gestalt von Fragen und Zweifeln um sich herum aufgehäuft, hat an jede Frage so viele andere unbeantwortete

Fragen angereiht, daß sich unwillkürlich um sie herum ein verhängnisvoller Brei bildet, ein stinkender Schmutz, der aus diesen ihren eigenen Zweifeln und Peinigungen unbedingt entstehen muß, und schließlich auch aus dem Speichel, der auf sie von den unzähligen unmittelbar tätigen Menschen niederfliegt, die als Richter und Diktatoren sie in feierlichem Kreise umstehen und aus vollem, gesundem Halse über sie lachen. Selbstverständlich kann *sie* ja noch auf sie alle pfeifen, mit ihrem Pfötchen eine wegwerfende Gebärde machen und mit einem Lächeln vorgespielter Verachtung, an die sie selbst nicht glaubt, schimpflich in ihr Mauseloch zurückschlüpfen. Dort, in ihrem scheußlichen, stinkenden Untergrund versenkt sich dann unsere beleidigte, verprügelte und verhöhnte Maus alsbald in kalte, giftige und, vor allen Dingen, ewig andauernde Bosheit. Vierzig runde Jahre lang wird sie sich an alles bis in die letzten, allerschmählichsten Einzelheiten erinnern und dabei noch jedesmal von sich aus neue Details, noch schimpflichere, hinzufügen, wird sich fortwährend mit der eigenen Phantasie boshaft reizen und aufstacheln. Sie wird sich dieser Erinnerung schämen, trotzdem aber sich alles ins Gedächtnis zurückrufen, wieder alles von neuem erleben, sich Unerhörtes noch hinzudenken, unter dem Vorwand, daß dieses ja ebensogut hätte geschehen können — warum auch nicht? — und wird sich nichts, aber auch nichts verzeihen! Am Ende wird sie dann vielleicht auch anfangen, sich zu rächen, doch wird sie es immer irgendwie mit Kleinigkeiten versuchen, gleichsam hinter dem Ofen hervor, inkognito; wird selbst nicht einmal weder an ihr Recht, sich zu rächen, noch an den Erfolg ihrer Rache glauben und im voraus wissen, daß unter allen ihren Racheversuchen sie selbst hundertmal mehr leiden wird als der, an dem sie sich rächen will, ja, daß dieser vielleicht nicht einmal das leiseste Jucken davon verspüren wird. Auf dem Sterbebett wird sie sich wiederum des Ganzen erinnern und das noch mit allen in der Zwischenzeit hinzugekommenen Prozenten und ... und gerade in dieser kalten, ekelhaften Halbverzweiflung, in diesem

Halbglauben, in diesem bewußten Sich-vor-Leid-lebendig-Begraben im Keller auf volle vierzig Jahre, in dieser gesteigert erkannten und teilweise doch zweifelhaften Aussichtslosigkeit der Lage, in diesem Gift unbefriedigter Wünsche, in diesem Fieber des Schwankens zwischen auf ewig gefaßten und nach einer Minute wieder aufgegebenen Entschlüssen — darin, gerade darin liegt der Saft dieses sonderbaren Genusses, von dem ich sprach. Dieser Genuß ist dermaßen fein und der Erkenntnis zuweilen so wenig zugänglich, daß Menschen, die nur ein wenig beschränkt sind, oder sogar einfach Menschen mit starken Nerven, überhaupt nichts davon verstehen können.

»Vielleicht können auch die nichts davon verstehen«, wenden Sie hier mit maliziösem Lächeln ein, »die niemals Ohrfeigen bekommen haben«, und wollen mir auf diese Weise höflich zu verstehen geben, daß ich in meinem Leben vielleicht auch schon eine Ohrfeige erhalten hätte und darum jetzt aus Erfahrung spräche. Ich könnte wetten, daß Sie das denken. Aber beruhigen Sie sich, meine Herrschaften, ich habe niemals Ohrfeigen erhalten, und es ist mir vollkommen gleichgültig, ob Sie das glauben oder nicht. Ja, vielleicht bedauere ich noch, in meinem Leben wenig Ohrfeigen ausgeteilt zu haben. Doch genug, kein Wort weiter über dieses für Sie so ungemein interessante Thema.

Ich fahre also ruhig fort — ich sprach von Menschen mit starken Nerven, die besagte Feinheiten der Genüsse nicht verstehen. Diese Herrschaften beruhigen sich, wenn sie auch in manchen Fällen wie die Ochsen aus vollem Halse brüllen und dieses ihnen meinetwegen zur größten Ehre gereicht, so beruhigen sie sich doch sofort, wie ich schon bemerkt habe, vor der Unmöglichkeit. Die Unmöglichkeit — das ist die steinerne Mauer! Was für eine steinerne Mauer? Nun, versteht sich, die Naturgesetze, die Ergebnisse der Naturwissenschaften, der Mathematik. Und wenn man dir gar zum Beispiel beweist, daß du vom Affen abstammst, so hast du nichts mehr zu meinen, und da hilft dir auch kein Stirnrunzeln; nimm es hin, wie es ist. Oder wenn man dir beweist, daß ein einziges Tröpfchen deines eigenen Fettes dir teurer sein muß, als Hunderttausende deiner Mitmenschen, und daß mit diesem Resultat schließlich alle sogenannten Tugenden und Pflichten und sonstigen Faseleien und Vorurteile aufgelöst werden, so nimm das nur ruhig hin; da ist ja doch nichts zu machen, denn, wie gesagt: Zweimalzwei — Mathematik! Versuchen Sie, zu widersprechen.

»Na, hören Sie mal!« wird man Ihnen zuschreien, »dagegen gibt es keine Auflehnung, das ist doch so klar wie zweimal zwei vier ist! Die Natur wird Sie nicht fragen; was gehen Ihre Wünsche die Natur an, und ob die Naturgesetze Ihnen gefallen oder nicht! Sie müssen die Natur so nehmen, wie sie ist, und folglich auch alle ihre Gesetze nebst allen Resultaten. Die Mauer bleibt eben eine Mauer« ... usw., usw.

Herrgott, was gehen aber mich die Gesetze der Natur und der Arithmetik an, wenn mir aus irgendeinem Grunde diese Gesetze und das Zweimal-zwei-ist-vier nicht gefallen? Versteht sich, ich werde solch eine Mauer nicht mit dem Kopf einrennen, wenn ich tatsächlich nicht die Kraft dazu habe, aber ich werde mich mit ihr doch nicht aussöhnen, bloß weil es eine Mauer ist und meine Kraft nicht ausreicht.

Als ob solch eine Mauer tatsächlich eine Beruhigung wäre, als ob sie wirklich auch nur irgendein Wort der Friedensvermittlung enthielte, einzig weil sie Zweimal-zwei-gleich-vier ist! Oh, Absurdität aller Absurditäten! Eine ganz andere Sache ist doch, alles verstehen, alles erkennen, alle Unmöglichkeiten und Steinmauern; sich mit keiner einzigen dieser Unmöglichkeiten und Mauern aussöhnen, wenn es einen vor dem Aussöhnen ekelt; auf dem Wege der unumgänglichsten logischen Kombination zu den allerwiderlichsten Schlüssen kommen — über das ewige Thema, daß man sogar an der Steinmauer irgendwie selbst schuld ist, obgleich es wiederum bis zur Durchsichtigkeit augenscheinlich bleibt, daß man durchaus nicht schuld ist — und infolgedessen schweigend und machtlos zähneknirschend, wollüstig in der Trägheit ersterben, mit dem Gedanken, daß man, wie es sich erweist, nicht einmal einen Grund hat, sich über jemanden zu ärgern; daß überhaupt keine Ursache vorhanden ist und sich vielleicht auch niemals eine finden lassen wird, daß hier heimlicher Betrug vorliegt, ein betrügerisches Kartenmischen, Falschspielerei, daß hier einfach eine Pantscherei vorliegt, — unbekannt was und unbekannt wer, aber trotz all dieser Ungewißheiten und Betrügereien schmerzt es einen doch, und je mehr einem unbekannt ist, desto mehr schmerzt es!

IV

Hahaha! Aber dann werden Sie ja auch noch an Zahnschmerzen Genuß finden!« wenden Sie lachend ein.

»Warum nicht? Auch im Zahnschmerz ist Genuß«, antworte ich. Einmal habe ich einen ganzen Monat Zahnweh gehabt; ich weiß, wie das ist! Hierbei erbost man sich natürlich nicht schweigend, man stöhnt. Nur ist es dann kein aufrichtiges, sondern ein schadenfrohes Gestöhn, aber in dieser tückischen Schadenfreude ist ja alles enthalten! Gerade in diesem Gestöhn drückt sich ja die ganze Wonne, der ganze Genuß des Leidenden aus: empfände er dabei keinen Genuß, so würde er auch nicht stöhnen. Das ist ein gutes Beispiel, meine Herrschaften, bleiben wir bei diesem. In Ihrem Stöhnen liegt erstens die ganze für Ihre Erkenntnis erniedrigende Zwecklosigkeit Ihres Schmerzes, die ganze Gesetzmäßigkeit der Natur, auf die Sie natürlich spucken können, doch durch die *Sie trotz*dem leiden, die Natur aber nicht. Zweitens, die Erkenntnis, daß kein Feind vorhanden, der Schmerz aber vorhanden ist, die Erkenntnis, daß Sie zusammen mit allen möglichen Ärzten vollkommen Sklave Ihrer Zähne sind; daß, falls es irgend jemand will, Ihre Zähne nicht mehr schmerzen werden, wenn er das aber nicht will, sie noch weitere drei Monate schmerzen werden; und daß schließlich, wenn Sie sich immer noch nicht ergeben und immer noch protestieren wollen, Ihnen zur eigenen Beruhigung nur noch übrig bleibt, sich selbst durchzuprügeln oder mit der Faust etwas schmerzhafter an Ihre Mauer zu schlagen, sonst aber entschieden nichts. Nun, sehen Sie, gerade unter diesen Beleidigungen bis aufs Blut, unter diesem Verspottetwerden, ohne zu wissen von wem, beginnt man dann allmählich diesen Genuß zu empfinden, der sich manchmal bis zur höchsten Wollust steigern kann. Bitte, meine Herrschaften, hören Sie doch einmal aufmerksam dem Gestöhn eines gebildeten Menschen des neunzehnten Jahrhunderts zu, wenn er Zahnweh hat, aber schon so am zweiten oder dritten Tage, wenn er nicht mehr so stöhnt, wie am ersten Tage, das heißt, nicht nur einfach, weil seine Zähne schmerzen, nicht wie irgendein ungebildeter Bauer stöhnt, sondern wie ein Mensch, der bereits von der Entwicklung und der europäischen Zivilisation berührt ist, oder wie ein Mensch, der sich „vom Boden und dem Volke losgesagt hat", wie man sich jetzt auszudrücken pflegt. Sein Gestöhn wird gewissermaßen gemein, schmutzigboshaft und hält ganze Tage und Nächte an. Und er weiß es ja selbst, daß dieses Stöhnen ihm nicht den geringsten Nutzen bringt; weiß es selbst am allerbesten, daß er damit ganz umsonst nur sich wie auch die anderen ärgert und reizt; er weiß sogar, daß das Publikum, vor dem er sich solche Mühe gibt, seine Familie, ihm schon bis zum Widerwillen zugehört hat, ihm nicht für einen Pfennig glaubt und bei sich denkt, daß er doch anders, einfacher stöhnen könnte, ohne Tonleitern, Koloraturen und Variationen, daß er es nur aus Bosheit, aus Schadenfreude tut. Nun, gerade in diesen Erkenntnissen und Qualen aber liegt ja die Wollust! »Ich beunruhige euch, zerreiße euch das Herz, gönne keinem im Hause Schlaf! So wacht denn gefälligst, fühlt mal mit, daß meine Zähne schmerzen! Jetzt bin ich für euch nicht mehr der Held, der ich früher scheinen wollte, sondern einfach ein gemeines Menschlein, ein Schnapphahn am Wege. Nun gut! Freut mich sehr, daß ihr mich durchschaut! Mein häßliches

Gestöhn widert euch wohl an? Nur zu! werde euch gleich eine noch häßlichere Tonleiter vorstöhnen ...« Verstehen Sie es auch jetzt noch nicht, meine Herrschaften? Nein, es scheint doch, daß man sich lange bis dahin entwickeln und tief in die Selbsterkenntnis hinabsteigen muß, um alle Ausschweifungen dieser Wollust verstehen zu können. Sie lachen? Freut mich! Meine Späßchen sind vielleicht etwas abgeschmackt, sind uneben, wirr und voll von Mißtrauen gegen mich selbst. Aber das kommt doch daher, daß ich mich selbst nicht achte. Kann denn ein erkennender Mensch sich überhaupt noch irgendwie achten?

V

Nun, wie wäre es denn möglich, wie könnte ein Mensch sich auch nur ein wenig achten, der es darauf abgesehen hat, sogar im Gefühl der eigenen Erniedrigung noch einen Genuß herauszufinden? Nicht aus irgendeiner widerlichen Reue sage ich das jetzt. Hab's überhaupt nie leiden können, zu sagen: »Verzeihe, Papa, ich werde nicht mehr ...« — nicht etwa, weil ich das nicht sagen konnte, sondern im Gegenteil, vielleicht gerade, weil ich schon allzu schnell bereit war, das zu sagen, und wie bereit! Absichtlich habe ich mich zuweilen beschuldigt, in Fällen, wo ich selbst nicht einmal wußte, woran ich eigentlich hätte schuld sein können. Das war ja das Allerwiderlichste. Und dabei verging ich fast vor Mitleid mit mir selbst; ich bereute und vergoß viele Tränen, und — versteht sich — betrog mich an allen Ecken und Kanten, wenn ich mich auch nicht im geringsten verstellte: das Herz verpfuschte es einfach ... Dazu konnte ich hierbei nicht einmal mehr die Naturgesetze beschuldigen, obgleich mich doch diese Naturgesetze fortwährend und am meisten beleidigten. Widerlich, sich dessen von neuem zu erinnern; es war auch damals widerlich. Denn schon nach einer Minute erkannte ich mit Ingrimm, daß alles doch Lüge ist, ekelhafte, trügerische

Lüge — ich meine dieses ewige Bereuen und diese ewigen Vorsätze, sich zu bessern. Fragen Sie mich aber, warum ich mich so wand und quälte? Antwort: weil es schon gar zu langweilig war, mit gefalteten Händen still zu sitzen, und so ließ ich mich denn auf die Quälereien ein. Wahrhaftig, so war's. Beobachten Sie sich selbst etwas besser, meine Herrschaften, dann werden Sie sehen, daß es so ist. Hab mir Abenteuer ausgedacht und das Leben zurechtgedichtet, um doch wenigstens auf diese Weise zu leben. Wie oft ist es vorgekommen, daß ich mich — nun, sagen wir zum Beispiel — beleidigt gefühlt habe, ganz einfach, ohne jede Ursache, absichtlich. Und ich wußte doch selbst ganz genau, daß ich überhaupt keinen Grund hatte, gekränkt zu sein; hetzte mich eben selber gegen mich auf. Aber schließlich bringt man es tatsächlich so weit, daß man sich allen Ernstes gekränkt fühlt. Mich hat es nun einmal von jeher gereizt, derartige Kunststücke zu machen, so daß ich mich schließlich nicht mehr beherrschen konnte. Einmal wollte ich mich krampfhaft verlieben, sogar zweimal. Hab doch gelitten, meine Herrschaften, versichere Sie. Im tiefsten Seelengrund glaubt man's zwar nicht, daß man leidet, Spott kichert dort versteckt, aber man leidet doch, dazu noch auf eine wirkliche, ganz gehörige Weise; bin eifersüchtig, gerate außer mir ... Und alles aus Langeweile! Die Trägheit erdrückte mich. Denn die direkte, gesetzmäßige, unmittelbare Frucht der Erkenntnis — ist Trägheit, das heißt das bewußte Hände-im-Schoß-Stillsitzen. Das habe ich schon früher erwähnt. Ich wiederhole es, wiederhole es mit allem Nachdruck: alle tätigen Menschen sind ja nur tätig, weil sie stumpfsinnig und beschränkt sind. Wie ist das zu erklären? Ganz einfach: infolge ihrer Beschränktheit nehmen sie die nächsten und zweitrangigen Ursachen für die Urgründe, und so überzeugen sie sich schneller und leichter als die anderen, daß sie eine unwandelbare Grundlage für ihre Tätigkeit gefunden haben, nun, und damit geben sie sich zufrieden. Das aber ist doch die Hauptsache. Denn um eine Tätigkeit zu beginnen, muß man zuvor vollkommen beruhigt sein, damit nicht die geringsten Zweifel übrig bleiben. Nun, wie aber soll zum Beispiel ich mich beruhigen? Wo sind bei mir die Urgründe, auf die ich mich stützen könnte, wo der Ausgangspunkt, die Basis? Wo soll ich sie hernehmen? Ich übe mich im Denken, und folglich zieht bei mir jeder Urgrund sofort einen anderen, noch älteren, hinter sich her, und so geht es weiter bis in die Endlosigkeit. Derart ist eben das Wesen aller Erkenntnis und alles Denkens. Somit sind das denn schon wieder die Gesetze der Natur. Und was ergibt sich schließlich als Resultat? Ja, genau dasselbe. Erinnern Sie sich: vorhin sprach ich doch von der Rache. (Sie haben es bestimmt nicht begriffen.) Es heißt: der Mensch rächt sich, weil er darin Gerechtigkeit sieht. Also hat er doch eine Grundlage gefunden, und zwar: die Gerechtigkeit. Also ist er allseitig beruhigt und folglich rächt er sich, da er überzeugt ist, eine anständige und gerechte Tat zu vollbringen, ruhig und mit gutem Erfolg. Ich jedoch sehe hierin keine Gerechtigkeit, und eine Tugend kann ich hierin erst recht nicht entdecken; wollte ich mich aber dann trotzdem noch rächen, so könnte es allenfalls aus Bosheit geschehen. Allerdings könnte Bosheit vielleicht alles bewältigen, alle meine Zweifel, und somit erfolgreich die Basis ersetzen, gerade weil sie kein Standpunkt ist. Was soll ich aber tun, wenn ich nicht einmal Bosheit habe! (damit begann ich ja vorhin). Infolge dieser verwünschten Gesetze der Erkenntnis unterwirft sich nämlich auch meine Bosheit der chemischen Zersetzung. Man sieht: das Ding hebt sich auf, die Vernunftgründe verdunsten, der Schuldige ist nicht zu finden, die Beleidigung bleibt nicht Beleidigung, sondern wird zum Fatum, zu einer Art Zahnschmerz, an dem niemand schuld ist, und so bleibt wiederum nur der eine Ausweg: ein wenig schmerzhafter die Mauer zu verprügeln. Nun, da winkt man denn mit der Hand ab, denn die Basis hat man doch nicht gefunden. Versucht man es aber, läßt man sich von seinem Gefühl blindlings hinreißen, ohne Erwägungen, ohne Begründungen, verjagt man die Erkenntnis wenigstens für diese Zeit, ergibt man sich dem Haß oder ergibt man sich der Liebe, nur um nicht mit gefalteten Händen stillzusitzen: — übermorgen, das ist die letzte Frist, wirst du anfangen, dich selbst zu verachten, weil du dich wissentlich selbst betrogen hast! Im Resultat: eine Seifenblase und Trägheit. Oh, meine Herrschaften, ich, ja, vielleicht halte ich mich doch nur deswegen für einen klugen Menschen, weil ich in meinem ganzen Leben nichts habe weder beginnen noch beenden können. Schön, gut, möge ich ein Schwätzer sein, ein unschädlicher, lästiger Schwätzer, was wir ja alle sind. Aber was soll man denn machen, wenn die einzige und direkte Bestimmung jedes klugen Menschen das Schwätzen ist, das heißt: mit Vorbedacht leeres Stroh dreschen.

VI

Oh, wenn ich doch aus Faulheit nichts tun würde. Herrgott, wie würde ich mich dann achten. Würde mich gerade deswegen achten, weil ich dann doch fähig wäre, wenigstens faul zu sein. Dann hätte ich wenigstens eine Eigenschaft, eine gleichsam wirklich positive Eigenschaft, von der ich dann auch selbst überzeugt sein könnte. Man fragt: was ist das für einer? Antwort: ein Faulpelz. Aber ich bitt' Sie, meine Herrschaften, das wäre doch über alle Maßen angenehm, von sich zu hören! Dann bin ich doch positiv bezeichnet, klassifiziert, es gibt also etwas, was man von mir sagen kann. „Ein Faulpelz!" — aber das ist doch ein Beruf, eine Bestimmung, das ist ja eine Karriere, ich bitt' Sie! Scherz beiseite, das ist so. Dann bin ich rechtmäßiges Mitglied des ersten Klubs der Welt und befasse mich ausschließlich mit Hochachtung vor mir selbst. Ich kannte einen Herrn, der sein Leben lang stolz darauf war, daß er sich auf Bordeauxweine verstand. Er hielt das für eine positive Würde und zweifelte nie an sich. Er starb nicht nur mit einem ruhigen, sondern mit einem wahrhaft triumphierenden Gewissen, und hatte auch vollkommen recht. Ich aber würde mir dann eine Karriere wählen: ich würde Faulpelz und Vielfraß werden, — doch kein gewöhnlicher etwa, sondern einer, der, sagen wir, mit allem Schönen und Erhabenen sympathisiert. Wie gefällt Ihnen das? Das hat mir schon lange vorgeschwebt. Dieses „Schöne und Erhabene" hat mir in den vierzig Jahren doch arg auf dem Buckel gelegen. Ja, jetzt bin ich vierzig; doch wenn ich damals — oh, dann wäre jetzt alles ganz anders. Ich hätte mir sofort eine entsprechende Lebensaufgabe gestellt, nämlich: auf das Wohl alles Schönen und Erhabenen zu trinken. Ich würde jede gebotene Gelegenheit ergriffen haben, um zuerst in meinen Pokal eine Träne zu träufeln und ihn dann aufs Wohl alles Schönen und Erhabenen zu leeren. Alles auf der Welt würde ich dann in Schönes und Erhabenes verwandelt und selbst im gemeinsten Schmutz würde ich Schönes und Erhabenes gefunden haben. Tränenreich wäre ich geworden wie ein nasser Schwamm. Zum Beispiel ein Künstler hat ein Bild gemalt: sofort trinke ich auf das Wohl dieses Künstlers, denn ich liebe alles Schöne und Erhabene. Ein Schriftsteller hat „Einerlei was" verfaßt, und sofort trinke ich auf das Wohl „Einerlei wessen", denn ich liebe „alles Schöne und Erhabene". — Achtung würde ich deswegen heischen, würde jeden verfolgen, der mir dafür keine Achtung zollt! Lebe ruhig, sterbe feierlich, — aber das ist doch herrlich, einfach herrlich! Und was für einen Schmerbauch ich mir zulegen würde, und welch ein dreifaches Doppelkinn, von der Leuchtkraft der Nase schon gar nicht zu reden! Jeder, der mir begegnet, würde bei meinem Anblick sagen: »Donnerwetter, das ist aber ein Plus! Das ist doch mal was Positives!« Sagen Sie, was Sie wollen, meine Herrschaften, aber solche Bemerkungen wären in unserem negativen Jahrhundert doch ungemein angenehm zu hören.

VII

Aber das sind ja alles bloß goldene Träume.

Wissen Sie vielleicht, wer es zum ersten Male ausgesprochen hat, daß der Mensch nur deswegen Schändlichkeiten begehe, weil er seine wahren Interessen nicht kenne, und daß, wenn man ihm seine eigentlichen, normalen Interessen erklärte, er sofort aufhören würde, Schändlichkeiten zu begehen, denn, einmal aufgeklärt über seinen Vorteil, würde er natürlich nur im Guten seinen Vorteil erkennen; bekanntlich aber könne kein einziger Mensch wissentlich gegen seinen eigenen Vorteil handeln, — folglich würde er sozusagen gezwungenermaßen immer nur Gutes tun? O Säugling, der du das gesagt! O reines, unschuldiges Kindlein! Wann ist es denn jemals in den vergangenen Jahren geschehen, daß der Mensch einzig und allein um des eigenen Vorteils willen seine Taten vollbracht hat? Was mit all diesen Millionen von Tatsachen anfangen, die da bezeugen, daß die Menschen *wissentlich,* das heißt bei voller Erkenntnis ihrer wirklichen Vorteile, diese doch zurücksetzten und sich auf einen anderen Weg begaben, aufs Geratewohl in die Gefahr, von niemandem und durch nichts dazu gezwungen, als hätten sie gerade die Vorteile verschmäht und eigenwillig und verstockt einen anderen, schweren, unsinnigen Weg gesucht und nahezu im Dunkeln tappend? Das beweist doch, daß ihnen dieser Eigensinn und Eigenwille lieber waren als der eigene Vorteil ... Vorteil! Was ist Vorteil? Wollen Sie es vielleicht übernehmen, ganz genau zu erklären, zu bestimmen, worin der Vorteil des Menschen besteht? Wie aber, wenn es einmal vorkommen sollte, daß sich das Schlechte wünschen, und nicht das Vorteilhafte, nicht nur der Vorteil des Menschen sein kann, sondern manchmal sein muß? Wird aber einmal die Möglichkeit dieses Falles zugegeben, so ist sofort die ganze Regel auf den Kopf gestellt. Was meinen Sie, meine Herrschaften, kann es solch einen Fall geben oder nicht? Sie lachen! Nun, lachen Sie meinetwegen, aber antworten Sie mir: sind denn die Vorteile des Menschen auch wirklich richtig festgestellt und sind sie denn auch alle aufgezählt? Gibt es nicht auch solche, die nicht nur noch nicht klassifiziert sind, sondern die sich überhaupt nicht klassifizieren lassen? Sie haben doch, meine Herrschaften, soviel ich weiß, Ihr ganzes Register der menschlichen Vorteile so als Durchschnittssumme den statistischen Zahlen und wissenschaftlich-praktischen Formeln entnommen. Ihre Vorteile sind doch: Wohlleben, Reichtum, Freiheit, Ruhe, nun, und so weiter, und so weiter, so daß, zum Beispiel, der Mensch, der sichtlich und wissentlich gegen dieses ganze Register handelt, nach Ihrer Meinung und, nun ja, selbstverständlich auch nach meiner, ein Obskurant oder ein vollkommen Verrückter ist, nicht wahr? Aber bei alledem ist doch eines wunderlich: woher kommt es, daß diese sämtlichen Statistiker, Weisen und Menschenfreunde beim Aufzählen der menschlichen Vorteile fortwährend einen bestimmten Vorteil übergehen? Sie nehmen ihn nicht einmal in ihre Liste auf, wenigstens nicht auf die Weise, wie er aufgenommen werden müßte, von ihm aber hängt doch die ganze Rechnung ab. Das wäre nun weiter nicht schlimm, man könnte diesen Vorteil nehmen und ihn einfach auf der Liste hinzufügen. Doch darin besteht ja das ganze Unglück, daß dieser eigentümliche Vorteil sich überhaupt nicht klassifizieren läßt und man ihn auch auf keiner einzigen Liste unterbringen kann. Ich habe zum Beispiel einen Freund... Ach, meine Herrschaften, er ist ja bestimmt auch Ihr Freund, und überhaupt — wessen Freund ist er denn nicht! Wenn sich nun dieser Freund an eine Sache macht, wird er Ihnen sofort redselig, klar und deutlich auseinandersetzen, wie er nach den Gesetzen der Vernunft und der Wahrheit handeln muß. Ja, er wird Ihnen sogar aufgeregt und leidenschaftlich viel von den wahren und normalen Interessen der Menschen erzählen; wird spöttelnd die kurzsichtigen Dummköpfe tadeln, die weder ihre Vorteile noch die wahre Bedeutung der Tugend erkennen, und — genau nach einer Viertelstunde wird er ohne jede äußere Veranlassung, sondern gerade aus irgend etwas Innerlichem, das stärker ist als alle seine Interessen ... wird er plötzlich eine ganz andere Melodie pfeifen, das heißt wird offen gegen alles vorgehen, was er selbst gesagt hat: gegen die Gesetze der Vernunft, gegen den eigenen Vorteil, mit einem Wort, gegen alles ... Doch — Sie wissen es ja selbst — mein Freund ist eine Kollektivperson und darum — geht's nicht gut an, ihn allein zu beschuldigen. Das ist es ja, meine Herrschaften: gibt es denn nicht wirklich etwas, das fast jedem Menschen teurer ist, als seine besten Vorteile? Oder sagen wir (um die Logik nicht aufzuheben): es gibt solch einen vorteilhaftesten Vorteil (eben jenen, der in allen Verzeichnissen der Vorteile beständig ausgelassen wird, von dem ich vorhin sprach), einen Vorteil, der wichtiger und größer ist als alle anderen Vorteile und für den der Mensch bereit ist, wenn's darauf ankommt, allen anerkannten sonstigen Vorteilen, allen Gesetzen zuwiderzuhandeln, also gegen Vernunft, Ehre, Ruhe, Wohlleben usw. zu handeln, kurz, gegen alle diese guten und schönen Dinge, — nur um diesen größten, vorteilhaftesten Vorteil, der ihm am teuersten ist, zu erlangen.

»Aber es ist doch immerhin ein Vorteil!« unterbrechen Sie mich.

Erlauben Sie, ich werde es noch erklären! Mir ist es nicht um ein Spiel mit Worten zu tun, sondern um den Beweis, daß dieser Vorteil gerade deswegen bemerkenswert ist, weil er alle unsere Klassifikationen sprengt, und alle Systeme, die von den Menschenfreunden zur Erreichung des vollen Erdenglücks der Menschheit aufgestellt werden, einfach über den Haufen wirft, kurz, der eben alles stört. Bevor ich jedoch diesen Vorteil nenne, möchte ich mich noch persönlich kompromittieren, und darum erkläre ich jetzt dreist, daß alle diese schönen Systeme, alle diese Theorien — die den Menschen ihre wahren und normalen Interessen erklären wollen, auf daß sie dann, gezwungen nach der Erreichung derselben zu streben, sogleich gut und edel werden — meiner Meinung nach vorerst nichts als Logistik sind! Jawohl, — Logistik. Denn diese Theorie der Erneuerung der ganzen Menschheit mittels des Systems der eigenen Vorteile bejahen, das ist doch, scheint mir, fast dasselbe, wie ... nun, wie zum Beispiel nach Buckle[2] behaupten, der Mensch werde durch die Kultur milder, folglich weniger blutdürstig und immer unfähiger zum Kriege. Nach der Logik, glaube ich, kommt er zu dieser Schlußfolgerung. Der Mensch aber hat solch eine Vorliebe für das Systematisieren und die abstrakten Schlußfolgerungen, daß er bereit ist, die Wahrheit absichtlich zu entstellen, bereit, mit den Augen nicht zu sehen, mit den Ohren nicht zu hören, nur damit seine Logik recht behalte. Aber so öffnen Sie doch Ihre Augen, meine Herrschaften, und blicken Sie um sich! Das Blut fließt in Strömen, und dazu noch auf eine so kreuzfidele Weise, als ob's Champagner wäre. Nehmen Sie doch unser ganzes neunzehntes Jahrhundert, in dem auch Herr Buckle gelebt hat: Da haben Sie Napoleon — den Großen und den Jetzigen; da haben Sie Nord-Amerika — die ewige Union; da haben Sie endlich das karikaturhafte Schleswig-Holstein ... Und was macht denn die Kultur milder in uns? Die Kultur arbeitet im Menschen nur die Vielseitigkeit der Empfindung aus und ... das ist aber auch alles, was sie tut. Und gerade durch die Entwicklung dieser Vielseitigkeit wird der Mensch womöglich auch noch im Blutvergießen Genuß finden. Er tut es ja schon jetzt. Ist es Ihnen nicht aufgefallen, daß die raffiniertesten Blutvergießer fast ausnahmslos die zivilisiertesten Menschen waren, Menschen, an die Attila oder Stenjka Rásin[3] mitunter überhaupt nicht heranreichen, und wenn sie nicht so bekannt sind wie Attila und Stenjka Rásin, so kommt das nur daher, daß sie viel zu häufig vorkommen, viel zu gewöhnlich sind, so daß man ihrer schon überdrüssig geworden ist. Jedenfalls ist der Mensch durch die Zivilisation, wenn nicht blutdürstiger, so doch gewiß auf eine üblere, garstigere Weise blutdürstig geworden, als er es früher war. Früher sah er im Blutvergießen Gerechtigkeit und vernichtete mit ruhigem

Gewissen den, der seiner Meinung nach vernichtet werden mußte; jetzt jedoch vergießen wir weit mehr Menschenblut, obgleich wir das schon längst für eine Schändlichkeit halten. Welches Blutvergießen ist nun schlechter? Urteilen Sie selbst. Man sagt, Kleopatra (Verzeihung für das Beispiel aus der Alten Geschichte) habe mit Vorliebe goldene Stecknadeln in die Brüste ihrer Sklavinnen gesteckt, und habe an deren Gestöhn und Qual Genuß gefunden. Sie werden sagen, das sei in, relativ gesprochen, barbarischen Zeiten geschehen und auch jetzt noch lebten wir in barbarischen Zeiten, denn (wiederum relativ gesprochen) auch jetzt stecke man noch Stecknadeln; ferner, daß der Mensch sich auch jetzt noch, wenn er auch schon gelernt habe, in manchen Dingen klarer zu sehen als in barbarischen Zeiten, doch noch lange nicht daran gewöhnt habe, so zu handeln, wie es ihm die Vernunft und die Wissenschaften vorschreiben. Immerhin sind Sie, meine Herrschaften, vollkommen überzeugt, daß er sich *bestimmt* daran gewöhnen *werde,* in Zukunft, wenn auch die letzten alten, dummen Angewohnheiten ganz vergessen sein und die gesunde Vernunft nebst der Wissenschaft die menschliche Natur vollständig umerzogen und auf den einzig richtigen Weg gelenkt haben werden. Sie sind überzeugt, der Mensch werde dann von selbst aufhören, freiwillig Fehler zu begehen, und werde seinen Willen seinen normalen Interessen sozusagen unwillkürlich nicht mehr entgegensetzen. Ja, Sie sagen sogar noch: Dann wird die Wissenschaft selbst den Menschen belehren (obschon das meiner Meinung nach bereits Luxus wäre) und ihm sagen, daß er in Wirklichkeit weder Wille noch Laune besitze noch je besessen habe, und daß er selbst nichts anderes sei als eine Art Klaviertaste oder Drehorgelstiftchen, und daß auf der Welt außerdem noch Naturgesetze vorhanden wären: so daß alles, was er auch tun mag, nicht durch seinen Wunsch oder Willen getan werde, sondern ganz von selbst geschehe, einfach nach den Gesetzen der Natur. Folglich brauchte man dann nur diese Gesetze der Natur zu entdecken, und der Mensch werde für seine

Handlungen nicht mehr verantwortlich sein und ein ungemein leichtes Leben beginnen können. Selbstverständlich werden dann alle menschlichen Handlungen nach diesen Gesetzen mathematisch in der Art der Logarithmentafeln bis 10 000 berechnet und in einen Kalender eingetragen werden. Oder, noch besser, es werden einige wohlgemeinte Bücher erscheinen, etwa wie die jetzigen enzyklopädischen Lexika, in denen dann alles so genau ausgerechnet und bezeichnet ist, daß auf der Welt hinfort weder Taten aus eigenem Antrieb noch Abenteuer mehr vorkommen werden.

Dann also (das sagen alles immer noch Sie, meine Herrschaften) werden die neuen ökonomischen Verhältnisse beginnen, vollkommen ausgearbeitete und gleichfalls mit mathematischer Genauigkeit berechnete, so daß im Handumdrehen die verschiedensten Fragen ganz verschwinden werden, — eigentlich nur aus dem Grund, weil man sonst die verschiedensten Antworten auf dieselben erhielte. Dann wird ein Kristallpalast gebaut werden, dann ... Nun, mit einem Wort, dann wird der Märchenvogel angeflogen kommen[4]. Natürlich kann man nicht garantieren (jetzt rede wieder ich und von mir aus), daß es dann zum Beispiel nicht furchtbar langweilig sein werde (denn was soll man noch unternehmen, wenn alles schon auf der Tabelle ausgerechnet ist?), dafür wird es aber ungemein vernünftig zugehen. Aber was denkt man sich schließlich nicht aus Langeweile aus! Auch die goldenen Nadeln werden doch aus Langeweile gesteckt, und das wäre noch das Wenigste. Das Schändliche dabei ist nämlich, daß man sich dann der Stecknadeln womöglich noch freuen wird. Denn der Mensch ist doch dumm, phänomenal dumm! Das heißt, wenn er auch durchaus nicht dumm ist, so ist er doch so undankbar, daß man etwas Undankbareres gewiß nicht finden kann. Es würde mich zum Beispiel nicht im geringsten wundern, wenn sich dann mir nichts dir nichts inmitten der allgemeinen zukünftigen Vernünftigkeit plötzlich irgendein Gentleman mit unedler oder, besser gesagt, reaktionärer und spöttischer Physiognomie vor uns aufstellte, die Hände in die Seiten stemmte und zu uns allen sagte: »Nun wie, meine Herrschaften, sollten wir nicht diese ganze Vernünftigkeit mit einem einzigen Fußtritt zertrümmern, damit alle diese verfluchten Logarithmen zum Teufel gehen und wir wieder nach unserem törichten Willen leben können!?« Das wäre ja schließlich noch nicht so schlimm, aber kränkend ist nur, daß er doch zweifellos, ja, unbedingt Gesinnungsgenossen finden würde: so ist der Mensch nun einmal beschaffen. Und all das aus dem nichtigsten Grunde, den zu erwähnen es überhaupt nicht lohnen sollte: weil der Mensch, wer er auch sei, immer und überall so zu handeln liebte, wie er wollte, und durchaus nicht so, wie es ihm Vernunft und Vorteil befahlen. Wollen aber kann man auch gegen seinen eigenen Vorteil, zuweilen aber *muß* man das sogar *unbedingt* (das ist schon so meine Idee). Sein eigenes, freies Wollen, seine eigene, meinetwegen tollste Laune, seine eigene Phantasie, die mitunter selbst bis zur Verrücktheit verschroben sein mag, — das, gerade das ist ja dieser auf keiner einzigen Liste vermerkte vorteilhafteste Vorteil, der sich unmöglich klassifizieren läßt und durch den alle Systeme und Theorien beständig zum Teufel gehen. Und wie kommen alle diese Weisen darauf, daß der Mensch irgend so ein normales, so ein tugendhaftes Wollen brauche? Wie kommen sie darauf, sich einzubilden, daß der Mensch unbedingt ein vernünftiges, für sich vorteilhaftes Wollen nötig habe? Der Mensch braucht einzig und allein *selbständiges* Wollen, was diese Selbständigkeit auch kosten und wohin sie auch führen mag. Nun, und das Wollen, das hängt doch weiß der Teufel ...

VIII

Hahaha! Aber das Wollen, das gibt es ja in Wirklichkeit, wenn Sie wollen, überhaupt nicht!« unterbrechen Sie mich lachend. »Die Wissenschaft hat den Menschen selbst heute schon so weit zergliedert, daß, wie wir jetzt wissen, das Wollen und der sogenannte freie Wille nichts anderes sind als . . .«

Warten Sie, meine Herrschaften, ich wollte ja selbst soeben darauf zu sprechen kommen. Ich muß gestehen, ich erschrak sogar im Augenblick. Ich wollte gerade ausrufen, daß aber das Wollen doch weiß der Teufel wovon abhängt, und daß wir dafür meinetwegen noch Gott danken können, aber da fiel mir auf einmal die Wissenschaft ein und . . . ich stockte. Und dann fielen Sie mir schon ins Wort. Ja, in der Tat, angenommen, daß man wirklich irgend einmal die Formel für alle unsere Wünsche und Launen findet, ich meine, wovon sie abhängig sind, nach welchen Gesetzen sie eigentlich entstehen, wie sie sich durchsetzen, wohin sie in diesem oder jenem Falle tendieren und so weiter, kurz, eine richtige mathematische Formel dafür, — so wird der Mensch dann doch womöglich aufhören zu wollen, ja, er wird sogar bestimmt aufhören, überhaupt noch weiter zu wollen. Was ist denn das noch für ein Vergnügen, nach der Tabelle zu wollen? Und abgesehen davon: er würde sich dann doch sofort aus einem Menschen in ein Drehorgelstiftchen oder etwas dem ähnliches verwandeln; denn was wäre der Mensch ohne Wünsche, ohne Willen und ohne Wollen von Fall zu Fall anderes als ein Stiftchen an einer Drehorgelwalze? Was meinen Sie dazu? Untersuchen wir die Möglichkeiten, — wäre das denkbar oder nicht?

»Hm!« meinen Sie hierauf, Ihr Urteil überlegend, »infolge der fehlerhaften Auffassung unserer Vorteile ist auch unser Wollen größtenteils fehlerhaft. Deshalb wollen wir auch zuweilen reinen Unsinn, weil wir infolge unserer Dummheit in diesem Unsinn den leichtesten Weg zur Erlangung irgendeines vermeintlichen Vorteils sehen. Nun, wenn aber alles erklärt, schwarz auf weiß ausgerechnet sein wird (was sogar sehr möglich ist, denn es wäre abscheulich und sinnlos, im voraus zu glauben, daß der Mensch gewisse Naturgesetze niemals erfahren werde), so wird es dann dieses sogenannte Wollen selbstverständlich nicht mehr geben. Denn wenn das Wollen später einmal mit der Vernunft vollkommen übereinstimmen wird, dann werden wir eben nur noch vernunftgemäß denken, nicht aber wollen, und das einfach aus dem Grunde, weil man doch zum Beispiel bei voller Vernunft nicht Blödsinn *wollen* und somit bewußt gegen seine Vernunft handeln und sich Nachteiliges wünschen kann ... Da man aber alle Wünsche und Erwägungen tatsächlich einmal berechnet haben wird, denn irgendeinmal wird man doch die Gesetze unseres sogenannten freien Willens entdecken, so wird es folglich einmal doch und im Ernst zu so einer Art Tabelle kommen, worauf wir dann auch wirklich nach dieser Tabelle wollen werden. Denn wenn man mir vorrechnet und beweist, daß ich, wenn ich irgend jemandem die Faust gezeigt, dieses ausschließlich getan habe, weil ich sie unbedingt gerade so, mit genau dieser Grimasse habe zeigen müssen, dann möchte ich bloß wissen, was danach noch *Freies* in mir übrig bleibt, besonders wenn ich Gelehrter bin und irgendwo einen wissenschaftlichen Kursus beendet habe? Dann kann ich ja mein Leben auf ganze dreißig Jahre vorausberechnen. Mit einem Wort, wenn es einmal dazu kommt, so wird doch nichts mehr zu machen sein; man wird es einfach so hinnehmen müssen. Ja, und überhaupt müssen wir uns unermüdlich immer wieder sagen, daß die Natur uns dann und dann, sagen wir in dem Augenblick, da wir die Faust unter diesen oder jenen Umständen zeigen, nicht erst nach unserem Willen fragt; wir müssen die Natur so nehmen, wie sie ist, nicht aber so, wie wir sie uns in der Phantasie vorstellen, und wenn wir wirklich der Tabelle und dem Kalender, nun und ... meinetwegen auch der Retorte zustreben, so — was ist denn dagegen zu machen? — so wird man auch die Retorte hinnehmen müssen! Andernfalls wird sie eben ohne uns hingenommen ...«

Wunderbar, aber gerade hier liegt nun meiner Meinung nach der Haken! Meine Herrschaften, verzeihen Sie, daß ich mich von der Philosophie habe fortreißen lassen; in ihr liegen vierzig Jahre Leben im Untergrund! Also erlauben Sie mir schon, ein wenig zu phantasieren. Sehen Sie mal: die Vernunft, meine Herrschaften, ist eine gute Sache, das wird niemand bestreiten, aber die Vernunft ist und bleibt nur Vernunft und genügt nur dem Vernunftteil des Menschen; das Wollen dagegen ist die Offenbarung des ganzen Lebens, das heißt des gesamten menschlichen Lebens, auch einschließlich der Vernunft, und mit allen seinen Heimsuchungen. Und wenn sich auch unser Leben in dieser Offenbarung oftmals als ein lumpiges Ding erweist, so ist es doch immerhin Leben und nicht nur ein Ausziehen von Quadratwurzeln. Denn ich zum Beispiel will doch selbstverständlich leben, um meine ganze Lebenskraft zu befriedigen, nicht aber, um bloß meiner Vernunft Genüge zu tun, also irgendeinem zwanzigsten Teil meiner ganzen Lebenskraft. Was weiß denn die Vernunft? Die Vernunft weiß nur das, was sie bereits erfahren hat (anderes wird sie wohl nie wissen: das ist zwar kein Trost, doch warum soll man es denn nicht aussprechen?), die menschliche Natur jedoch handelt stets als Ganzes, mit allem, was in ihr ist, bewußt und unbewußt, und wenn sie auch flunkert, so lebt sie doch. Ich argwöhne, meine Herrschaften, daß Sie mich jetzt gewissermaßen mit Erbarmen betrachten; Sie wiederholen mir, daß es für einen gebildeten und entwickelten Menschen, kurz, für einen Menschen, wie wir ihn im zukünftigen Typ haben werden, unmöglich sein werde, wissentlich etwas für sich Unvorteilhaftes zu wünschen, das sei doch mathematisch klar. Ich bin vollkommen einverstanden mit Ihnen, meine Herrschaften, ich gebe zu, daß das tatsächlich mathematisch klar ist. Trotzdem aber sage ich Ihnen zum hundertsten Mal: es gibt solch einen Fall, nur einen einzigen, in dem sich der Mensch wissentlich, absichtlich sogar Schädliches, Dummes, ja sogar Allerdümmstes wünschen kann, und zwar: um das *Recht zu haben,* sich sogar das Dümmste zu wünschen, und nicht durch die Pflicht, sich einzig und allein Kluges wünschen zu müssen, gebunden zu sein. Gerade dieses „Allerdümmste", diese seine Laune kann ja doch, meine Herrschaften, für unsereinen in der Tat das Vorteilhafteste von allem sein, was es auf der Welt gibt, und das besonders noch in gewissen Fällen. Und mitunter kann es sogar vorteilhafter als alle Vorteile selbst in solch einem Fall sein, wenn es uns augenscheinlich Schaden bringt und unseren allergesündesten Vernunftschlüssen über die Vorteile widerspricht, denn es erhält uns jedenfalls das Hauptsächlichste und Teuerste: unsere Individualität. Behaupten doch schon einige, daß diese für den Menschen wirklich das Teuerste sei. Das Wollen kann sich natürlich, wenn es will, auch mit der Vernunft vereinigen, besonders wenn man diese nicht mißbraucht, sondern sich ihrer gemäßigt bedient; das ist dann auch ganz nützlich und zuweilen sogar lobenswert. Nun ist aber das Wollen sehr häufig, ja, sogar größtenteils vollkommen und eigensinnig anderer Meinung als die Vernunft, und ... und ... und wissen Sie auch, daß selbst das nützlich und zuweilen sogar sehr lobenswert ist? Meine Herrschaften, nehmen wir an, daß der Mensch nicht dumm ist. (Das kann man ja auch wirklich nicht von ihm sagen, denn sonst erhebt sich doch sofort die Frage, wer dann eigentlich klug sein soll?) Aber wenn er auch nicht dumm ist, so ist er doch — ungeheuer undankbar! Ich glaube sogar, daß die beste Bezeichnung des Menschen *die* wäre: ein Wesen, das auf zwei Beinen steht und undankbar ist. Doch das ist noch nicht alles; das ist noch nicht sein Hauptfehler; sein Hauptfehler ist — seine beständige, konsequente Unsittsamkeit, von der Sintflut an bis zur Schleswig-Holsteinischen Periode der Menschheitsgeschicke. Ja, seine Unsittsamkeit, folglich aber auch seine Unvernunft; denn es ist doch schon längst bekannt, daß Unvernunft aus nichts anderem hervorgeht als aus Unsittsamkeit. Versuchen Sie es doch, werfen Sie einen Blick auf die Geschichte der Menschheit: nun, was? Großartig — wie? Meinetwegen auch großartig; allein schon der Koloß von Rhodos, was der wert ist! Nicht umsonst sagten die einen von ihm, er sei ein Werk von Menschenhand, die anderen aber, er sei von der

Natur selbst hervorgebracht. — Oder finden Sie sie bunt? Nun, meinetwegen auch bunt: wollte man bloß die Parade-uniformen der Militärs und Staatsbeamten nach den Jahr-hunderten und den Nationen sortieren — welch eine Heiden-arbeit wäre schon das allein, und mit den Mänteln noch dazu, wäre es vollends zum Beinebrechen. Kein Historiker käme damit zu Rande.—Oder einförmig? Nun, meinetwegen auch einförmig: sie raufen sich, und raufen sich, und haben sich schon früher gerauft und werden sich auch hinfort noch raufen,—Sie müssen doch zugeben, daß das schon gar zu ein-förmig ist. Mit einem Wort, man kann alles über die Welt-geschichte sagen, alles, was der hirnverbranntesten Einbil-dungskraft nur einfällt. Nur eines kann man nicht sagen, nämlich: daß sie vernünftig sei. Sie würden beim ersten Wort stecken bleiben und das Hüsteln kriegen. Und dabei stößt man noch immer wieder auf folgenden Schabernack: fort-während erscheinen im Leben solche sittsamen und ver-nünftigen Leute, Weise und Menschenfreunde, die es sich zum Ziel setzen, ihr Leben lang sich möglichst sittsam und vernünftig zu benehmen, gleichsam um mit ihrer Person den lieben Nächsten eine Leuchte zu sein, und zwar eigentlich nur, um ihnen zu beweisen, daß man in der Welt tatsächlich sowohl sittsam als auch vernünftig leben kann. Und? Be-kanntlich sind sich nun viele dieser Menschenfreunde früher oder später oder vielleicht auch erst an ihrem späten Lebens-abend nicht treu geblieben und haben irgend so ein gewisses Geschichtchen inszeniert, zuweilen sogar eines, das zu den allerunanständigsten gehört. Jetzt frage ich Sie: was kann man nun von einem Menschen, als einem Wesen, das mit solchen sonderbaren Eigenschaften bedacht ist, erwarten? Überschütten Sie ihn mit allen Erdengütern, versenken Sie ihn in Glück bis über die Ohren, bis über den Kopf, so daß an die Oberfläche des Glücks wie zum Wasserspiegel nur noch Bläschen aufsteigen, geben Sie ihm ein pekuniäres Auskommen, daß ihm nichts anderes zu tun übrig bleibt, als zu schlafen, Lebkuchen zu vertilgen und für den Fortbestand der Menschheit zu sorgen, — so wird er doch, dieser selbe Mensch, Ihnen auf der Stelle aus purer Undankbarkeit, einzig aus Schmähsucht einen Streich spielen. Er wird sogar die Lebkuchen aufs Spiel setzen und sich vielleicht den verderblichsten Unsinn wünschen, den allerunökonomischsten Blödsinn, einzig um in diese ganze positive Vernünftigkeit sein eigenes unheilbringendes phantastisches Element beizumischen. Gerade seine phantastischen Einfälle, seine banale Dummheit wird er behalten wollen, und zwar ausschließlich zu dem Zweck, um sich selbst zu bestätigen (ganz als ob das, Gott weiß wie, nötig wäre), daß die Menschen immer noch Menschen sind, und nicht Klaviertasten, auf denen meinetwegen die Naturgesetze eigenhändig spielen mögen, dafür aber auch drohen, sich dermaßen einzuspielen, daß man abseits vom Kalender überhaupt nichts mehr wird wollen dürfen. Und nicht genug damit: selbst wenn er sich wirklich nur als Klaviertaste erwiese und selbst wenn man ihm das sogar naturwissenschaftlich und mathematisch bewiese, selbst dann würde er nicht Vernunft annehmen, und zum Trotz noch absichtlich Unheil anstiften, natürlich nur aus purer Undankbarkeit; oder eigentlich nur, um auf dem Seinen zu bestehen. Falls er aber bei sich keine Mittel, keine Möglichkeiten dazu haben sollte, so würde er sich Zerstörung und Chaos ausdenken, würde sich womöglich selbst Qualen ausdenken, aber doch auf dem Seinen eigensinnig bestehen! Seinen Fluch würde er über die Welt aussprechen, und da doch nur der Mensch allein verfluchen kann (das ist nun einmal sein Privileg, eines, das ihn vorzugsweise von den anderen Tieren unterscheidet), so wird er doch mit diesem Fluch allein schon erreichen, was er will, das heißt, er wird sich tatsächlich überzeugen, daß er ein Mensch und keine Klaviertaste ist! Wenn Sie sagen, man werde auch dieses alles nach der Tabelle ausrechnen können, Chaos, Finsternis und Fluch, so daß schon die bloße Möglichkeit der vorherigen Berechnung alles zum Stocken brächte und die Vernunft dann doch Sieger bliebe, — so wird der Mensch in dem Fall womöglich mit Absicht verrückt werden, um keine Vernunft mehr zu haben und somit doch auf dem Seinen bestehen zu können! Daran glaube ich fest, dafür bürge ich, denn genau genommen besteht doch das ganze menschliche Tun, wie's scheint, tatsächlich bloß darin, daß der Mensch sich fortwährend selbst beweisen möchte, daß er ein Mensch ist und kein Stiftchen! Und wenn er es auch selbst ausbaden mußte, aber er bewies es doch, gleichviel mit welchen Schmerzen; wenn auch mit Troglodytentum, aber er bewies es. Wie soll man nun nicht aufbegehren und nicht dankbar sein, daß die Tabelle noch nicht eingeführt ist und das Wollen vorläufig immer noch, der Teufel weiß wovon, abhängt?

Sie schreien mir zu (wenn Sie mich überhaupt noch einer Antwort würdigen), daß mir deshalb doch noch niemand den Willen entziehe; daß man ja hierbei nur eines im Auge habe, nämlich: es irgendwie so zu machen, daß mein Wille ganz von selbst, also freiwillig mit meinen normalen Interessen zusammenfalle, mit den Gesetzen der Natur und mit der Arithmetik.

Ach, meine Herrschaften, was kann es denn da noch für einen eigenen Willen geben, wenn die Sache schon bis zur Tabelle und bis zur Arithmetik kommt, wenn nur noch Zweimal-zwei-gleich-vier im Gange ist? Zweimal-zwei wird ja auch ohne meinen Willen vier sein. Sieht denn eigener Wille etwa so aus!

IX

Meine Herrschaften, ich scherze natürlich nur, und ich weiß es ja selbst, daß ich witzlos scherze, aber man kann doch wirklich nicht alles für Scherz erklären. Vielleicht scherze ich zähneknirschend. Meine Herrschaften, mich quälen viele Fragen. Beantworten Sie sie mir. Sie wollen zum Beispiel den Menschen von seinen alten Angewohnheiten abbringen und seinen Willen den Erkenntnissen der Wissenschaft und der gesunden Vernunft gemäß verbessern. Woher aber wissen Sie denn, ob es nicht nur möglich, sondern ob es überhaupt *nötig* ist, den Menschen so zu verändern? Woraus schließen Sie, daß das menschliche Wollen der Verbesserung so notwendig *bedarf*? Mit einem Wort: woraus schließen Sie, daß eine solche Verbesserung für den Menschen wirklich vorteilhaft wäre? Und – da ich Sie schon einmal frage – warum sind Sie so *sicher* überzeugt, daß den wahren, normalen Vorteilen, die durch die Schlüsse der gesunden Vernunft und die Arithmetik garantiert werden, *nicht* zuwiderhandeln, für den Menschen immer wirklich vorteilhaft und für die ganze Menschheit durchaus Gesetz sei? Das ist doch vorläufig nur Ihre Annahme. Nun schön, nehmen wir an, daß es das Gesetz der Logik ist, aber nur deswegen allein braucht es doch vielleicht noch längst nicht das Gesetz der Menschheit zu sein. Sie glauben vielleicht, meine Herrschaften, ich sei verrückt? Erlauben Sie, daß ich mich rechtfertige. Also gut: der Mensch ist ein vornehmlich schöpferisches Tier, das verurteilt ist, bewußt zu einem Ziel zu streben, und sich mit der Ingenieurkunst zu befassen, das heißt sich ewig und ununterbrochen einen Weg zu bahnen, wenn auch *einerlei wohin*. Nun aber will er sich vielleicht gerade deswegen zuweilen aus dem Staube machen oder sich seitwärts in die Büsche schlagen, weil er dazu *verurteilt* ist, sich diesen Weg zu bahnen, und meinetwegen auch noch aus dem anderen Grunde, weil ihm, wie dumm der unmittelbare und tätige Mensch im allgemeinen auch sein mag, zuweilen doch der Gedanke kommt, daß dieser Weg, wie es sich erweist, fast immer *einerlei wohin* führt, und daß die Hauptsache durchaus nicht ist, *wohin* er führt, sondern, daß er überhaupt nur führt, auf daß sich das artige Kind nicht, die Ingenieurarbeit verschmähend, dem verderblichen Müßiggang ergebe, der, wie allgemein bekannt, der Vater aller Laster ist. Der Mensch liebt es, sich als Schöpfer zu erweisen und Wege zu bahnen, das ist unbestreitbar. Warum aber liebt er bis zur Leidenschaft ebenso Zerstörung und Chaos?

Bitte, beantworten Sie mir doch diese Frage! Aber darüber möchte ich selbst ein paar Worte sagen, so ganz für sich. Liebt er Zerstörung und Chaos vielleicht deswegen so sehr (denn es ist doch klar, daß er sie zuweilen ganz ungewöhnlich liebt, das ist schon so), weil er sich instinktiv fürchtet, das Ziel zu erreichen und das zu erbauende Gebäude zu vollenden? Was können Sie wissen, vielleicht liebt er dieses Gebäude nur aus der Entfernung, nicht aber in der Nähe? Vielleicht liebt er nur, es zu erschaffen, nicht aber in ihm zu leben, weshalb er es nachher aux animaux domestiques überläßt, als da sind: Ameisen, Schafe und so weiter. Sehen Sie, die Ameisen zum Beispiel, die haben einen ganz anderen Geschmack. Die haben ein bewundernswertes Gebäude von eben dieser Art, das unverwüstlich in ewig gleicher Form weiterbesteht, — den Ameisenhaufen.

Mit dem Ameisenhaufen haben die ehrenwerten Ameisen angefangen, mit dem Ameisenhaufen werden sie bestimmt auch enden, was ihrer Beständigkeit und ihrem Wirklichkeitssinn fraglos Ehre macht. Der Mensch aber ist ein leichtsinniges und garstiges Geschöpf und liebt vielleicht gleich dem Schachspieler nur den Prozeß des Strebens zum Ziel, nicht aber das Ziel an und für sich. Und wer weiß (man kann sich doch nicht dafür verbürgen), vielleicht liegt auch das ganze Erdenziel, zu dem die Menschheit strebt, nur in dieser ununterbrochenen Fortdauer des Strebens zum Ziel, mit anderen Worten: im Leben selbst, nicht aber im eigentlichen Ziel, das natürlich nichts anderes sein kann als Zweimalzwei-ist-vier, also die Formel. Zweimal-zwei-ist-vier ist aber schon nicht mehr Leben, meine Herrschaften, sondern der Anfang des Todes. Wenigstens hat der Mensch dieses Zweimal-zwei-ist-vier immer gewissermaßen gefürchtet, ich aber fürchte es auch jetzt noch. Nehmen wir an, daß der Mensch nichts anderes tut als dieses Zweimal-zwei-ist-vier suchen, in diesem Suchen Ozeane überschwimmt, das Leben opfert, jedoch es zu finden, es wirklich zu finden, sich, bei Gott, gewissermaßen fürchtet. Er fühlt doch, daß ihm, wenn er es gefunden hat, nichts mehr zu suchen übrig bleiben wird. Wenn Arbeiter eine Arbeit beendet haben, so erhalten sie doch wenigstens Geld, für das sie in die Schenke gehen und sich betrinken können, um danach auf die Polizeiwache zu geraten,—und damit wäre dann eine Woche ausgefüllt. Wohin aber soll der Mensch gehen? Wenigstens kann man an ihm, wenn er irgendwo ein Ziel erreicht hat, immer eine gewisse Verlegenheit wahrnehmen. Das Streben nach der Erreichung des Zieles liebt er, das Erreichen selbst aber — nicht mehr so ganz; und das ist natürlich furchtbar komisch. Mit einem Wort: der Mensch ist komisch geschaffen; in allem zusammengenommen ist augenscheinlich ein Witz enthalten. Doch das Zweimal-zwei-ist-vier — bleibt immerhin eine verteufelt unerträgliche Sache. Zweimal-zwei-ist-vier — das ist meiner Meinung nach nichts als eine Frechheit! Zweimalzwei-ist-vier steht wie ein unverschämter Bengel, die Hände in die Seiten gestemmt, mitten auf unserem Wege und spuckt bloß nach rechts und links. Ich gebe ja widerspruchslos zu, daß dieses Zweimal-zwei-ist-vier eine ganz vortreffliche Sache ist; aber wenn man schon einmal alles loben soll, dann ist auch Zweimal-zwei-ist-*fünf* mitunter ein allerliebstes Sächelchen.

Und warum sind Sie so fest, so feierlich überzeugt, daß ausschließlich das Normale und Praktische, mit einem Wort, daß nur das Wohlergehen für den Menschen vorteilhaft sei? Sollte sich die Vernunft nicht vielleicht doch täuschen in dem, was sie Vorteile nennt? Denn es wäre doch möglich, daß der Mensch nicht nur das Wohlergehen liebt! Vielleicht liebt er ganz ebenso sehr das Leiden? Vielleicht bringt ihm das Leid ebensoviel Gewinn wie das Wohlergehen? Und der Mensch liebt zuweilen wirklich das Leiden, bis zur Leidenschaft kann er es lieben, und das ist Tatsache. Hierfür braucht man nicht erst in der Weltgeschichte nachzuschlagen; man frage sich selbst, wenn man nur ein Mensch ist und zum mindesten ein wenig gelebt hat. Was meine persönliche Meinung anbetrifft, so ist nichts als Wohlergehen lieben sogar gewissermaßen unanständig. Ob's gut oder schlecht ist,

– aber irgend etwas zerbrechen ist doch manchmal gleichfalls sehr angenehm. Ich trete ja hier eigentlich nicht gerade für das Leiden ein, aber natürlich auch nicht für das Wohlergehen. Ich trete für ... die eigene Kaprice ein und dafür, daß sie mir freisteht, wenn ich ihrer bedarf. Das Leiden wird zum Beispiel in Vaudevilles nicht zugelassen, das weiß ich. Im Kristallpalast ist es ja auch undenkbar: Leiden ist Zweifel, ist Verneinung, was aber wäre denn das für ein Kristallpalast, wo man noch zweifeln könnte? Indessen bin ich überzeugt, daß der Mensch auf das wirkliche Leiden, das heißt auf Zerstörung und Chaos niemals verzichten wird. Das Leiden — ja, das ist doch die einzige Ursache der Erkenntnis. Wenn ich auch zu Anfang behauptet habe, daß die Erkenntnis meiner Meinung nach für den Menschen das größte Unglück ist, so weiß ich doch, daß der Mensch sie liebt und gegen keine Befriedigungen eintauschen würde. Die Erkenntnis steht zum Beispiel unendlich höher als Zweimalzwei. Nach den Zweimalzweien, versteht sich, bleibt ja nicht nur nichts mehr zu tun, sondern auch nichts mehr zu erkennen übrig. Alles, was dann noch möglich sein wird, ist — seine fünf Sinne zu verstopfen und sich in Betrachtung zu versenken. Nun, und wenn er dabei auch zum selben Ergebnis kommt: daß da nichts zu machen ist, so wird man wenigstens sich selbst mitunter auspeitschen können, das aber ermuntert doch immerhin. Wenn's auch rückständig ist, so ist es doch immer noch besser als nichts tun.

X

Sie glauben an einen ewig unzerstörbaren Kristallpalast, also an etwas, dem man heimlich weder die Zunge noch hinterrücks die Faust wird zeigen können. Nun, ich aber fürchte diesen Palast vielleicht gerade deshalb, weil er aus Kristall und ewig unzerstörbar ist, und weil man ihm nicht einmal heimlich wird die Zunge zeigen können.

Denn sehen Sie mal: wenn an der Stelle des Palastes ein Hühnerstall wäre und es regnete, so würde ich vielleicht auch in den Hühnerstall kriechen, um nicht naß zu werden, doch würde ich deshalb nicht aus bloßer Dankbarkeit den Hühnerstall für einen Palast halten, einzig weil er mich vor dem Regen beschützt hat. Sie lachen, Sie sagen sogar, in diesem Fall wären ein Hühnerstall und ein großes Wohnhaus — ein und dasselbe. Gewiß, antworte ich, wenn man nur zu dem Zweck lebte, um nicht naß zu werden.

Was soll ich aber tun, wenn ich es mir nun einmal in den Kopf gesetzt habe, daß man nicht nur zu diesem Zweck lebt, und daß man, wenn man schon einmal lebt, dann auch in Wohnhäusern leben sollte. Das ist mein Trieb, das sind meine Wünsche, und die werden Sie nur dann aus mir herausreißen können, wenn es Ihnen zuvor gelingt, meine Wünsche zu ändern. Nun gut, ändern Sie mich, verführen Sie mich zu etwas anderem, geben Sie mir ein anderes Ideal. Vorher aber werde ich einen Hühnerstall nicht für einen Palast halten. Mag es sogar so sein, daß der Kristallpalast nur eine Aufschneiderei und von den Naturgesetzen überhaupt nicht vorgesehen ist, und daß ich ihn mir nur infolge meiner eigenen Dummheit ausgedacht habe, infolge einiger altmodischen irrationalen Angewohnheiten unserer Generation. Was geht es aber mich an, daß er nicht vorgesehen ist. Bleibt sich das denn nicht ganz gleich, wenn er nur in meinen Wünschen vorhanden ist, oder, besser gesagt, so lange vorhanden ist, wie meine Wünsche vorhanden sind? Vielleicht belieben Sie wieder, über mich zu lachen? Bitte! Ich nehme Ihren ganzen Spott gerne hin, werde aber trotzdem nicht sagen, daß ich satt sei, wenn ich hungrig bin; ich weiß immerhin, daß ich mich mit einem Kompromiß nicht zufrieden geben werde, mit einer unendlichen periodischen Null, bloß weil sie nach den Naturgesetzen vorhanden und zwar *wirklich* vorhanden ist. Ich werde niemals sagen, die Krone meiner Wünsche sei — eine Mietskaserne mit Wohnungen für arme Mieter mit tausendjährigem Kontrakt, und für alle Fälle mit dem Aushängeschild irgendeines Zahnarztes Wagenheim. Vernichten Sie meine Wünsche, löschen Sie die Bilder meiner Ideale aus, zeigen Sie mir irgend etwas Besseres, und ich werde Ihnen folgen. Sie wollen mir vielleicht sagen, es lohne sich nicht, unsere Bekanntschaft fortzusetzen? Aber in dem Fall könnte doch auch ich Ihnen von mir aus dasselbe sagen. Wir reden doch im Ernst miteinander. Und wenn Sie mich Ihrer Aufmerksamkeit nicht mehr würdigen wollen, so kann ich nur sagen, daß ich Sie auf der Straße ja sowieso nicht grüßen werde. Ich habe meinen Untergrund.

Vorläufig aber lebe und wünsche ich noch, – und daß mir meine Hand verdorre, wenn ich auch nur einen einzigen Ziegelstein zum Bau einer solchen Mietskaserne beitrüge! Beachten Sie es nicht, daß ich vorhin den Kristallpalast, wie ich vorgab, einzig aus dem Grunde ablehnte, weil man ihm nicht die Zunge wird zeigen können. Ich habe das keineswegs gesagt, weil ich es etwa so liebe, meine Zunge herauszustecken. Ich ... vielleicht hat es mich nur geärgert, daß es unter allen Ihren Gebäuden bis jetzt noch kein einziges gibt, dem man nicht die Zunge zeigen möchte. Im Gegenteil, ich wäre sogar gern bereit, mir aus lauter Dankbarkeit die Zunge ganz abschneiden zu lassen, wenn man mir dafür garantiert, daß ich dann niemals mehr wollen werde, sie noch herauszustecken. Was kann ich dafür, daß mir dieses niemand garantiert, und daß man sich mit Mietswohnungen begnügen muß. Warum bin ich denn mit solchen Wünschen geschaffen? Sollte ich denn wirklich nur zu dem Zweck geschaffen sein, damit ich zur Überzeugung komme, daß meine ganze Veranlagung nichts als Schwindel ist? Sollte wirklich der ganze Zweck meines Daseins nur darin liegen? Glaub's nicht.

Doch, übrigens, wissen Sie was: ich bin überzeugt, daß man unsereinen, ich meine: solch einen Untergrundmenschen, im Zaum halten muß. Er ist wohl fähig, vierzig Jahre lang stumm in seinem Unterraum zu sitzen, dafür aber geht er, wenn er dann einmal ans Tageslicht kommt, auch sofort durch: dann redet er, redet er, redet er ...

XI

Das Resultat, meine Herrschaften: am besten ist — überhaupt nichts tun! Lieber kontemplative Trägheit! Inertia! Nichts als Beharrungsvermögen. Und darum — es lebe der Untergrund! Ich habe zwar gesagt, daß ich den normalen Menschen bis zur Gelbsucht beneide, doch unter jenen Bedingungen, unter denen ich ihn leben sehe, möchte ich nicht mit ihm tauschen (obgleich ich trotzdem nicht aufhören werde, ihn zu beneiden. Nein, nein, der Untergrund ist in jedem Fall vorteilhafter!). Dort kann man wenigstens ... Ach! Ich lüge ja schon wieder! Ich lüge, weil ich ja selbst weiß, so genau wie Zweimal-zwei weiß, daß der Untergrund keineswegs besser ist, sondern etwas anderes, ganz Anderes, wonach ich lechze, und das ich dennoch auf keine Weise finden kann! Der Teufel hole den Untergrund!

Und wissen Sie, was hier sogar schon besser wäre: das wäre — wenn ich selbst auch nur irgend etwas von dem glauben könnte, was ich soeben geschrieben habe. Ich schwöre Ihnen doch, meine Herrschaften, daß ich keinem einzigen, aber auch wirklich keinem einzigen Wort von all dem hier Geschriebenen glaube! Das heißt, ich glaube ja meinetwegen so teils, teils, aber schon im selben Augenblick fühle und argwöhne ich, weiß wirklich nicht warum, daß ich wie ein Schuster lüge.

»Ja, wozu haben Sie dann das alles geschrieben?« fragen Sie mich.

»Warten Sie mal, ich werde Sie auf vierzig Jahre ohne jede Beschäftigung einsperren, und dann nach vierzig Jahren zu Ihnen kommen, um mich zu erkundigen, wie weit Sie es gebracht haben. Kann man denn einen Menschen vierzig Jahre lang müßig allein lassen?«

»Und das soll nicht eine Schande und nicht erniedrigend sein!« werden Sie mir vielleicht mit Verachtung vorhalten und dazu mißbilligend die Köpfe schütteln. »Sie lechzen nach dem Leben und beantworten dabei die Lebensfragen mit

logischem Wirrwarr. Und wie zudringlich, wie frech Ihre
Ausfälle sind, und wie Sie sich gleichzeitig doch fürchten!
Sie reden Unsinn und finden Gefallen an ihm; Sie sagen
Frechheiten, deretwegen Sie sich dauernd fürchten, und für
die Sie fortwährend um Entschuldigung bitten. Sie versichern
zwar, Sie fürchteten nichts, und bemühen sich gleichzeitig
doch, unsere gute Meinung zu erschmeicheln. Sie versichern,
Sie knirschten mit den Zähnen, und zu gleicher Zeit reißen
Sie Witzchen, um uns zu erheitern. Sie wissen, daß Ihre
Witze nicht geistreich sind, und trotzdem sind Sie mit ihrem
literarischen Wert augenscheinlich sehr zufrieden. Es ist mög-
lich, daß Sie wirklich gelitten haben, aber Sie haben für
Ihr Leid nicht die geringste Achtung. In Ihnen steckt allerdings auch Wahrheit, doch was Ihnen gänzlich fehlt, ist
Schamgefühl; aus kleinlichster Ruhmsucht tragen Sie Ihre
Wahrheit zur Schau, zu Schimpf und Schande auf den
Markt ... Sie wollen, wie's scheint, tatsächlich etwas sagen,
doch aus Furcht halten Sie Ihr letztes Wort zurück, denn
Sie haben nicht die Entschlossenheit, es auszusprechen, sondern nur feige Unverschämtheit. Sie tun groß mit Ihrer Erkenntnis, doch im Grunde schwanken Sie nur hin und her,
denn wenn Ihr Verstand auch arbeitet, so ist doch Ihr Herz
von Verderbnis getrübt. Ohne ein reines Herz aber wird man
niemals zu voller, rechter Erkenntnis gelangen. Und wie
zudringlich Sie sind, wie lästig, und wie Sie sich verstellen!
Alles Lüge, Lüge und Lüge!«

Selbstverständlich habe ich diese Worte mir selbst ausgedacht. Die stammen gleichfalls aus dem Untergrund. Dort
habe ich vierzig Jahre lang auf diese Ihre Worte durch eine
kleine Spalte gelauscht. Ich habe sie mir selbst ausgedacht ...
das ist ja doch alles, was bei meinem Denken herausgekom-
men ist. Kein Wunder, daß ich sie schon auswendig hersagen
kann, und daß sie literarische Form angenommen haben ...

Sollte es möglich sein, wäre es wirklich möglich, daß Sie
tatsächlich so leichtgläubig sind und faktisch glauben, ich
würde alles, was ich geschrieben habe, drucken lassen und es

Ihnen noch zu lesen geben? Und dann ist mir noch eines rätselhaft: warum nenne ich Sie »meine Herrschaften«, warum wende ich mich an Sie, ganz als ob ich mich wirklich an Leser wendete? Geständnisse, wie *ich* sie zu machen beabsichtige, läßt man nicht drucken und gibt man nicht anderen zu lesen. Wenigstens habe ich nicht so viel Festigkeit in mir, um so etwas zu tun, und ich halte es auch für überflüssig, sie zu haben. Aber, sehen Sie, mir ist ein phantastischer Einfall in den Kopf gekommen, und nun will ich ihn unbedingt aussprechen. Es handelt sich um folgendes:

In den Erinnerungen eines jeden Menschen gibt es Dinge, die er nicht allen mitteilt, sondern höchstens seinen Freunden. Aber es gibt auch Dinge, die er nicht einmal den Freunden aufdeckt, sondern nur sich selbst, und auch das nur unter dem Siegel der Verschwiegenheit. Schließlich aber gibt es auch noch Dinge, die der Mensch sogar sich selber zu sagen fürchtet, und solcher Dinge sammelt sich bei jedem anständigen Menschen eine ganz beträchtliche Menge an. Und zwar läßt sich noch folgendes sagen: je mehr er ein anständiger Mensch ist, desto mehr wird es solcher Dinge bei ihm geben. Wenigstens habe ich mich erst vor ganz kurzer Zeit entschlossen, mich einiger meiner früheren Erlebnisse zu erinnern, bisher aber habe ich sie immer umgangen, und das noch dazu immer mit einer gewissen Unruhe. Jetzt jedoch, da ich nicht nur an sie denke, sondern mich sogar entschlossen habe, sie niederzuschreiben, jetzt will ich gerade erproben: kann man denn wenigstens sich selbst gegenüber ganz und gar aufrichtig sein, ohne die ganze Wahrheit zu fürchten? Bei der Gelegenheit: Heine behauptet, vollkommen wahrheitsgetreue Autobiographien seien fast unmöglich, und der Mensch werde bestimmt immer vieles, was er über sich aussagt, beschönigen. Seiner Meinung nach hat zum Beispiel Rousseau in seinen Bekenntnissen bestimmt über sich selbst gelogen, und sogar bewußt gelogen, aus Ruhmsucht. Ich bin überzeugt, daß Heine recht hat: ich verstehe sehr gut, wie man sich zuweilen einzig aus Eitelkeit ganze

Verbrechen aufschwätzen kann, und ich begreife auch vollkommen, welcher Art diese Eitelkeit ist. Doch Heine urteilte über einen Menschen, der vor einem Publikum beichtete. Ich jedoch schreibe nur für mich und erkläre hiermit ein für alle Mal, daß ich, wenn ich auch so schreibe, als wendete ich mich an meine Leser, das nur zum Schein tue, weil es mir so leichter fällt, zu schreiben. Es ist also nur eine gewisse Form von mir, eine ganz bedeutungslose Redeweise: Leser werde ich niemals haben. Übrigens habe ich das schon einmal gesagt ...

Ich will mich bei der Niederschrift meiner Aufzeichnungen durch nichts beeinflussen lassen. Ein besonderes System werde ich nicht anwenden. Werde schreiben, was mir gerade einfällt.

Nun, sehen Sie, da könnten Sie mich jetzt mit vollem Recht fragen: »Warum treffen Sie denn, wenn Sie wirklich nicht auf Leser rechnen, mit sich selbst und dazu noch schriftlich solche Verabredungen, wie zum Beispiel, daß Sie kein System anwenden werden, daß Sie alles so niederschreiben wollen, wie es Ihnen einfällt usw.? Wozu erklären Sie so viel? Warum entschuldigen Sie sich?«

»Ja, was soll man machen, das geschieht nun einmal so«, antworte ich.

Dahinter liegt übrigens eine ganze Psychologie. Es kann aber auch sein, daß ich einfach nur ein Feigling bin. Aber es kann auch sein, daß ich mir absichtlich ein Publikum ausdenke, um mich während des Schreibens anständiger zu benehmen. Gründe kann es doch an die tausend geben.

Aber noch eines: warum eigentlich, zu welch einem Zweck will ich denn schreiben? Wenn es nicht für ein Publikum geschieht, so könnte man sich alles dessen doch auch so, einfach in Gedanken, erinnern, ohne es zu Papier zu bringen?

Stimmt. Aber auf dem Papier nimmt es sich doch gewissermaßen feierlicher aus. Geschrieben liegt etwas Eindringlicheres darin, es wird mehr wie Gericht über sich selbst sein, und mein Stil wird sich entwickeln. Außerdem: vielleicht wird mir das Aufschreiben wirklich Erleichterung bringen. Gegenwärtig bedrückt mich zum Beispiel ganz besonders eine Erinnerung aus längst vergangener Zeit. Vor einigen Tagen fiel mir diese Geschichte plötzlich ein, und seit der Zeit kann ich sie nicht mehr loswerden, ganz wie ein lästiges musikalisches Motiv, das einem zuweilen nicht aus den Ohren will. Und doch muß ich mich endlich davon befreien. Solcher Erinnerungen habe ich zu Hunderten; zuweilen aber löst sich aus den Hunderten eine einzige, irgendeine, die dann anfängt, mich zu quälen. Aus einem unbestimmten Grund glaube ich, daß ich mich von ihr befreien werde, wenn ich sie niederschreibe. Warum soll ich's nicht versuchen?

Und dann: Ich langweile mich, habe nie etwas zu tun. Schreiben aber ist doch immerhin so etwas wie eine Arbeit. Man sagt, daß der Mensch durch Arbeit gut und ehrlich werde. Nun, da hätte man wenigstens eine Chance.

Es schneit. Nasser, trübgrauer Schnee. Gestern schneite es gleichfalls, und auch vor einigen Tagen hat es so geschneit. Ich glaube, dieser nasse Schnee war die Ursache, warum mir jene Geschichte, die ich nicht mehr los werden kann, wieder einfiel. So mag denn auch meine Erzählung so heißen: „Bei nassem Schnee".

ZWEITER TEIL

BEI NASSEM SCHNEE[4]

I

Damals war ich erst vierundzwanzig Jahre alt. Mein Leben war auch schon zu jener Zeit unfreundlich, unordentlich und bis zur Menschenscheu einsam. Mit keinem einzigen Menschen pflegte ich Umgang; ich vermied es sogar zu sprechen, und immer mehr zog ich mich in meinen Winkel zurück. In der Kanzlei bemühte ich mich sogar, niemanden anzusehen, und doch glaubte ich zu bemerken, daß meine Kollegen mich nicht nur für einen Sonderling hielten, sondern mich gleichsam mit einem gewissen Ekel betrachteten. Ich fragte mich: warum scheint es den anderen nicht, daß man Ekel vor ihnen empfindet? Einer unserer Kanzleibeamten hatte ein ganz abscheuliches, pockennarbiges Verbrechergesicht; ich glaube, ich hätte es nicht gewagt, mit einem so unanständigen Gesicht irgend jemanden auch nur anzublicken. Ein anderer hatte eine so abgetragene Uniform, daß es in seiner Nähe schon übel roch. Indessen genierte sich kein einziger dieser Herren — weder seiner Kleider, noch seines Gesichtes wegen, noch aus sonst irgendeinem moralischen Grunde. Weder der eine noch der andere ließ es sich träumen, daß man vor ihm Ekel empfinden könnte, und selbst wenn sie es sich hätten träumen lassen, so wäre es ihnen doch gleichgültig gewesen — wenn's nur. die Vorgesetzten nicht taten. Jetzt ist es mir vollkommen klar, daß ich selbst, infolge meines grenzenlosen Ehrgeizes und somit auch infolge meiner grenzenlosen Ansprüche an mich selbst, sehr oft so unzufrieden mit mir war, daß diese Unzufriedenheit sich bis zum Ekel vor mir selbst, bis zur Raserei steigern konnte, und so schrieb ich denn mein eigenes Empfinden in Gedanken jedem anderen zu. So haßte ich zum Beispiel mein Gesicht, fand, daß es abscheulich sei, und argwöhnte sogar, daß in ihm ein ganz besonders gemeiner Ausdruck liege. Deshalb bemühte ich mich qualvoll jedesmal, wenn ich in die Kanzlei kam, mit meinem Gesicht möglichst viel Edelmut auszudrükken, und mich möglichst ungezwungen und sicher zu benehmen, damit man mich nicht einer Gemeinheit verdächtige. ‚Mag es auch ein unschönes Gesicht sein‘, dachte ich, ‚dafür könnte es doch edel, ausdrucksvoll und vor allem außerordentlich klug sein!‘ Zu gleicher Zeit aber wußte ich auf das bestimmteste und unter wahren Marterqualen, daß ich alle diese Vollkommenheiten mit meinem Gesicht nie und nimmer würde ausdrücken können. Doch das Schrecklichste war, daß ich es ausgesprochen dumm fand. Und doch hätte ich mich schon mit dem klugen Ausdruck allein gern zufrieden gegeben. Sogar so gern, daß ich sofort einverstanden gewesen wäre, noch einen gemeinen Ausdruck in den Kauf zu nehmen, aber nur unter der einen Bedingung, daß alle mein Gesicht zu gleicher Zeit auch furchtbar klug fänden.

Unsere Kanzleibeamten haßte ich natürlich alle, und ich verachtete sie ohne Ausnahme, trotzdem aber schien es mir, daß ich sie gewissermaßen auch fürchtete. Ja, es kam vor, daß ich sie plötzlich sogar über mich stellte. Das geschah bei mir damals immer abwechselnd: bald verachtete ich sie, bald stellte ich sie wieder über mich. Ein entwickelter und anständiger Mensch kann nicht ehrgeizig sein, ohne dabei grenzenlose Ansprüche an sich selbst zu stellen und sich in manchen Augenblicken bis zum Haß zu verachten. Doch ob ich mich nun verachtete oder hochschätzte, ich senkte doch vor jedem Menschen, der mir begegnete, die Augen. Ich stellte daraufhin sogar Versuche an: würde ich den Blick dieses oder jenes Menschen aushalten können, — und siehe: jedesmal mußte ich meinen Blick zuerst senken. Das quälte mich bis zum Wahnsinn ... Desgleichen fürchtete ich krankhaft, lächerlich zu sein, und darum vergötterte ich sklavisch die Routine in allem, was das Äußere anbetraf; liebevoll schwamm ich mit dem Strom und erschrak mit ganzer Seele vor jeder Exzentrizität in mir. Doch wie sollte ich das lange aushalten? Ich war krankhaft entwickelt, wie ein Mensch unserer Zeit eben entwickelt sein muß. Sie aber waren alle stumpfsinnig und glichen einander wie die Schafe einer Herde. Vielleicht schien es nur mir allein, daß ich ein Feigling und ein Sklave sei, und vielleicht schien mir das gerade deshalb, weil ich allein entwickelt war. Aber es schien mir ja nicht nur so, es war auch wirklich der Fall: ich war ein Feigling und ein Sklave. Das sage ich jetzt ohne Verlegenheit. Jeder anständige Mensch unserer Zeit ist ein Feigling und Sklave und muß es sein. Das ist sein normaler Zustand. Davon bin ich tief überzeugt. Er ist als Mensch unserer Zeit schon so geschaffen und dazu eingerichtet. Und nicht nur in unserer Zeit und infolge irgendwelcher zufälligen Umstände, sondern überhaupt zu allen Zeiten muß der ordentliche Mensch ein Feigling und Sklave sein. Das ist das Naturgesetz aller anständigen Menschen. Und wenn es einmal geschehen sollte, daß sich einer von ihnen zu irgend etwas ermutigt, so soll er sich deswegen nur nicht gleich an seinem Mut berauschen: bei der nächsten Gelegenheit wird er sich doch als Feigling erweisen. Das ist nun einmal der einzige und ewige Ausgang. Nur Esel und ihre Bastarde ermutigen sich, und auch die nur bis zu der gewissen Mauer. Aber es lohnt nicht, noch weiter über sie zu reden; sie bedeuten ja doch so gut wie nichts.

Auch quälte mich noch etwas anderes: daß mir niemand glich und auch ich niemandem ähnlich sah. ,Nur ich bin ein einzelner, die anderen aber sind *alle*', dachte ich, und — begann zu grübeln.

Daraus sieht man, daß ich ein noch ganz unreifer Mensch war.

Mitunter geschah aber auch das Entgegengesetzte. War es doch oft so entsetzlich langweilig, in die Kanzlei zu gehen, daß ich ganz krank aus dem Dienst nach Haus zurückkehrte. Und plötzlich begann dann wiederum eine Periode der Skepsis und Gleichgültigkeit (bei mir geschah alles in Perioden) und siehe, da lachte ich selbst über meine Unduldsamkeit und Launenhaftigkeit, machte mir selber wegen meiner *Romantik* Vorwürfe. Bald will ich überhaupt nicht sprechen, bald aber werde ich nicht nur gesprächig, sondern es fällt mir sogar ein, mich freundschaftlich an meine Kollegen anzuschließen. Die ganze Reizbarkeit ist auf einmal im Handumdrehen verschwunden. Wer weiß, vielleicht habe ich sie nie gehabt, vielleicht ist sie nur Selbsttäuschung gewesen, nur vom Bücherlesen gekommen? Diese Frage habe ich bis auf den heutigen Tag noch nicht beantworten können. Einmal hatte ich mich bereits ganz mit ihnen angefreundet, besuchte sie sogar in ihren Wohnungen, spielte Préférence, trank Schnaps, disputierte über Rußlands Produktionsfähigkeit ... Doch erlauben Sie mir, einige vom Thema abweichende Worte zu sagen.

Bei uns, bei uns Russen — im allgemeinen gesprochen — hat es niemals jene dummen überirdischen deutschen und besonders französischen Romantiker gegeben, jene, auf die nichts mehr Eindruck macht, wenn auch meinetwegen die ganze Erde unter ihnen kracht, oder ganz Frankreich auf den Barrikaden zugrunde geht, — sie bleiben immer dieselben, ja, werden sich nicht einmal anstandshalber verändern und immer nur ihre überirdischen Lieder weitersingen, diese ihre sozusagen ewigen Lieder — denn wir dürfen nicht vergessen, daß sie Dummköpfe sind. Bei uns jedoch, das heißt bei uns in Rußland, gibt es keine Dummköpfe; das weiß doch ein jeder: eben dadurch unterscheiden wir uns doch von den übrigen europäischen Ländern. Folglich gibt es bei uns auch keine überirdischen Naturen von Reinkultur. Diese Eigenschaften haben unsere damaligen „positiven" Publizisten und Kritiker[5] lediglich unseren Romantikern aufgebunden, da sie diese für ebenso überirdisch wie die deutschen oder französischen Romantiker hielten. Im Gegenteil, die Eigenschaften unseres Romantikers sind denen des überirdisch-europäischen Romantikers gerade entgegengesetzt, und darum kann man sie mit keinem einzigen europäischen Maßstäbchen messen. (Erlauben Sie mir schon, dieses Wörtchen „Romantiker" zu gebrauchen — es ist ja so alt, ehrwürdig, verdient und allen bekannt.) Die Eigenschaften unseres Romantikers sind: alles zu verstehen, alles zu sehen, und häufig sogar unvergleichlich klarer zu sehen als unsere allerpositivsten klugen Köpfe; sich mit niemandem und nichts auszusöhnen, doch zu gleicher Zeit auch nichts zu verachten; alles zu umgehen, allem politisch nachzugeben; niemals das nützliche, praktische Ziel aus dem Auge zu lassen (wie zum Beispiel Staatswohnungen, Pensiönchen, Ordenssternchen), dieses Ziel durch alle Enthusiasmen und alle Bändchen lyrischer Gedichte hindurch im Auge zu behalten, und gleichzeitig das Ideal des „Schönen und Erhabenen" bis an ihr Lebensende in sich unversehrt zu erhalten, und bei der Gelegenheit auch noch sich selbst vollkommen zu erhalten — und das noch bei all den vielen Sorgen! —, sich wie eine kostbare Juwelierarbeit zu hüten, wenn auch nur, sagen wir, zum Nutzen dieses selben „Schönen und Erhabenen". Ja, ein vielseitiger Mensch ist unser Romantiker und der geriebenste Schelm von allen unseren Schelmen, versichere Sie ... aus eigener Erfahrung. Versteht sich, das gilt nur vom klugen Romantiker. Das heißt, Verzeihung, was fällt mir denn ein! Ein Romantiker ist natürlich immer klug! Ich wollte ja nur bemerken, daß, wenn es auch bei uns zuweilen dumme Romantiker gegeben hat, diese nicht mitzählen, weil sie sich alle noch in den besten Jahren vollständig in Deutsche verwandelt, und, um sich als Juwel besser erhalten zu können, dort irgendwo in Weimar oder im Schwarzwald angesiedelt haben. — Ich zum Beispiel habe meine Kanzleiarbeit aufrichtig verachtet und habe nur, weil ich Geld dafür erhielt, nicht auf sie gespuckt. Das Ergebnis also — beachten Sie es wohl —: ich habe doch nicht auf sie gespuckt. Unser Romantiker wird eher verrückt (was übrigens sehr selten vorkommt), doch wird er nie und nimmer auf seine Tätigkeit spucken, solange er noch keine andere Karriere in Aussicht hat, und vor die Tür wird er sich auch nicht setzen lassen, es sei denn, daß man ihn als „König von Spanien" in die Irrenanstalt überführt, was aber nur geschieht, wenn er schon gar zu verrückt wird. Aber verrückt werden bei uns doch nur die Hageren, die Blondlockigen. Die große Mehrzahl jedoch der Romantiker bringt es später gewöhnlich zu hohen Ehren. Und von welch einer Vielseitigkeit sie sind! Und welch eine Fähigkeit zu den widersprechendsten Eigenschaften! Auch damals schon beruhigte mich das ungemein, und auch jetzt bin ich noch derselben Meinung. Darum gibt es bei uns auch so viel „breite Naturen", die selbst in der größten Verkommenheit niemals ihr Ideal verlieren; und wenn sie auch für dieses ihr Ideal keinen Finger rühren, wenn sie auch die abgefeimtesten Betrüger und Diebe werden, so lieben sie doch ihr anfängliches Ideal bis zu Tränen und sind in der Seele ganz ungewöhnlich anständig. Ja, nur unter uns kann der ausgesprochenste Schuft in der Seele vollkommen und sogar erhaben anständig bleiben, ohne dabei etwa aufzuhören, Schuft zu sein. Wie gesagt, unsere Romantiker entpuppen sich in Geschäftssachen zuweilen als so gerissene Schelme (diese Bezeichnung ist von mir ausschließlich liebevoll gemeint), und sie beweisen plötzlich einen solchen Instinkt für die Wirklichkeit und ein so positives Wissen in realen Dingen, daß die verwunderte Obrigkeit mitsamt dem ganzen Publikum in der Starrheit der Verwunderung nur noch den Kopf schütteln kann.

Eine wahrlich wundernehmende Vielseitigkeit haben sie, und Gott mag wissen, wozu diese sich unter den zukünftigen Verhältnissen noch entwickeln und was sie uns dann noch bescheren wird? Aber das Material ist nicht schlecht. Ich sage das nicht etwa aus irgendeinem lächerlichen Patriotismus. Übrigens glauben Sie wohl wieder, daß ich scherze? Oder vielleicht ist es umgekehrt und Sie sind überzeugt, daß ich wirklich so denke? Wie dem nun auch sein mag, meine Herrschaften, jedenfalls werde ich Ihre beiden Meinungen mir zur Ehre anrechnen. Und meine Abweichung vom Thema verzeihen Sie mir bitte.

Die Freundschaft mit meinen Kollegen hielt ich natürlich nicht lange aus, und so kehrte ich ihnen schon sehr bald den Rücken. Infolge meiner damaligen jugendlichen Unerfahrenheit hörte ich sogar auf, sie zu grüßen, als ob ich alles Frühere mit der Schere hätte abschneiden wollen. Übrigens habe ich nur ein einziges Mal mit ihnen Freundschaft angeknüpft. Im allgemeinen bin ich ja immer allein gewesen.

Zu Hause las ich gewöhnlich. Wollte ich doch durch äußere Eindrücke unterdrücken, was unaufhörlich in mir aufwallte. Von äußeren Eindrücken konnte ich mir nur Lektüre leisten. Das Lesen half natürlich viel, — es regte auf, berauschte und quälte. Mitunter aber wurde es doch entsetzlich langweilig. Man wollte sich auch einmal bewegen! Und so ergab ich mich plötzlich einer dunklen, unterirdischen, kellerhaften, scheußlichen ... nicht gerade Ausschweifung, aber so kleinen, niedrigen Lasterchen. Meine kleinen Leidenschaften waren scharf und brennendheiß; das kam von meiner immerwährenden krankhaften Reizbarkeit. Die Ausbrüche waren hysterisch, mit Tränen und fast mit Krämpfen. Außer der Lektüre hatte ich nichts, womit ich mich hätte zerstreuen können, — das heißt in meiner ganzen Umgebung hatte ich damals nichts, was ich hätte achten können oder was mich hätte anziehen können. Außerdem schwoll noch die Sehnsucht gar manches Mal erdrückend in mir an: krankhaftes Verlangen nach Widersprüchen, nach Kontrasten war's, nun, und so ergab ich mich denn der Ausschweifung. Aber ich will mich doch nicht etwa rechtfertigen ... Halt, nein, das stimmt nicht! Hab gelogen! Ich habe mich ja gerade rechtfertigen wollen. Diese Bemerkung mache ich nur für mich, meine Herrschaften, nur für mich. Ich will nicht lügen. Hab mir doch mein Wort gegeben.

Meiner Ausschweifung ergab ich mich einsam, nur nachts, heimlich, ängstlich, schmutzig, mit einem Schamgefühl, das mich selbst in den ekelhaftesten Augenblicken nicht verließ, und das in solchen Minuten fast zu meinem Fluch wurde. Auch damals schon trug ich den Untergrund in meiner

Seele. Ich fürchtete mich entsetzlich, daß man mich vielleicht irgendwie sehen, mir begegnen, mich erkennen könnte. Besuchte ich doch verschiedene überaus verrufene Häuser.

Einmal, als ich nachts an einem elenden Restaurant vorüberkam, sah ich durch das helle Fenster, wie man sich drinnen um das Billard herum mit den Queues prügelte, und wie darauf einer von den Herren durch das Fenster hinausbefördert wurde. Zu einer anderen Zeit wäre es mir zuwider gewesen; damals jedoch kam plötzlich so eine Stimmung über mich, daß ich diesen hinausgeworfenen Herrn einfach beneidete, ja sogar dermaßen beneidete, daß ich in das Restaurant ging und in das Billardzimmer eintrat: ,Vielleicht wird man auch mich verprügeln und durch das Fenster hinausbefördern‘, dachte ich.

Ich war nicht betrunken, aber was sollte ich tun, — kann einen die Sehnsucht doch bis zu solch einer Hysterie quälen! Es kam aber zu nichts. Es erwies sich, daß ich nicht einmal zum Hinausgeworfenwerden begabt war, und ich ging unverprügelt weg. Gleich zu Anfang wurde ich von einem Offizier abgetan.

Ich stand am Billard und versperrte ihm ahnungslos den Weg, er aber mußte vorübergehen, und so faßte er mich an den Schultern — ohne vorher etwas zu sagen oder zu erklären — und stellte mich schweigend von dem Platz, wo ich stand, auf einen anderen, und ging selbst an mir vorüber, als ob er mich überhaupt nicht bemerkt hätte. Ich hätte sogar Schläge verziehen, doch nimmermehr konnte ich verzeihen, daß er mich so umgestellt und so vollständig übersehen hatte.

Weiß der Teufel, was ich damals nicht alles für einen wirklichen, regelrechten Streit gegeben hätte, für einen anständigeren, sagen wir, mehr *literarischen!* Man hatte mich wie eine Fliege behandelt. Dieser Offizier war gut gewachsen, groß von Wuchs, ich aber bin ein kleiner, dürrer Mensch. Übrigens lag es ja in meiner Macht, es auf einen Streit ankommen zu lassen: ich hätte nur zu protestieren gebraucht, um zu erreichen, was ich wollte: gleichfalls aus dem Fenster geworfen zu werden. Ich aber wurde nachdenklich und zog es vor ... mich erbost davonzuschleichen.

Aus dem Restaurant begab ich mich erregt und verwirrt geradeswegs nach Haus; am nächsten Tag aber fuhr ich im Ausschweifen wieder fort, nur noch schüchterner, versteckter und trauriger als zuvor, gleichsam mit Tränen in den Augen, — aber ich fuhr doch fort. Übrigens, bitte nicht zu glauben, daß ich mich aus Feigheit vor dem Offizier so benommen habe: in meinem Herzen bin ich niemals feig gewesen, wenn ich mich auch im Leben immer feig benommen habe, aber — warten Sie noch ein wenig mit dem Lachen, meine Herrschaften, das hat seinen Grund, dafür gibt es eine Erklärung. Seien Sie versichert, ich habe für alles eine Erklärung.

Oh, wenn dieser Offizier doch zu denjenigen gehört hätte, die bereit sind, sich zu duellieren! Aber nein, das war gerade einer von jenen (leider schon längst nicht mehr vorhandenen) Offizieren, die es vorzogen, mit dem Queue zu handeln, oder mittels der Vorgesetzten. Zu einem Duell jedoch fordern solche nie heraus, und gar mit unsereinem sich zu schlagen, würden sie unter allen Umständen für unanständig halten, — und überhaupt halten sie das Duell für etwas Unsinniges, Freisinniges, Französisches, selbst aber beleidigen sie nicht selten, besonders wenn sie noch groß und stattlich sind.

Hier aber war nicht Feigheit die Ursache meines feigen Rückzuges, sondern mein grenzenloser Ehrgeiz. Nicht sein hoher Wuchs schreckte mich, nicht, daß man mich schmerzhaft verprügeln und hinauswerfen könnte; physischen Mut hatte ich wahrlich genügend; doch der moralische Mut reichte nicht aus. Ich fürchtete plötzlich, daß mich alle Anwesenden — angefangen vom unverschämten Marqueur bis zum letzten stinkenden, finnigen kleinen Beamten, der dort in einem schäbigen Rock, dessen fettdurchtränkter Kragen nur so glänzte, gleichfalls herumscharwenzelte — nicht verstehen und auslachen könnten, wenn ich protestieren und in literarischer Sprache mit ihnen reden würde. Denn von dem Ehrenpunkt — nicht von der Ehre, sondern vom Ehrenpunkt (point d'honneur), kann man ja bei uns überhaupt nicht anders sprechen als literarisch. Erinnere mich nicht, jemals etwas vom „Ehrenpunkt" in gewöhnlicher Sprache gehört zu haben. Ich war vollkommen überzeugt (Instinkt für die Wirklichkeit, trotz der ganzen Romantik!), daß sie alle in Lachen ausbrechen würden, der Offizier mich aber nicht einfach, das heißt unbeleidigend verprügeln, sondern mich vorher bestimmt noch mit Kniestößen gegen mein Hinterteil rund um das Billard treiben und dann erst sich vielleicht erbarmen und mich durch das Fenster hinausbefördern würde. Selbstverständlich konnte diese klägliche Geschichte für mich damit nicht abgetan sein. Später traf ich diesen Offizier sehr oft auf der Straße und ich beobachtete ihn gespannt. Nur weiß ich nicht, ob er auch mich erkannte. Wahrscheinlich nicht; so nach einigen Anzeichen zu urteilen. Ich aber, ich haßte und beneidete ihn, und das dauerte . . . mehrere Jahre! Mein Haß vertiefte sich und wuchs noch mit den Jahren. Zuerst bemühte ich mich heimlich, Näheres über diesen Offizier zu erfahren. Das fiel mir sehr schwer, denn ich kannte doch keinen Menschen. Einmal aber, als ich ihm wieder wie gebannt auf der Straße folgte, rief ihn irgend jemand beim Familiennamen an, und so erfuhr ich denn, wie er hieß. Ein anderes Mal folgte ich ihm bis zu seiner Wohnung und erfuhr dort für zehn Kopeken vom Hausmeister, wo er wohnte, in welchem Stock, allein oder mit anderen usw. — kurz, alles, was man von einem Hausmeister erfahren kann. Und eines Morgens kam mir plötzlich der Gedanke — obgleich ich niemals schriftstellerte —, diesen Offizier zu beschreiben, karikiert natürlich, in der Form einer Novelle. Oh, mit welch einer Genugtuung ich diese Novelle schrieb! Ich polemisierte, ich verleumdete ihn sogar ein wenig; seinen Familiennamen veränderte ich zuerst so, daß man sofort hätte erraten können, um wen es sich handelte, doch später, nachdem ich es mir reiflicher überlegt hatte, veränderte ich ihn ganz, und schickte das Manuskript an die Redaktion der „Vaterländischen Annalen". Damals aber gab es dort noch keine Polemik, und meine Novelle wurde nicht gedruckt. Das ärgerte mich gewaltig. Mitunter raubte mir die Wut förmlich den Atem. Da entschloß ich mich zu guter Letzt, meinen Gegner zu fordern. Ich schrieb ihm einen wundervollen, anziehenden Brief, in dem ich ihn anflehte, sich bei mir zu entschuldigen, falls er aber das nicht wolle, so — ich deutete ziemlich bestimmt ein Duell an. Der Brief war derart verfaßt, daß der Offizier, wenn er nur ein wenig das „Schöne und Erhabene" verstand, unbedingt sofort zu mir hätte eilen müssen, um mich zu umarmen und mir seine Freundschaft anzubieten. Und wie schön wäre das doch gewesen! Wie herrlich hätten wir zusammen leben können! ,Er würde mich verteidigen,' und ich würde ihn veredeln, sagen wir, durch meine Bildung, und ... durch meine Ideen, nun, und — was könnte nicht noch alles geschehen!' Stellen Sie sich vor, daß damals seit der Nacht, in der er mich beleidigt hatte, schon zwei Jahre vergangen waren und meine Forderung sich als ein ganz unglaublicher Anachronismus erwies, trotz der ganz geschickten Redewendungen meines Briefes, die den Anachronismus erklären und aufheben sollten. Doch Gott sei gelobt (bis auf den heutigen Tag danke ich noch dem Schöpfer inbrünstig dafür), ich schickte meinen Brief nicht ab. Ein Schauer läuft mir über den Rücken, wenn ich bedenke, was daraus hätte entstehen können, wenn ich ihn abgeschickt hätte! Und plötzlich ... und plötzlich rächte ich mich auf die allereinfachste, genialste Weise! Ein herrlicher Gedanke beglückte mich plötzlich. Ich ging nämlich zuweilen an Feiertagen, so um vier herum, auf den Newskij Prospekt und spazierte dort auf der Sonnenseite. Das heißt, ich spazierte dort durchaus nicht, sondern empfand bloß unzählige Qualen und Demütigungen und fühlte die ganze Zeit, wie mir die Galle überlief; aber wahrscheinlich brauchte ich gerade das. Ich schlängelte mich dort in der häßlichsten Art wie ein Wurm zwischen den Fußgängern durch, trat bald vor Generälen zur Seite, bald vor Gardekavallerie-

oder Husarenoffizieren, bald vor eleganten Damen; in diesen Minuten fühlte ich konvulsive Schmerzen und Fieberschauer im Rücken bei dem bloßen Gedanken an die Schäbigkeit meiner Kleider, an die Misere und Gemeinheit meiner ganzen sich herumdrückenden, erbärmlichen Gestalt. Das war eine wahre Märtyrerqual, ein ununterbrochenes, unerträgliches Erniedrigtwerden durch den Gedanken, der schließlich zum beständigen, unmittelbaren Gefühl wurde, daß ich vor diesen Menschen nur eine Fliege war, eine ganz gemeine, unnütze Fliege, wenn ich auch klüger war als sie alle, entwickelter, edler — das versteht sich natürlich von selbst —, so doch eine ihnen allen fortwährend ausweichende Fliege, die von allen erniedrigt und von allen beleidigt wurde. Wozu ich mir diese Qual auflud, warum ich auf den Newskij ging — ich weiß es nicht. Es *zog* mich einfach bei jeder Gelegenheit dorthin.

Schon damals empfand ich die Fluten jener Wonnen, jener Genüsse, von denen ich bereits im ersten Teil gesprochen habe. Nach der Geschichte mit dem Offizier aber zog es mich noch mehr dorthin: auf dem Newskij traf ich ihn am häufigsten, dort konnte ich mich dann an ihm sattsehen. Er ging dort gleichfalls vornehmlich an den Feiertagen spazieren. Wenn er auch oft vor Generälen und höheren Persönlichkeiten ausbog und sich gleichfalls schlängelte, so wurden doch Leute wie ich und sogar solche, die weit besser aussahen als ich, von ihm einfach zur Seite geschoben: er ging gerade auf sie los, als ob vor ihm freier Raum gewesen wäre, und bog dann unter keinen Umständen aus. Ich berauschte mich an meinem Haß, wenn ich ihn beobachtete, und ... ingrimmig jedesmal vor ihm ausbog. Es quälte mich, daß ich sogar auf der Straße ihm nicht gleichstehend war. ‚Warum biegst du immer als erster aus?‘ fragte ich mich in hysterischer Wut, wenn ich zuweilen so um drei Uhr nachts erwachte und mir selbst auf den Leib rückte. ‚Warum denn gerade du, niemals er? Dafür gibt es doch kein Gesetz, das steht doch nirgends geschrieben! Nun, kann es denn nicht genau zur Hälfte geschehen, so, wie höfliche Menschen ausweichen, wenn sie sich begegnen: er halb und du halb und ihr beide geht dann einfach höflich aneinander vorüber.' Das geschah jedoch nie, und nach wie vor bog immer nur ich aus, er aber bemerkte es nicht einmal. — Und siehe, da kam mir plötzlich ein wunderbarer Gedanke. ,Wie aber', dachte ich, ,wie wäre es, wenn ich ihm begegne und ... *nicht* ausbiege! Absichtlich nicht ausbiege, und wenn ich ihn auch stoßen sollte! Wie, wie wäre das?' Dieser freche Gedanke bemächtigte sich meiner allmählich derart, daß ich überhaupt keine Ruhe mehr hatte. Ich dachte ununterbrochen, wie das wohl wäre, und ging absichtlich noch öfter auf den Newskij, um mir noch deutlicher vorzustellen, wie ich es machen könnte. Ich war einfach begeistert. Diese Absicht schien mir immer mehr ausführbar. ,Versteht sich, nicht stark stoßen', dachte ich, schon im voraus durch die Freude gütiger gestimmt, ,sondern nur so, einfach nicht ausweichen, mit ihm zusammenprallen, natürlich nicht schmerzhaft, aber so, Schulter gegen Schulter, genau so viel, wie es der Anstand erlaubt; so daß ich ihn eben so stark stoße wie er mich.' Kurz, ich entschloß mich endgültig dazu. Doch die Vorbereitungen brauchten noch sehr viel Zeit. Vor allen Dingen mußte man zu diesem Zweck möglichst anständig aussehen, also mußte man zuerst an die Kleider denken. ,Auf alle Fälle, wenn zum Beispiel ein Auflauf entsteht (das Publikum ist doch dort pikfein: Gräfin M., Fürst D., die ganze Literatur geht dort), da muß man doch gut angezogen sein; das macht einen günstigen Eindruck und stellt einen in den Augen der höheren Gesellschaft gewissermaßen auf eine höhere Stufe.' Zu diesem Zweck ließ ich mir mein Monatsgehalt vorauszahlen und kaufte mir dann bei Tschurkin ein Paar schwarze Glacé-Handschuhe und einen anständigen Hut. Schwarze Handschuhe erschienen mir erstens solider, und zweitens mehr bonton als zitronenfarbene, auf die ich es zuerst abgesehen hatte. ,Die gelbe Modefarbe ist zu grell und es sieht dann aus, als wolle der Mensch sich allzusehr hervortun', und so verzichtete ich denn auf die zitronenfarbenen. Ein gutes Hemd mit weißen Knöpfen hatte ich schon längst beiseite gelegt; nur der Mantel hielt mich noch auf. An und für sich war er ja gar nicht übel, gut warm; er war aber wattiert und hatte bloß einen ganz billigen Pelzkragen: Waschbär, was schon die Krone der Billigkeit ist. Da hieß es denn unbedingt einen neuen Kragen kaufen, und zwar, was es auch koste, einen kleinen Biber, in der Art, wie ihn die Offiziere tragen. Zu diesem Zweck ging ich des öfteren in die Läden des Kaufhofes, und nach einigem Hin und Her entschied ich mich für einen billigen deutschen Biber. Diese deutschen Felle nutzen sich zwar sehr schnell ab und sehen dann miserabel aus, doch dafür sind sie, wenn sie noch neu sind, sogar sehr anständig; ich aber brauchte ja den Kragen nur für das eine Mal. Ich fragte nach dem Preis: immerhin teuer. Nach reiflichem Überlegen entschloß ich mich, meinen Waschbärkragen zu verkaufen. Die fehlende und für mich doch recht beträchtliche Summe wollte ich borgen, und zwar von Antón Antónytsch Ssétotschkin, meinem Bürovorsteher, einem bescheidenen, ernsten und durchaus positiven Menschen, der sonst niemandem Geld lieh, dem ich aber bei meinem Antritt von dem mich für den Dienst bestimmenden Würdenträger ganz besonders empfohlen worden war. Ich quälte mich fürchterlich. Antón Antónytsch um Geld anzugehen, erschien mir ungeheuerlich und schmachvoll. Zwei, drei Nächte konnte ich nicht schlafen und überhaupt schlief ich damals wenig: war wie im Fieber. Das Herz war so träge und dumpf, es hörte zuweilen ganz auf zu schlagen; zuweilen aber fing es plötzlich an zu springen und dann sprang es und sprang und sprang... Antón Antónytsch war zuerst sehr erstaunt, darauf runzelte er die Stirn, dachte nach und schließlich lieh er mir doch das Geld, nachdem er sich von mir einen Zettel hatte ausstellen lassen, daß er das geliehene Geld nach zwei Wochen von meiner Gage zurückbehalten könne. Auf diese Weise war schließlich alles bereit; ein hübscher Biber ersetzte meinen häßlichen Waschbär, und ich bereitete mich allmählich zur Tat vor. Natürlich konnte man's doch nicht gleich beim ersten Mal, doch nicht irgendwie unbedacht, nachlässig tun; man mußte es geschickt machen, mußte es eben allmählich einüben. Nur muß ich gestehen, daß ich nach vielfachen Versuchen geradezu in Verzweiflung geriet: ‚Es muß wohl so vorbestimmt sein, daß wir nicht zusammenstoßen!‘ dachte ich hoffnungslos. Wie ich mich auch vorbereitete, wie fest ich auch entschlossen war, — jetzt, jetzt, gleich, sofort prallen wir aneinander und — wieder war ich ausgebogen, und wieder war er an mir vorübergegangen, ohne mich auch nur zu bemerken! Ich betete sogar, wenn ich mich ihm näherte, damit Gott mir Mut gebe. Einmal hatte ich mich schon fest entschlossen, doch endete es damit, daß ich ihm nur vor die Füße kam, denn im letzten Augenblick, einige Zentimeter vor ihm, verließ mich wieder der Mut. Mit der größten Seelenruhe schritt er weiter, ich aber flog wie ein Ball zur Seite. In der Nacht darauf lag ich wieder im Fieber und phantasierte wirres Zeug. Und plötzlich endete es besser, als man's sich überhaupt hätte wünschen können! Am Vorabend hatte ich endgültig beschlossen, von meinem unglücklichen Vorhaben abzulassen, die Rache einfach aufzugeben; und mit diesem Entschluß ging ich noch zum letzten Mal auf den Newskij, um zu sehen, wie ich das alles so aufgebe… Plötzlich, drei Schritte vor meinem Feinde, faßte ich den Entschluß, schloß krampfhaft die Augen und — wir stießen uns gehörig Schulter an Schulter! Keinen Zentimeter breit war ich ausgewichen, und ich ging, ihm vollkommen gleichstehend, an ihm vorüber! Er blickte sich nicht einmal nach mir um und tat, als ob er mich überhaupt nicht bemerkt hätte. Natürlich tat er nur so, davon bin ich überzeugt. Bis auf den heutigen Tag bin und bleibe ich davon überzeugt! Natürlich bekam ich mehr ab als er; er war ja viel stärker, doch nicht darum handelte es sich. Es handelte sich darum, daß ich mein Ziel erreicht, meine Würde aufrechterhalten hatte, keinen Zollbreit ausgewichen war und mich öffentlich mit ihm auf die gleiche soziale Stufe gestellt hatte! Ich hatte mich für alles gerächt! Triumphierend kehrte ich nach Haus zurück. Ich war begeistert und sang italienische Arien. Selbstverständlich werde ich Ihnen nicht erzählen, was drei Tage darauf mit mir geschah; wenn Sie den Ersten Teil, „Der Untergrund", gelesen haben, so können Sie's vielleicht selbst erraten ... Der Offizier wurde später irgendwohin versetzt; seit vierzehn Jahren habe ich ihn nicht mehr gesehen. Wer weiß, was mein Herzensjunge jetzt macht? Wen er jetzt aus dem Wege drängt?

II

Aber auch die Periode meiner Ausschweifungen ging vorüber und mir wurde alles unsäglich zuwider. Die Reue kam, ich verjagte sie: es war schon zu ekelhaft. Mit der Zeit aber gewöhnte ich mich auch an sie. Ich gewöhnte mich ja an alles, das heißt nicht gerade, daß ich mich an alles gewöhnt hätte, sondern ich willigte gewissermaßen freiwillig ein, alles zu ertragen. Ich hatte aber einen Ausweg, der alles wieder gut machte, und das war: mich ins „Schöne und Erhabene" zu retten, natürlich nur in der Phantasie. Phantasieren tat ich unglaublich viel, ich phantasierte, in meinen Winkel verkrochen, mitunter drei Monate lang in einem Strich, und Sie können es mir schon glauben, daß ich dann nicht jenem Herrn glich, der in der Verwirrung seines Hühnerherzens an den Kragen seines Mantels einen deutschen Biber nähte. Ich wurde plötzlich ein Held. Meinen langen Leutnant hätte ich damals nicht einmal empfangen, wenn er, sagen wir, seine Visite bei mir hätte machen wollen. Ich konnte ihn mir damals überhaupt nicht vorstellen, konnte überhaupt nicht an ihn denken. Was ich damals gerade dachte, wovon ich träumte und wie mir das genügen konnte, ist jetzt schwer zu sagen, doch damals genügte es mir vollkommen. Übrigens genügt es mir ja auch jetzt teilweise. Ganz besonders süß und mild waren die Träumereien nach meinen jämmerlichen Ausschweifungen; sie kamen mit Reue und Tränen, mit Flüchen und Ekstasen. Es gab Augenblicke, wo mein Entzücken, mein Freudentaumel, mein Glück so rein waren, daß ich, bei Gott!, nicht den geringsten Spott in mir fühlte. Dann war alles vorhanden: Hoffnung, Glaube, Liebe. Das war's ja, daß ich dann blind glaubte, alles werde durch irgend ein Wunder, irgendeinen Umstand plötzlich auseinanderrücken, werde sich erweitern; es werde sich plötzlich die Perspektive einer entsprechenden Tätigkeit für mich öffnen, einer segensreichen, schönen und, vor allen Dingen, *historischen* (was für einer eigentlich, wußte ich allerdings nie, aber die Hauptsache war doch, daß es eine *historische* Tätigkeit sein würde). Und siehe, da trete ich denn plötzlich auf, und es fehlt nicht viel, daß ich auf weißem Roß im Lorbeerkranz erscheine ... An eine Rolle zweiten Ranges habe ich für mich nie gedacht. Deswegen war ich denn auch in Wirklichkeit ruhig mit dem letzten Rang zufrieden. Entweder Held oder Schmutz, eine Mitte gab's nicht. Das war's ja, was mich verdarb, denn im Schmutz beruhigte ich mich damit, daß ich zu anderen Zeiten wiederum Held war, der Held aber den Schmutz zur Null macht. Für einen gewöhnlichen Menschen, meinte ich, ist es eine Schande, in den Schmutz zu geraten, der Held jedoch steht viel zu hoch, um sich je beschmutzen zu können, folglich kann er ruhig in den Schmutz geraten. Sonderbar, daß mich diese Fluten „alles Schönen und Erhabenen" auch in der Zeit meiner elenden Ausschweifungen überkamen, und zwar gerade dann, wenn ich schon ganz auf dem Boden lag. Sie kamen dann so in einzelnen kurzen kleinen Wellen, als ob sie nur an sich erinnern wollten, vernichteten aber mit ihrem Erscheinen doch nicht die Gemeinheit. Im Gegenteil, durch den Kontrast belebten sie sie geradezu, und sie kamen genau nur in der Portion, die zu einer guten Sauce nötig war. Diese Sauce bestand aus Widersprüchen und Leiden, aus qualvoller innerer Analyse, und alle diese Qualen und Quälchen gaben dann meinen gemeinen Ausschweifungen gerade-

zu eine gewisse Pikanterie, gaben ihnen sogar einen Sinn,
— mit einem Wort, sie erfüllten in jeder Beziehung die
Pflicht und Schuldigkeit einer guten Sauce. Alles das war
sogar nicht ohne eine gewisse Tiefe. Und wie hätte ich mich
denn auf eine einfache, gemeine Schreiberausschweifung ein-
lassen, und wie hätte ich denn diesen ganzen Schmutz auf
mir ertragen können! Was konnte mich denn damals zum
Schmutz verführen, was mich nachts auf die Straße locken?
Nein, wissen Sie, ich hatte für alles ein edles Schlupfloch...

Doch wieviel Liebe, Herrgott, wieviel Liebe erlebte ich
zuweilen in diesen meinen Träumereien, in diesen „Rettun-
gen in alles Schöne und Erhabene"! Wenn's auch eine phantastische Liebe war, wenn sie sich auch niemals auf etwas
Menschenartiges in Wirklichkeit übertrug, so war sie doch
dermaßen groß, diese Liebe, daß man gar nicht das Bedürfnis empfand, sie auf jemanden in Wirklichkeit zu übertragen:
das wäre schon ganz überflüssiger Luxus gewesen. Übrigens
endete alles immer überaus glücklich in trägem und berau-
schendem Übergang in die Kunst, das heißt zu den schönen
Formen des Seins, zu ganz fertigen, versteht sich, die natürlich stark Dichtern und Romanschriftstellern entlehnt waren
und allen möglichen Anforderungen angepaßt wurden. Zum
Beispiel: ich triumphiere über alle; selbstverständlich liegen
sie alle im Staube vor mir und sind gezwungen, freiwillig
meine sämtlichen Vollkommenheiten anzuerkennen, und ich
vergebe ihnen darauf alles. Ich verliebe mich, bin berühmter
Dichter und Kammerherr, verdiene unzählige Millionen und
spende sie sofort für das Wohl der Menschheit, und zu gleicher Zeit beichte ich vor dem ganzen Volk alle meine Laster, die selbstverständlich nicht gewöhnliche Laster sind,
sondern ungemein viel „Schönes und Erhabenes" in sich
schließen — Laster, die, sagen wir, etwas Manfredartiges
haben. Alle weinen und küssen mich natürlich (wären sie
doch Tölpel, wenn sie das nicht täten), ich aber gehe barfuß
und hungrig von dannen, um neue Ideen zu verkünden, und
schlage die Reaktionäre bei Austerlitz. Darauf wird ein

Marsch gespielt, eine Amnestie wird erlassen, der Papst willigt ein, von Rom nach Brasilien überzusiedeln; darauf wird für ganz Italien ein Ball gegeben in der Villa Borghese, die am Comersee liegt, da der Comersee einzig zu diesem Zweck nach Rom verlegt wird; darauf folgt eine Szene im Gebüsch usw., usw. – als ob Sie's nicht wüßten! ... Sie sagen, es sei niedrig und gemein, alles das jetzt auf den Markt zu tragen, besonders nach so viel Begeisterung und Tränen, die ich selbst eingestanden habe. Aber warum ist's denn gemein? Glauben Sie denn wirklich, daß ich mich all dessen schäme, und daß dies alles dümmer ist als einerlei was in Ihrem Leben, meine hochverehrten Herrschaften? Und zudem können Sie mir glauben, daß ich mir manches wirklich gar nicht so übel ausgedacht hatte ... Es spielte sich doch nicht alles am Comersee ab! Doch übrigens, Sie haben recht: es ist tatsächlich niedrig und gemein. Aber am allergemeinsten ist, daß ich mich jetzt vor Ihnen zu rechtfertigen suche. Und noch gemeiner ist es, daß ich jetzt diese Bemerkung mache. Nun aber genug, sonst käme man ja überhaupt nicht zum Schluß: immer würde eines noch gemeiner als das andere sein ...

Länger als drei Monate nichts als denken konnte ich aber doch nicht aushalten; dann stellte sich bei mir das unüberwindliche Bedürfnis ein, mich in menschliche Gesellschaft zu stürzen: das bedeutete für mich, meinen Bürovorsteher Antón Antónytsch Ssétotschkin zu besuchen. Dieser war in meinem ganzen Leben mein einziger ständiger Bekannter, – nein, wirklich, jetzt wundert mich das sogar selbst! Doch auch zu ihm ging ich nur im äußersten Fall, bloß dann, wenn schon die Periode begann, in der meine Träumereien zu so einem Glück wurden, daß ich unbedingt und unverzüglich die Menschen oder die Menschheit umarmen mußte; zu dem Zweck aber mußte man wenigstens einen wirklich vorhandenen, wirklich existierenden Menschen vor sich haben. Zu Antón Antónytsch konnte man übrigens nur dienstags gehen (das war sein freier Tag), folglich mußte man auch das Bedürfnis, die ganze Menschheit zu umarmen, immer auf den Dienstag hinausschieben. Dieser Antón Antónytsch wohnte bei den Fünf Ecken im vierten Stock in vier niedrigen Zimmerchen, die klein-kleiner-am-kleinsten waren und einen recht ärmlichen Eindruck machten. Er hatte seine zwei Töchter und deren Tante, die gewöhnlich mit Tee bewirtete, bei sich. Die Töchter waren eine dreizehn, die andere vierzehn; beide hatten sie Stupsnäschen, und mich verwirrten sie nicht wenig, denn sie flüsterten und kicherten die ganze Zeit. Der Hausherr saß immer in seinem Arbeitszimmer auf dem Ledersofa vor dem Tisch, meistens mit irgendeinem alten Bekannten oder einem Beamten aus unserer Kanzlei. Mehr als zwei oder drei Gäste — immer dieselben — habe ich dort nie gesehen. Man sprach über die Akzise, über die Senatsverhandlungen, über die Gagen, von Seiner Exzellenz, von dem Mittel zu gefallen usw., usw. Ich hatte die Geduld, neben diesen Menschen als Narr mitunter geschlagene vier Stunden dazusitzen und ihnen zuzuhören, ohne selbst auch nur einmal ein Wort zu sagen oder sagen zu können. Ich stumpfte vor mich hin, schwitzte und fühlte einen Schlaganfall über mir schweben; aber es war gut und nützlich. Nach Haus zurückgekehrt, schob ich meine Absicht, die ganze Menschheit zu umarmen, für eine Zeitlang auf.

Übrigens hatte ich noch so etwas wie einen Bekannten: Ssímonoff, einen ehemaligen Schulkameraden. Solcher Schulkameraden hatte ich genau genommen nicht wenige in Petersburg, doch gab ich mich mit ihnen nicht weiter ab, ja, ich hörte sogar auf, sie auf der Straße zu grüßen. Vielleicht trat ich nur aus diesem Grunde in ein anderes Ressort über: um mit meiner ganzen verhaßten Kindheit ein für allemal abzubrechen. Verflucht sei diese Schule, diese furchtbaren Gefängnisjahre! Kurz: als ich endlich die Schule hinter dem Rücken hatte, wollte ich nichts mehr von meinen Mitschülern wissen. Es blieben höchstens drei oder vier Menschen, mit denen ich, wenn ich sie traf, noch einen Gruß tauschte. Zu diesen vier gehörte auch Ssimonoff. In der Schule zeichnete er sich durch nichts aus, war gleichmäßig ruhig und still, doch entdeckte ich in seinem Charakter eine gewisse Unabhängigkeit und sogar Ehrlichkeit. Ja, ich glaube nicht einmal, daß er sehr beschränkt war. Einmal hatten wir beide ziemlich lichte Stunden durchlebt, doch die Erinnerung an diese hielt nicht lange an, und allmählich breitete sich Nebel über sie. Ihm waren diese Erinnerungen augenscheinlich unangenehm, und er fürchtete, wie's mir schien, immer, ich würde wieder in den alten Ton verfallen. Ich vermutete zwar, daß ich ihm sehr widerlich war, doch ging ich trotzdem zu ihm, da ich mich davon noch nicht ganz überzeugt hatte.

Und einmal, an einem Donnerstag, als ich meine Einsamkeit nicht mehr ertragen konnte, ging ich, da ich wußte, daß donnerstags Antón Antónytschs Tür verschlossen war, zu Ssimonoff. Als ich langsam zum vierten Stock zu ihm hinaufstieg, dachte ich noch gerade, daß ich ihm doch nur lästig falle und daher eigentlich nicht zu ihm gehen sollte. Da es aber bei mir gewöhnlich damit endete, daß ähnliche Bedenken mich noch mehr aufstachelten, in zweideutige Lagen zu kriechen, so trat ich auch damals bei ihm ein, anstatt zurück nach Haus zu gehen. Es war fast ein ganzes Jahr vergangen, seit ich ihn zum letzten Mal gesehen hatte.

III

Er war nicht allein: zwei meiner früheren Schulkameraden saßen bei ihm. Sie sprachen, wie es schien, über etwas sehr Wichtiges. Meinem Eintritt schenkte kein einziger von ihnen irgendwelche Aufmerksamkeit, was mir etwas sonderbar erschien, denn wir hatten uns doch schon jahrelang nicht mehr gesehen. Augenscheinlich hielt man mich für so etwas wie eine gewöhnliche Fliege. Derart hatte man mich nicht einmal in der Schule behandelt, obgleich mich dort alle gehaßt hatten. Ich begriff natürlich, daß sie mich wegen meines Mißerfolges in der Karriere, wegen meiner tiefen Gesunkenheit, wegen meines schlechten Überziehers usw. verachteten.

Mein Überzieher war in ihren Augen geradezu das Aushängeschild für meine Unfähigkeit und geringe Bedeutung. Doch immerhin hatte ich nicht eine dermaßen tiefe Verachtung von ihnen erwartet. Ssimonoff verhehlte nicht einmal seine Verwunderung über meinen Besuch. Auch früher schon hatte er immer getan, als setze mein Kommen ihn in Erstaunen. Alles das machte mich natürlich stutzig; ich setzte mich ein wenig bedrückt auf einen Stuhl und hörte ihrem Gespräch zu.

Sie sprachen ernst und interessiert über das Abschiedsdiner, das alle drei ihrem Freunde Swérkoff, der als aktiver Offizier nach dem Kaukasus versetzt worden war, am Tage vor der Abreise geben wollten. Dieser Swerkoff war gleichfalls von der ersten Klasse an mein Mitschüler gewesen, aber erst in den höheren Klassen hatte ich ihn ganz besonders zu hassen begonnen. In den unteren Klassen war er bloß ein netter, mutwilliger Knabe gewesen, den alle liebten. Übrigens haßte ich ihn auch schon in den unteren Klassen, und zwar gerade deshalb, weil er ein netter und mutwilliger Knabe war. Was das Lernen anbetraf, so lernte er ausnahmslos schlecht, und zwar von Jahr zu Jahr schlechter; immerhin aber beendete er doch das Gymnasium, denn er hatte gute Protektion. Als er in den letzten Klassen war, fiel ihm eine Erbschaft zu, zweihundert Seelen, und da wir anderen fast alle arm waren, so tat er sich bald mit seinem Reichtum vor uns wichtig. Er war ja ein im höchsten Grade banaler Mensch, doch trotzdem ein guter Junge, selbst dann, wenn er aufschnitt. Bei uns aber scharwenzelten, abgesehen von sehr wenigen, fast alle vor ihm, trotz unserer zur Schau getragenen phantastischen und phrasenhaften Schuljungenbegriffe von Ehre und Ehrenhaftigkeit. Und man tat es nicht etwa, um von ihm etwas dafür zu erhalten, sondern einfach so, vielleicht weil ihn die Natur bei der Verteilung ihrer Gaben bevorzugt hatte. Zudem hielt man ihn, ich weiß nicht warum, für einen Spezialisten in allem, was Gewandtheit und gute Manieren anbetraf. Das ärgerte mich ganz besonders. Ich haßte seine helle, selbstzufriedene Stimme, seine Bewunderung der eigenen Witzchen, die gewöhnlich äußerst dumm waren, wenn er auch sonst ganz unterhaltend sein konnte. Ich haßte sein hübsches, doch ziemlich dummes Gesicht (gegen das ich, nebenbei bemerkt, mein *kluges* gerne eingetauscht hätte) und seine ungezwungenen Offiziersmanieren. Ich haßte es, daß er von seinen zukünftigen Erfolgen bei Frauen sprach (doch konnte er sich nicht entschließen, mit ihnen eher anzufangen, als bis er die heißersehnten Offiziersepauletten hatte), und haßte seine Prahlerei, daß er fortwährend Duelle haben werde. Ich erinnere mich noch, wie ich, der ich immer schweigsam war, plötzlich mich auf ihn stürzte, als er gerade in der Zwischenpause mit den Kameraden selbstzufrieden wie ein junger Köter in der Sonne wieder über die Weiber sprach und erklärte, daß er kein einziges Mädchen seines Gutes unbeachtet lassen würde, dieses wäre „droit de seigneur"; die Bauernkerle aber würde er, falls sie sich erdreisten sollten, zu protestieren, alle durchpeitschen und von diesen bärtigen Kanaillen dann noch doppelte Pacht fordern. Unsere Hamiten klatschten Beifall, ich aber stürzte mich auf ihn, jedoch keineswegs aus Mitleid mit den Mädchen, oder deren Vätern, sondern einfach, weil so ein Mistkäfer so großen Beifall fand. Ich behielt damals die Oberhand. Swerkoff aber war, wenn auch an und für sich dumm, doch lustig und dreist, und so zog er sich mit Lachen aus der Situation, und zwar gelang ihm das so gut, daß ich im Grunde genommen denn doch nicht ganz die Oberhand behielt: die Lacher waren auf seiner Seite. Später besiegte er mich noch mehrmals, doch eigentlich ganz ohne Bosheit, mehr scherzend, so im Vorübergehen, lachend. Ich tat, als ob ich ihn verachtete, und schwieg. Als wir das Gymnasium beendet hatten, näherte er sich mir ein wenig und ich sträubte mich nicht sonderlich, denn es schmeichelte mir selbstverständlich sehr; doch bald gingen wir wieder auseinander, was ja ganz natürlich war. Später hörte ich von seinen Leutnantserfolgen, von seinem flotten Leben. Darauf hieß es, daß er im Dienst gute Fortschritte mache. Nach einiger Zeit grüßte er mich nicht mehr auf der Straße; wohl um sich nicht durch die Bekanntschaft mit einer so unbedeutenden Persönlichkeit zu kompromittieren. Einmal sah ich ihn auch im Theater, da hatte er schon Achselschnüre. Er machte den Töchtern irgendeines alten Generals eifrig den Hof. Darauf, so nach drei Jahren, hatte er sich plötzlich ziemlich stark verändert, wenn er auch noch wie früher hübsch und gewandt war: er wurde dick; und als ich ihn nachher wiedersah, war sein Gesicht schon ein wenig aufgedunsen. Es war vorauszusehen, daß er mit dreißig Jahren feist werden würde. Also, diesem Swerkoff wollten meine Schulkameraden ein Abschiedsdiner geben. Sie hatten sich in diesen drei Jahren ununterbrochen mit ihm abgegeben, wenn sie sich auch innerlich — davon bin ich überzeugt — nicht für gleichstehend mit ihm hielten.

Von den beiden Gästen Ssimonoffs war der eine Ferfitschkin, ein Deutsch-Russe — ein Männchen von kleinem Wuchs mit einem Affengesicht, ein alle Welt verspottender Dummkopf, mein gehässigster Feind noch aus den untersten Klassen —, ein gemeiner, frecher Prahlhans, der vorgab, in Ehrensachen äußerst empfindlich zu sein, in Wirklichkeit aber natürlich ein Feigling war. Er gehörte zu jenen Anhängern Swerkoffs, die sich mit ihm nur abgaben, weil er gesellschaftlich höher stand und sie von ihm Geld borgen konnten. Der andere Gast Ssimonoffs war Trudoljúboff, kein sehr bemerkenswerter Mensch, Militär, von großem Wuchs mit einer kalten Physiognomie, ein Mensch, dem jeder Erfolg imponierte, und der im übrigen nur fähig war, über Rußlands Produktionsfähigkeit zu sprechen. Mit Swerkoff war er irgendwie entfernt verwandt, und das — es ist zwar dumm, so etwas zu sagen, aber es war nun einmal so —, das gab ihm unter uns eine gewisse Bedeutung. Mich hielt er für eine Null; wenn er auch nicht gerade sehr höflich zu mir war, so betrug er sich doch leidlich.

»Also abgemacht: pro Mann sieben Rubel«, fuhr Trudoljúboff fort, »— wir sind drei, macht also einundzwanzig. Dafür kann man schon dinieren. Swerkoff zahlt natürlich nicht.«

»Selbstverständlich zahlt er nicht, wenn wir ihn doch einladen«, meinte Ssimonoff.

»Aber ihr glaubt doch nicht etwa, Swerkoff werde uns allein zahlen lassen?« fragte plötzlich hochmütig auffahrend Ferfitschkin, ganz wie ein unverschämter Lakai, der mit den Orden seines Generals und Dienstherrn prahlt. »Aus Taktgefühl wird er es vielleicht tun, dafür aber von sich aus ein halbes Dutzend spendieren!«

»Na, sechs Flaschen Champagner wären denn doch zuviel für uns vier Mann«, bemerkte Trudoljúboff, dem nur das »halbe Dutzend« zu denken gab.

»Also wir drei, mit Swerkoff vier, für einundzwanzig Rubel im Hôtel de Paris, morgen um Punkt fünf«, schloß Ssimonoff, der zum Anordner gewählt worden war.

»Wieso einundzwanzig?« fragte ich, kaum daß er ausgesprochen hatte, einigermaßen erregt und scheinbar sogar gekränkt, »mit mir zusammen sind es doch nicht einundzwanzig, sondern achtundzwanzig Rubel!«

Ich glaubte, sich so plötzlich und unerwartet anzubieten, werde sich sehr schön ausnehmen und sie würden im Augenblick besiegt sein und mich achten.

»Wollen Sie denn auch —?« fragte statt dessen Ssimonoff ungehalten, wobei er es vermied, mich anzusehen. Er kannte mich auswendig.

Es ärgerte mich maßlos, daß er mich so gut kannte.

»Warum denn nicht? Ich bin doch, glaube ich, auch sein Schulfreund, und ich muß gestehen, es kränkt mich sogar, daß man mich übergangen hat«, plusterte ich mich auf.

»Wo, zum Teufel, sollte man Sie denn suchen?« mischte sich Ferfitschkin unverschämt ein.

»Sie standen sich doch niemals sehr gut mit Swerkoff«, bemerkte gleichfalls geärgert Trudoljúboff. Ich aber ließ nicht mehr davon ab.

»Ich glaube, darüber zu urteilen, steht mir allein zu«, entgegnete ich mit einem Beben in der Stimme, ganz als ob Gott weiß was geschehen wäre. »Vielleicht will ich gerade deswegen jetzt mit ihm speisen, weil ich mich früher nicht besonders mit ihm stand.«

»Na, wer kann denn das ahnen ... diese Feinheiten ...« bemerkte Truboljuboff halb auflachend.

»Also gut«, entschied Ssimonoff und wandte sich mir zu, — »morgen um fünf Uhr im Hôtel de Paris; verspäten Sie sich nicht«, fügte er hinzu.

»Und das Geld ...?« begann Ferfitschkin halblaut, indem er mit dem Kopf auf mich wies und Ssimonoff fragend anblickte, verstummte aber, da sogar Ssimonoff verlegen wurde.

»Nun, genug«, sagte Trudoljuboff und erhob sich. »Wenn er so große Lust hat, mag er kommen.«

»Aber unser Kreis ist doch ein privater Freundeskreis«, sagte Ferfitschkin wütend und griff gleichfalls nach seinem Hut. »Das ist doch keine öffentliche Versammlung ... Vielleicht wollen wir Sie überhaupt nicht ...«, brummte er.

Sie gingen: Ferfitschkin grüßte mich nicht einmal, Trudoljuboff nickte kaum, ohne mich dabei anzusehen. Ssimonoff, mit dem ich allein zurück blieb, war verdrossen und schien unangenehme Bedenken zu tragen; nur einmal blickte er mich sonderbar an. Er setzte sich nicht und forderte auch mich nicht auf, Platz zu nehmen.

»Hm ... ja ... also morgen. Geben Sie das Geld heute? Ich ... nur um es genau zu wissen«, begann er, brach aber verlegen ab.

Ich wurde rot, und im selben Augenblick fiel mir plötzlich ein, daß ich Ssimonoff noch seit undenklichen Zeiten fünfzehn Rubel schuldete, die ich übrigens nie vergessen, doch die ich ihm auch noch nie wiedergegeben hatte.

»Sagen Sie sich doch selbst, Ssimonoff, ich konnte es doch nicht wissen, als ich herkam ... es ist mir sehr peinlich, daß ich vergaß, m ...«

»Schon gut, schon gut, bleibt sich ja gleich. Sie können

dann morgen nach dem Diner zahlen. Ich fragte ja nur, um zu wissen ... Entschul ...«

Er stockte und verstummte mitten im Satz, schritt aber noch unwilliger im Zimmer auf und ab, wobei er mit den Absätzen immer stärker auftrat.

»Ich halte Sie doch nicht auf?« fragte ich ihn nach einigem Schweigen.

»Oh, nein!« protestierte er und tat, als ob er aus tiefen Gedanken auffahre, »das heißt ... im Grunde — ja. Sehen Sie, ich müßte eigentlich noch ausgehen, hier, nicht weit ...« fügte er mit gleichsam sich entschuldigender Stimme hinzu. Ersichtlich schämte er sich ein wenig.

»Ach, mein Gott! Warum haben Sie das nicht gleich gesagt!« rief ich, ergriff meine Dienstmütze und verabschiedete mich von ihm — übrigens benahm ich mich in dem Augenblick ganz ungezwungen liebenswürdig; Gott mag wissen, woher diese Sicherheit über mich kam.

»Es ist ja nicht weit ... Hier ganz in der Nähe ...«, wiederholte Ssimonoff etwas gar zu geschäftig, als er mich auf den Treppenflur hinausbegleitete. »Also morgen um Punkt fünf!« rief er mir noch nach; er war schon allzu froh über meinen Aufbruch. Ich aber raste innerlich vor Wut.

‚Was plagte dich, was plagte dich, deine Nase da hineinzustecken!' fragte ich mich zähneknirschend auf der Straße, ‚und das noch dazu für diesen Gauner, dieses Ferkel Swerkoff. Sehr einfach: ich gehe nicht hin! Natürlich, hol sie der Henker! Bin ich denn etwa gebunden? Morgen früh werde ich Ssimonoff brieflich benachrichtigten, durch die Stadtpost...'

Aber ich raste ja doch nur deshalb vor Wut, weil ich wußte, weil ich genau, tödlich genau wußte, daß ich doch gehen würde! Und je taktloser, je unanständiger es wäre hinzugehen, um so eher würde ich gehen! — das wußte ich.

Und ich hatte sogar einen guten Grund, abzusagen: hatte kein Geld. Alles in allem besaß ich noch neun Rubel. Doch von diesen neun Rubeln mußte ich am nächsten Tage meinem Aufwärter Apollón, der bei mir wohnte, doch sich selbst beköstigte, seine Monatsgage, sieben Rubel, auszahlen.

Ihm *nicht* auszuzahlen war unmöglich, da ich den Charakter meines Apollón nur zu gut kannte. Doch auf diese Kanaille, auf diese meine Plage, meine Pestbeule werde ich noch ausführlicher zu sprechen kommen.

Aber ich wußte es ja im voraus, daß ich ihm das Geld doch nicht geben und unbedingt ins Hôtel de Paris gehen würde.

In jener Nacht plagten mich die abscheulichsten Träume. Kein Wunder: den ganzen Abend vorher hatten mich Erinnerungen aus den Kerkerjahren meiner Schulzeit gequält; nicht loszuwerden! In diese Schule hatten mich meine entfernten Verwandten gesteckt, — mich, den Waisenknaben, der ich ohnehin schon verprügelt und von ihren Vorwürfen fast erdrückt war. Ich war ein schweigsames, nachdenkliches Kind, das nur scheu beobachtete. Meine Mitschüler empfingen mich mit boshaften, unbarmherzigen Witzchen, weil ich ihnen so ganz unähnlich war. Ich aber konnte keinen Spott ertragen; ich konnte mich nicht so schnell wie andere Kinder mit ihnen einleben. Ich haßte sie vom ersten Tage an, zog mich ganz von ihnen zurück und wappnete mich mit schreckhaft empfindlichem und übermäßigem Stolz. Ihre Roheit empörte mich. Sie lachten zynisch über mein Gesicht, über meine Unbeholfenheit; und doch, was hatten sie selbst für dumme Gesichter! In unserer Schule wurden die Gesichter mit der Zeit immer stumpfsinniger. Wie viele prächtige Kinder traten bei uns ein, und schon nach wenigen Jahren war's widerlich, sie anzusehen. Ich war noch nicht sechzehn, als ich mich schon über die Flachheit ihrer Gedanken, die Dummheit ihrer Beschäftigungen, Spiele und Gespräche wunderte. Die wichtigsten Dinge, die auffallendsten Erscheinungen konnten sie nicht verstehen; ja, sie hatten nicht einmal Interesse für sie übrig, so daß ich sie unwillkürlich für unter mir stehende Geschöpfe hielt. Nicht etwa beleidigter Ehrgeiz veranlaßte mich dazu, und kommen Sie mir um Gottes willen nicht mit den bis zur Übelkeit vorgekauten Gemeinplätzen, den alten abgedroschenen Phrasen, wie: „Sie träumten bloß, jene aber begriffen schon das wirkliche Leben." Nichts begriffen sie, vom wirklichen Leben ganz zu schweigen, und das, ich schwör's Ihnen, das war es gerade, was mich an ihnen am meisten empörte. Im Gegenteil, die augenscheinlichste, die auffallendste Wirklichkeit faßten sie geradezu phantastisch dumm auf, und schon damals achteten sie nur den Erfolg. Alles, was im Recht, doch erniedrigt und verschüchtert war, darüber wurde von ihnen nur grausam und schmählich gelacht. Rang oder Titel hielten sie für Verstand; schon mit sechzehn Jahren philosophierten sie über warme Pöstchen, ich meine: über gute, ruhige Posten. Natürlich kam das meistenteils von ihrer Dummheit und dem schlechten Beispiel, das sie von Kindheit an vor Augen hatten. Verdorben waren sie bis zur Ungeheuerlichkeit. Natürlich war hierbei vieles nur äußerlich, war nur angenommener Zynismus; Jugend und eine gewisse Frische durchbrachen auch bei ihnen zuweilen die Verderbnis, doch selbst diese Frische war an ihnen nicht anziehend. Ich haßte sie maßlos, obgleich ich womöglich noch schlechter war als sie. Sie zahlten mir mit derselben Münze heim und machten auch aus ihrem Haß keinen Hehl. Ich aber wollte schon damals nichts mehr von ihrer Liebe wissen; im Gegenteil, ich wollte sie nur noch erniedrigen. Um mich vor ihren Spötteleien zu schützen, bemühte ich mich absichtlich, möglichst gut zu lernen, und so wurde ich denn bald einer der besten Schüler. Das imponierte ihnen natürlich. Zudem leuchtete es ihnen allmählich ein, daß ich schon Bücher las, die sie nicht lesen konnten, und daß ich schon Dinge (die nicht in unseren Unterricht gehörten) begriff, von denen sie noch nicht einmal reden gehört hatten. Doch auch dazu verhielten sie sich wie immer verständnislos und spöttisch, aber moralisch unterwarfen sie sich, namentlich als selbst die Lehrer in dieser Beziehung auf mich aufmerksam wurden. Die Spötteleien hörten auf, aber die Feindseligkeit hörte nicht auf, und das Verhältnis zwischen ihnen und mir blieb kühl und gezwungen.

Zu guter Letzt hielt ich es selbst nicht aus: mit den Jahren stellte sich bei mir das Bedürfnis nach Menschen und Freunden ein. Ich versuchte, mich einigen zu nähern, aber diese Annäherungen waren von mir aus immer unnatürlich, und so hörten sie denn auch bald wieder auf. Einmal hatte ich allerdings so etwas wie einen Freund. Da ich aber schon von Hause aus Despot war, wollte ich unumschränkt über seine Seele herrschen, wollte ihm Verachtung für die Menschen seiner Umgebung beibringen; ich verlangte von ihm, er solle hochmütig ganz und gar mit ihnen brechen. Ich ängstigte ihn mit meiner leidenschaftlichen Freundschaft; ich brachte ihn bis zu Tränen, bis zum Zittern; er hatte eine naive, sich hingebende Seele; doch als er sich mir ganz ergeben hatte, da erfaßte mich plötzlich Haß gegen ihn, und ich stieß ihn von mir, — ganz als ob ich ihn nur dazu gebraucht hätte, um ihn zu besiegen, ihn mir zu unterwerfen. Alle aber konnte ich doch nicht so besiegen; mein Freund war gleichfalls nicht wie die anderen, er glich keinem einzigen von ihnen und war in jeder Beziehung eine Ausnahme. Meine erste Tat nach Beendung der Schule war, daß ich die Laufbahn, die man für mich vorgesehen hatte, sofort aufgab, um so alle Fäden, die mich an das Frühere banden, zu zerreißen, das Vergangene zu verfluchen und den Staub alles Gewesenen von meinen Füßen zu schütteln ... Der Teufel mag wissen, warum ich mich dann noch zu diesem Ssimonoff schleppte! ...

Am nächsten Morgen erwachte ich sehr früh, erinnerte mich sofort des Geschehenen und sprang erregt aus dem Bett, ganz als hätte ich unverzüglich hingehen müssen. Ich glaubte, daß noch am selben Tage irgendein radikaler Umschwung in meinem Leben beginnen, ja, *unbedingt* beginnen werde. Weiß Gott, vielleicht geschah es nur aus Ungewohntheit, aber bei jedem äußeren, wenn auch noch so kleinen Ereignis schien es mir, daß sofort irgendein radikaler Umschwung in meinem Leben eintreten werde. Übrigens begab ich mich an jenem Tage wie gewöhnlich in meine Kanzlei, verließ sie jedoch heimlich schon zwei Stunden früher als sonst, um mich zu Hause vorzubereiten. ‚Die Hauptsache ist nur‘, dachte ich, ‚daß du nicht als erster erscheinst, sonst würde man denken, du freutest dich schon so sehr auf das Essen, daß du es nicht abwarten kannst.‘ Doch solcher Hauptsachen gab es Tausende und alle regten sie mich bis zu völliger Erschöpfung auf. Eigenhändig putzte ich noch einmal meine Stiefel — waren mir nicht blank genug; Apollon hätte sie um nichts in der Welt zweimal am Tage geputzt, denn er fand, daß das nicht in der Ordnung sei. Und so putzte ich sie denn selbst, nachdem ich die Bürste im Vorzimmer heimlich stibitzt hatte, in meinem Zimmer, damit er es nicht bemerke und mich danach nicht verachte. Darauf besah ich meine Kleider und fand, daß alles schon alt und abgetragen war. Hatte mein Äußeres schon etwas zu sehr vernachlässigt. Der Überzieher ging noch an, aber ich konnte doch nicht im Überzieher dinieren. Doch das Schlimmste waren die Beinkleider: gerade auf dem Knie war ein großer gelblicher Fleck. Ich fühlte es im voraus, daß allein schon dieser Fleck mir neun Zehntel meiner Würde nehmen mußte. Auch wußte ich, daß es sehr niedrig war, so zu denken. ‚Doch jetzt ist’s nicht mehr ums Denken zu tun: jetzt beginnt die Wirklichkeit‘, dachte ich und verlor immer mehr den Mut. Ich wußte auch ganz genau, selbst in dem Augenblick, als ich jenes dachte, daß ich alle diese Dinge ungeheuer vergrößerte; aber was sollte ich machen: mich beherrschen war unmöglich. Fieberschauer schüttelten mich. Verzweifelt stellte ich mir vor, wie das alles sein werde: wie dieser „Schuft“ von einem Swerkoff mich herablassend und kühl begrüßt; mit welch einer stumpfsinnigen, mit nichts abzuwehrenden Verachtung der Dummkopf Trudoljuboff auf mich herabsieht, und wie gemein und frech dieser Mistkäfer Ferfitschkin über mich kichert, um Swerkoff zu gefallen; wie vorzüglich Ssimonoff alles versteht, wie er mich durchschaut und mich wegen der Niedrigkeit meines Ehrgeizes und Kleinmutes verachtet. Und vor allen Dingen: wie kläglich, wie unliterarisch, wie alltäglich das alles sein würde! Am besten wäre es natürlich gewesen, überhaupt nicht hinzugehen. Aber gerade das war ja ganz und gar unmöglich: wenn es mich schon einmal irgendwohin zog, so war nichts mehr zu wollen. Ich würde mir ja dann mein Leben lang keine Ruhe lassen: ‚Hast doch Angst bekommen, hehe, hast vor der *Wirklichkeit* Angst bekommen, jaja!‘ Nein, das war ganz ausgeschlossen. Ich aber wollte doch gerade diesem *Pack* beweisen, daß ich keineswegs solch ein Feigling war, wie ich selbst glaubte. Ja, im stärksten Paroxysmus meiner feigen Erregung wollte ich sie mir sogar unterwerfen, sie besiegen, bezaubern, zwingen, mich zu lieben — na, sagen wir meinetwegen »wegen der Erhabenheit meines Gedankenfluges und sprühenden Geistes«. Sie würden Swerkoff ganz vergessen, er würde abseits sitzen, schweigen und sich schämen, ich aber würde Swerkoff einfach erledigen. Später könnte ich mich ja wieder mit ihm versöhnen, meinetwegen sogar Brüderschaft trinken; doch was am bittersten und kränkendsten für mich war, das war, daß ich im selben Augenblick doch wußte, genau, tödlich genau wußte, daß ich dessen in Wirklichkeit überhaupt nicht bedurfte, daß ich sie im Grunde überhaupt nicht mir unterwerfen oder besiegen wollte, und daß ich für diesen ganzen Erfolg, wenn ich ihn erringen könnte, selbst nicht eine Kopeke geben würde. Oh, wie betete ich zu Gott, daß dieser Tag schneller vorübergehen möge! In unbeschreiblicher Seelenangst trat ich ans Fenster und starrte in die neblige Dämmerung des dicht fallenden Schnees ...

Endlich schlug es: meine kleine erbärmliche Wanduhr schnurrte heiser fünf Schläge. Ich ergriff meine Kopfbedeckung und schlüpfte ohne aufzusehen an Apollón vorüber — der seit dem Morgen die Auszahlung seines Monatsgehaltes von mir erwartete, in seiner Dummheit jedoch es für unter seiner Würde hielt, mich daran zu erinnern — und nahm darauf für meinen letzten Fünfziger einen guten Schlitten, um als vornehmer Herr am Hôtel de Paris vorzufahren.

IV

Schon am Abend vorher hatte ich es gewußt, daß ich als erster eintreffen würde. Jetzt kam es aber schon nicht mehr darauf an.

Von ihnen war noch niemand erschienen, und erst nach langem Suchen konnte ich das für uns bestellte Zimmer finden. Der Tisch war noch nicht ganz gedeckt. Was hatte das zu bedeuten? Nach vielen Fragen und endlosem Hin und Her erfuhr ich endlich von den Kellnern, daß das Diner auf sechs und nicht auf fünf Uhr bestellt worden war. Das bestätigte man mir auch am Buffet. Ich schämte mich, noch mehr zu fragen. Es war erst fünfundzwanzig Minuten nach fünf. Wenn sie die Stunde geändert hatten, so wäre es ihre Pflicht gewesen, mich davon zu benachrichtigen, dafür gibt es doch eine Stadtpost, nicht aber mich der „Schande" auszusetzen vor ... vor mir selbst wie ... nun, wie auch vor den Kellnern. Ich setzte mich; bald darauf kam der Diener, um den Tisch zu decken. In seiner Gegenwart wurde das Warten noch unangenehmer, und das Benehmen der anderen gegen mich noch kränkender. Kurz vor sechs Uhr wurden noch Kerzen gebracht, da die Lampen das Zimmer nicht genügend erhellten. Dem Bedienten war es nicht in den Sinn gekommen, sie sofort, nachdem ich mich gesetzt hatte, zu bringen. Im Nebenzimmer speisten an verschiedenen Tischen zwei alte schweigsame, augenscheinlich mürrische Herren. In einem der weitergelegenen Zimmer ging es sehr laut zu, es wurde dort sogar geschrien; man hörte das Gelächter einer ganzen Gesellschaft, hin und wieder sogar auch gemeines französisches Gekreisch: ein Diner mit Damen. Kurz, es war widerlich. Selten hatte ich so scheußliche Minuten durchlebt ... infolgedessen war ich denn, als sie endlich alle zusammen um Punkt sechs erschienen, im ersten Augenblick so erfreut, daß ich fast ganz vergaß, wie es sich gehörte, den Gekränkten zu spielen.

Swerkoff trat als erster ein; natürlich war er der Erste!

Sie lachten alle. Als aber Swerkoff mich erblickte, nahm er sofort eine steifere Haltung an, und kam langsam, in der Taille ein wenig vorgeneigt, gleichsam kokettierend mit seiner Gestalt, auf mich zu und reichte mir die Hand; zwar tat er das freundlich – wenn auch nicht gerade sehr –, aber er tat es doch mit einer gewissen Vorsicht, mit fast exzellenzenhafter Höflichkeit, ganz als ob er sich im selben Augenblick vor irgend etwas in acht nehmen wollte. Ich hatte gedacht, er würde sofort beim Eintritt mit seinem alten Lachen, seinen flachen Witzchen und Späßchen beginnen. Auf die hatte ich mich schon seit dem Abend vorbereitet. Doch nie und nimmer hatte ich solch ein Vonobenherab, solch eine Generalsliebenswürdigkeit erwartet. Er hielt sich wohl in jeder Beziehung für unvergleichlich höherstehend. Wenn er mich mit dieser Würde hätte kränken wollen, so wär's weiter nicht schlimm gewesen, dachte ich; hätte ausgespuckt, und damit wär's abgetan gewesen. Wie aber, wenn sich in seinem elenden Kalbskopf tatsächlich die blöde Idee, er stehe hoch über mir und könne sich nur gönnerhaft zu mir verhalten, festgesetzt hatte, und er überhaupt nicht beabsichtigte, mich zu beleidigen? Bei der bloßen Vorstellung dieser Möglichkeit schnappte ich schon nach Luft.

»Ich hörte zu meinem Erstaunen von Ihrem Wunsch, mit uns den Abend zu verbringen«, begann er in seiner albernen Weise zu sprechen, indem er die Worte ganz besonders langsam und deutlich aussprach, was er früher nicht getan hatte. »Der Zufall hat es gewollt, daß wir uns lange nicht gesehen haben. Sie sind ja ganz menschenscheu geworden, nur tun Sie uns damit Unrecht. Wir sind nicht so furchtbar, wie wir scheinen. Nun, jedenfalls er–neu–ere ich gern . . .«

Er wandte sich nachlässig zum Fenster, um seinen Hut aus der Hand zu legen.

»Warten Sie schon lange?« fragte Trudoljuboff.

»Ich kam um Punkt fünf, wie man es mir gestern gesagt hatte«, antwortete ich laut und mit einer Gereiztheit, die einen nahen Ausbruch versprach.

»Hast du ihn denn nicht benachrichtigt?« fragte Trudoljuboff etwas erstaunt Ssimonoff.

»Nein. Hab's vergessen«, antwortete dieser ohne die geringste Verlegenheit und ging, sogar ohne sich bei mir deswegen zu entschuldigen, hinaus ans Buffet, um die Weine zu bestellen.

»Dann warten Sie hier schon seit einer Stunde? Ach, Sie Ärmster!« rief Swerkoff spöttisch auflachend, denn nach seinen Begriffen mußte das allerdings furchtbar lächerlich sein; und gleich nach ihm stimmte auch Ferfitschkin mit seiner dünnen Stimme wie ein Schoßhündchen in das Gelächter ein. Mußte doch auch ihm meine Lage überaus lächerlich und beschämend erscheinen.

»Das ist durchaus nicht lächerlich!« fuhr ich Ferfitschkin plötzlich an, durch das Lachen noch mehr gereizt. »Die Schuld daran tragen andere, nicht ich. Man hat es nicht für nötig befunden, mich zu benachrichtigen. Das ist... das ist... das ist... einfach ungezogen!«

»Nicht nur ungezogen, sondern auch noch etwas anderes«, brummte Trudoljuboff, der naiv für mich eintrat. »Sie sind etwas zu gutmütig. Das ist einfach eine Beleidigung. Selbstverständlich keine beabsichtigte. Wie hat aber auch Ssimonoff nur... Hm!«

»Wenn man sich mir gegenüber so etwas erlaubt hätte«, bemerkte Ferfitschkin, »so würde ich...«

»So würden Sie sich etwas bestellt haben, nicht wahr«, unterbrach ihn Swerkoff. »Oder Sie hätten sich das Diner servieren lassen, ohne auf die anderen zu warten.«

»Sie werden zugeben, daß ich das ohne weiteres hätte tun können«, sagte ich kurz, um das Gespräch abzubrechen. »Wenn ich wartete, so geschah es nur...«

»Setzen wir uns, meine Herren!« rief der eintretende Ssimonoff, »alles ist bereit! Für den Champagner garantiere ich: tadellos gekühlt... Ich wußte doch nicht, wo Sie wohnen, und wo hätte ich Sie denn finden können?« sagte er plötzlich zu mir gewandt, doch vermied er es wieder, mich offen anzusehen. Ersichtlich hatte er wohl etwas gegen mich.

Sie setzten sich alle; auch ich nahm Platz. Es war ein runder Tisch. Links von mir saß Trudoljuboff, recht Ssimonoff, Swerkoff mir gegenüber; Ferfitschkin zwischen ihm und Trudoljuboff.

»Saagen Sie ... Sie sind in welchem Département?« fragte mich Swerkoff, der im Ernst glaubte, da er sah, daß ich gereizt war, man müsse mich freundlich behandeln und ein wenig beruhigen. — ,Was will er eigentlich von mir? Will er, daß ich ihm eine Flasche an den Kopf werfe?' dachte ich, innerlich bebend vor Wut. Ungewohnt an Verkehr mit Menschen, war ich schnell gereizt.

»In der ... schen Kanzlei«, antwortete ich schroff, den Blick auf den Teller gesenkt.

»Und! ... S—sie s—sind mit Ihrer Stellung zufrieden? S—saagen Sie doch, was verr—anlaßte Sie eigentlich, Ihren früheren Dienst zu ver—lassen?«

»Mich verrr—anlaßte dazu, daß ich meinen früheren Dienst verlassen wollte«, sagte ich, dreimal länger das r rollend — ich konnte mich schon nicht mehr beherrschen. Ferfitschkin schneuzte sich umständlich. Ssimonoff blickte mich von der Seite ironisch an; Trudoljuboff legte Messer und Gabel hin und betrachtete mich gleichfalls interessiert.

Swerkoff tat, als ob er nichts bemerkt hätte.

»Nun, und Ihr Gehalt?«

»Welch ein Gehalt?«

»Ich meine Ihre Gaa—ge?«

»Wozu examinieren Sie mich?« — Übrigens sagte ich gleich darauf, wieviel ich erhielt und wurde dabei feuerrot.

»Das ist all—lerdings nicht viel«, bemerkte Swerkoff würdevoll.

»Ja, ja, damit kann man nicht in Café-Restaurants dinieren!« fügte Ferfitschkin unverschämt hinzu.

»Ich finde das einfach armselig«, meinte Trudoljuboff mit ernstem Gesicht.

»Und wie ma—ger Sie geworden sind, wie S—sie sich verändert haben ... seit der Zeit ...«, fuhr Swerkoff nicht ohne Bosheit mit einem gewissen ironischen Bedauern fort, während er mich und meinen Anzug betrachtete.

»Lassen Sie ihn, machen Sie ihn doch nicht ganz verlegen«, rief Ferfitschkin.

»Mein Herr, ich bitte Sie zu begreifen, daß ich mich nicht im geringsten verlegen machen lasse!« rief ich zornig, da mich meine Selbstbeherrschung schon ganz verlassen hatte. »Hören Sie! Ich speise hier im ‚Café-Restaurant‘ für mein Geld, für meines, und nicht auf Kosten anderer, merken Sie sich das, monsieur Ferfitschkin.«

»Wie — wa—as!? Wer speist denn hier *nicht* für sein Geld? Sie tun ja wirklich, als ob ...« Ferfitschkin konnte natürlich nicht nachgeben — er war rot wie ein Krebs und blickte mir starr in die Augen.

»So — Da—as!« antwortete ich, und da ich fühlte, daß ich schon zu weit gegangen war, fügte ich hinzu: »und ich glaube, wir täten besser, ein etwas klügeres Gespräch zu führen.«

»Sie beabsichtigen wohl, Ihren Verstand zu zeigen?«

»Oh, beruhigen Sie sich: das wäre hier vollkommen überflüssig.«

»Was fehlt Ihnen eigentlich, Verehrtester? Sie scheinen ja, wenn Sie einmal ins Gackern gekommen sind, nicht mehr aufhören zu können. Oder haben Sie Ihren Verstand vielleicht in Ihrem Debartemang gelassen?«

»Genug, meine Herren, genug!« rief allmächtig Swerkoff dazwischen.

»Wie dumm das ist!« brummte halblaut Ssimonoff.

»Du hast recht, das ist wirklich dumm. Wir haben uns hier als Freunde versammelt, zum letzten Mal, um Abschied zu nehmen von unserem verreisenden Freund, und Sie müssen es natürlich wieder zu einem Streit bringen«, sagte Trudoljuboff, wobei er sich grob an mich allein wandte. »Sie haben sich uns gestern selbst aufgedrängt, so stören Sie denn jetzt bitte nicht die allgemeine Harmonie. ...«

»Genug, genug!« rief Swerkoff. »Hören Sie auf, meine Herren, das geht wirklich nicht so weiter. Ich werde Ihnen lieber erzählen, wie ich vor drei Tagen beinah geheiratet hätte, tatsächlich! ...«

Und so begann denn die Erzählung der Geschichte, wie dieser Herr vor drei Tagen beinah geheiratet hätte. Von dem Heiratsprojekt selbst war eigentlich wenig die Rede, oder richtiger, überhaupt nicht; alles drehte sich immer nur um Generäle, Generalleutnants, Obristen und sogar Kammerjunker, und unter diesen spielte Swerkoff nahezu die erste Rolle. Bald erhob sich auch beifälliges Lachen; Ferfitschkin wieherte förmlich.

Mich vergaßen sie ganz; ich saß moralisch vernichtet auf meinem Stuhl und schwieg.

‚Gott, ist denn das meine Gesellschaft?‘ dachte ich. ‚Und als was für ein Tölpel habe ich mich ihnen gezeigt! Aber Ferfitschkin habe ich doch zu viel erlaubt. Da denken nun die Rüpel, sie erwiesen mir große Ehre, wenn sie mir an ihrem Tisch einen Platz geben, und begreifen nicht, daß *ich* es bin, der ihnen Ehre erweist, aber nicht etwa sie mir! ‚Wie mager!! Wie verändert!‘ Oh, diese verfluchten Hosen! Swerkoff hat ja schon bei der Begrüßung den gelben Fleck auf dem Knie bemerkt ... Ach was! Stehe sofort auf, nehme meinen Hut und gehe ohne ein Wort zu sagen ... Aus Verachtung! Und morgen meinetwegen auf Pistolen ... Diese Schufte! Mir tun doch nicht die sieben Rubel leid. Aber sie könnten denken ... Hol's der Teufel! Was sind denn sieben Rubel! Ich gehe sofort! ...‘

Natürlich blieb ich.

Vor Kummer trank ich Lafitte und Sherry glasweise. Da ich das Trinken aber nicht gewohnt war, so wurde ich bald betrunken, und mit der Trunkenheit wuchs auch der Ärger. Mich überkam plötzlich die Lust, sie alle in der frechsten Weise zu beleidigen und dann wegzugehen. ‚Den günstigsten Augenblick abwarten und dann sich einmal zeigen. Mögen sie sagen: wenn er auch lächerlich ist, so ist er doch klug ...

und ... und ... mit einem Wort, der Teufel hole sie alle!'

Ich betrachtete sie unverschämt mit meinen besoffenen Augen; sie aber taten, als bemerkten sie mich überhaupt nicht. Bei *ihnen* ging es laut und fröhlich zu. Es war immer noch Swerkoff, der da sprach. Er erzählte von irgendeiner schönen Dame, die er endlich so weit gebracht haben wollte, daß sie ihm eine Liebeserklärung machte (er log natürlich wie ... wie ein Mensch), und daß ihm in dieser Sache sein intimer Freund, der Husarenoffizier Kolja — irgendein Fürst, der dreitausend Leibeigene besitzen sollte — ganz besonders geholfen hätte.

»Das hindert natürlich nicht, daß es diesen Kolja, der dreitausend Leibeigene besitzen soll, überhaupt nicht gibt«, mischte ich mich plötzlich in das Gespräch.

Alle verstummten.

»Sie sind ja schon jetzt besoffen«, sagte endlich Trudoljuboff, der allein mich zu bemerken geruhte, und blickte mich mit Verachtung von der Seite an. Swerkoff fixierte mich schweigend wie einen winzigen Käfer. Ich senkte meinen Blick. Ssimonoff beeilte sich, Champagner einzuschenken.

Trudoljuboff erhob das Glas, und seinem Beispiel folgten alle, außer mir.

»Auf deine Gesundheit! und glückliche Reise!« rief er Swerkoff zu, »auf die vergangenen Jahre, meine Herren, und auf unsere Zukunft! Hurra!«

Alle tranken und gingen dann zu Swerkoff, um ihn zu küssen. Ich saß reglos da, das volle Glas vor mir unberührt.

»Sie wollen also nicht trinken?!« brüllte mich plötzlich Trudoljuboff, dem die Geduld riß, drohend an.

»Ich möchte meinerseits einen Speech halten ... und dann erst werde ich trinken, Herr Trudoljuboff.«

»Widerlicher Giftpilz!« brummte Ssimonoff.

Ich richtete mich auf meinem Stuhl etwas gerader auf, nahm das Glas in fiebernder Erwartung von etwas ganz Ungewöhnlichem und wußte selbst noch nicht, was ich eigentlich sagen würde.

»Silence!« rief Ferfitschkin. »Jetzt wird's Verstand hageln!«

Swerkoff erwartete sehr ernst, was da kommen werde, denn er begriff wohl, worum es sich handelte.

»Herr Oberleutnant Swerkoff«, begann ich, »ich hasse die Phrase, die Phraseure und die geschnürten Taillen ... Das ist der erste Punkt, und hierauf folgt der zweite.«

Alle wurden unruhig.

»Der zweite Punkt ist: ich hasse gewisse Damen und die Liebhaber dieser Damen. Besonders die Liebhaber! Der dritte Punkt: ich liebe Wahrheit, Aufrichtigkeit und Ehrlichkeit«, fuhr ich fast mechanisch fort, denn ich fühlte mich schon gefrieren, erstarren vor Entsetzen; begriff ich doch selbst nicht, wie ich das alles so sagen konnte. »Ich liebe Gedanken, Monsieur Swerkoff; ich liebe wahre Kameradschaftlichkeit auf gleichem Fuß, nicht aber ... hm! ... Ich liebe ... Doch übrigens — wozu? Auch ich werde auf Ihre Gesundheit trinken, Monsieur Swerkoff. Verführen Sie Tscherkessinnen, erschießen Sie die Feinde des Vaterlandes und ... und ... Auf Ihre Gesundheit, Monsieur Swerkoff!«

Swerkoff erhob sich, verbeugte sich gemessen und sagte eisig:

»Ich danke Ihnen sehr.«

Er war maßlos gekränkt und sogar bleich im Gesicht.

»Zum Teufel noch einmal!« rief Trudoljuboff empört und schlug mit der Faust auf den Tisch.

»Für so etwas verabreicht man Ohrfeigen!« kreischte Ferfitschkin.

»Laßt ihn einfach rausschmeißen!« brummte Ssimonoff.

»Kein Wort, meine Herren, kein Wort weiter!« rief feierlich Swerkoff und hielt damit die allgemeine Empörung auf. »Ich danke Ihnen allen, meine Herren, doch ich werde ihm selbst zu beweisen verstehen, wie ich seine Worte einschätze.«

»Herr Ferfitschkin, morgen noch werden Sie mir für Ihre Worte Genugtuung geben!« sagte ich plötzlich laut, mich wichtig Ferfitschkin zuwendend.

»Sie meinen — ein Duell? Mit Vergnügen«, antwortete der, doch war ich in dem Augenblick, als ich ihn forderte, wahrscheinlich so lächerlich, daß Swerkoff, Ssimonoff und Trudoljuboff, und nach ihnen auch Ferfitschkin, plötzlich in schallendes Gelächter ausbrachen.

»Er ist ja schon ganz besoffen, beachten wir ihn nicht weiter!« sagte schließlich angeekelt Trudoljuboff.

»Werde mir nie verzeihen, daß ich ihn zugelassen habe!« brummte Ssimonoff.

,Jetzt einfach eine Flasche ihnen allen an den Kopf', dachte ich, nahm die Flasche und ... schenkte mir das Glas bis zum Rande voll.

,Nein, lieber bleibe ich bis zum Schluß hier!' fuhr ich fort zu denken. ,Euch, meine Besten, euch könnte jetzt wohl nichts Angenehmeres geschehen, als daß ich aufstünde und fortginge. Nichts da! Werde zum Trotz bis zum Schluß sitzen bleiben, zum Zeichen dessen, daß ich euch nicht die geringste Wichtigkeit beilege. Werde sitzen und trinken, denn das hier ist doch ein Wirtshaus und ich habe bezahlt, werde sitzen und trinken, denn in meinen Augen seid ihr nichts als Tölpel, nicht vorhandene Tölpel! Werde sitzen und trinken ... und singen, wenn's mir einfällt, ja, und auch singen, denn ich habe das Recht ... zu singen ... hm!'

Aber ich sang doch nicht. Ich bemühte mich bloß, keinen von ihnen anzusehen! ich nahm die ungeniertesten Posen an und wartete ungeduldig, wann sie mit mir wieder sprechen würden, — sie *zuerst!* Doch leider taten sie es nicht. Ach, und wie wünschte ich in diesem Augenblick, mich mit ihnen zu versöhnen! Es schlug acht ... Es schlug neun. Sie gingen vom Tisch zum Diwan. Swerkoff streckte sich sofort aus und legte einen Fuß auf ein kleines rundes Tischchen. Dorthin wurde dann auch der Wein gebracht. Er setzte ihnen tatsächlich drei Flaschen an. Mich forderte er natürlich nicht auf. Die anderen setzten sich um ihn herum und hörten ihm andächtig zu. Man sah es ihnen an, daß sie ihn liebten. ,Weswegen? Weswegen nur?' dachte ich bei mir. Zuweilen gerieten sie in trunkene Begeisterung und fielen dann einander um den Hals. Sie sprachen vom Kaukasus, sprachen über die wahre Leidenschaft, über das Kartenspiel, über vorteilhafte Posten im Dienst, sprachen über die Einkünfte, die der Husarenoffizier Podcharschéwski hatte — ein Mensch, den keiner von ihnen persönlich kannte —, und sie freuten sich, daß er große Einkünfte hatte; sie sprachen von der ungewöhnlichen Schönheit und Grazie der Fürstin D—i, die gleichfalls keiner von ihnen gesehen hatte; endlich kam es soweit, daß Shakespeare von ihnen für unsterblich erklärt wurde.

Ich lächelte spöttisch und ging in der anderen Hälfte des Zimmers auf und ab: vom Tisch bis zum Ofen und vom Ofen bis zum Tisch. Aus allen Kräften strengte ich mich an, ihnen zu zeigen, daß ich auch ohne sie auskommen könne; mittlerweile aber fing ich absichtlich an, so laut wie möglich aufzutreten, ja, ich stampfte sogar ganz ordentlich mit den Absätzen. Doch alles war vergeblich. *Sie* schenkten mir nicht die geringste Beachtung. Ich hatte die Geduld, in dieser Weise vor ihnen von acht bis elf auf und ab zu gehen, immer auf ein und derselben Stelle: vom Tisch bis zum Ofen und vom Ofen bis zum Tisch. ‚So, ich gehe einfach, und niemand kann mir das verbieten.' Der abräumende Bediente hielt mehrmals in seiner Beschäftigung inne, um mich verwundert zu betrachten. Von dem häufigen Umkehren drehte sich mir schon alles im Kopf, zuweilen schien mir alles nur ein Fieberwahn zu sein. In diesen drei Stunden geriet ich dreimal in Schweiß und wurde dreimal wieder pulvertrocken. Mitunter bohrte sich mir mit tiefem, ätzendem Weh der Gedanke ins Herz, daß ich mich noch nach zehn Jahren, nach zwanzig, nach vierzig Jahren, ja, selbst nach vierzig Jahren noch mit Schmerz und Selbstverabscheuung an diese schmutzigsten, lächerlichsten und schrecklichsten Augenblicke meines ganzen Lebens erinnern würde. Noch gewissenloser und noch freiwilliger sich selbst zu erniedrigen, war schon unmöglich, und ich begriff das vollkommen, ja, wirklich, das begriff ich so voll und ganz, wie man's besser überhaupt nicht gekonnt hätte — und trotzdem fuhr ich fort, zwischen Tisch und Ofen hin und her zu gehen. ,Oh, wenn ihr nur wüßtet, welcher Gefühle und Gedanken ich fähig bin, und überhaupt wie entwickelt ich bin!' dachte ich, mich in Gedanken zu dem Diwan wendend, auf dem meine Feinde saßen. Meine Feinde aber taten, als wäre ich überhaupt nicht anwesend. Einmal, nur ein einziges Mal wandten sie sich nach mir um, nämlich als Swerkoff über Shakespeare sprach und ich plötzlich laut auflachte: ich lachte so unnatürlich, so gemein, daß sie alle im selben Augenblick verstummten und mich zwei oder drei Minuten lang schweigend und ernst betrachteten, wie ich an der Wand vom Tisch bis zum Ofen und vom Ofen bis zum Tisch ging und *sie überhaupt nicht beachtete.* Aber sie sagten kein Wort und wandten sich wieder von mir ab. Da schlug es elf.

»Meine Herren!« rief Swerkoff, plötzlich aufspringend. »Jetzt gehen wir alle *dorthin!*«

»Versteht sich! Natürlich!« riefen die anderen.

Ich drehte mich hastig um und trat auf Swerkoff zu. Ich war dermaßen abgequält, dermaßen zermartert, daß ich, und wenn es mir auch das Leben gekostet hätte, Schluß damit machen mußte. Ich war im Fieber; meine vom Schweiß feucht gewordenen Haare klebten an der Stirn und an den Schläfen.

»Swerkoff! Ich bitte Sie um Verzeihung«, sagte ich schroff und entschlossen. »Auch Sie, Ferfitschkin, bitte ich, mir zu verzeihen, und Sie alle, alle; ich habe alle beleidigt!«

»Aha! Das Duell scheint ihm doch 'nen Schrecken eingejagt zu haben!« tuschelte Ferfitschkin boshaft seinem Nachbar zu.

Das schnitt mir weh ins Herz.

»Nein, Ferfitschkin, ich habe keine Angst vor dem Duell! Ich bin bereit, mich morgen mit Ihnen zu duellieren, aber erst nachdem wir uns versöhnt haben. Ich bestehe sogar darauf, und Sie können es mir nicht abschlagen. Ich will Ihnen beweisen, daß ich das Duell nicht fürchte. Sie haben den ersten Schuß, ich aber werde in die Luft schießen.«

»Will uns zum Narren halten«, bemerkte Ssimonoff.

»Will sich drücken!« meinte Trudoljuboff.

»So lassen Sie mich doch vorüber, Sie versperren einem ja den Weg!... Was wollen Sie denn eigentlich?« fragte Swerkoff verächtlich.

Alle waren sie rot; ihre Augen glänzten: sie hatten viel getrunken.

»Ich bitte Sie um Ihre Freundschaft, Swerkoff, ich habe Sie beleidigt, aber...«

»Beleidigt? S—sie? M—mich? Wissen Sie, mein Verehrtester, daß Sie niemals und unter keinen Umständen *mich* beleidigen können!«

»Ach, hol ihn der Kuckuck!« rief Trudoljuboff. »Fahren wir!«

»Olympia gehört mir, meine Herren, das ist meine Bedingung!« rief Swerkoff.

»Schön, wir machen sie Ihnen nicht streitig!« antwortete man ihm lachend.

Ich stand da wie ein Angespiener. Die Bande verließ geräuschvoll das Zimmer, Trudoljuboff stimmte irgendein Lied an. Ssimonoff aber blieb noch auf einen Augenblick zurück, um dem Bedienten das Trinkgeld zu geben. Da trat ich plötzlich an ihn heran.

»Ssimonoff! Borgen Sie mir sechs Rubel!« sagte ich entschlossen in meiner Verzweiflung.

Er sah mich über die Maßen verwundert mit sonderbar stumpfem Blick an. Er war gleichfalls betrunken.

»Ja, wollen Sie denn auch *dorthin* mit uns!«

»Ja!«

»Ich habe kein Geld!« sagte er kurz und wollte, vor Verachtung auflachend, das Zimmer verlassen.

Ich ergriff ihn am Rock. Das war ja ein Albdruck.

»Ssimonoff! Ich habe in Ihrem Beutel das Geld gesehen, warum schlagen Sie es mir ab? Bin ich denn ein Schuft? Hüten Sie sich, es mir abzuschlagen: wenn Sie wüßten, wenn Sie nur wüßten, wozu ich es erbitte! Davon hängt alles ab, alles, meine ganze Zukunft hängt daran, alle meine Pläne...«

Ssimonoff nahm das Geld aus dem Beutel und warf es mir hin.

»Nehmen Sie's, wenn Sie so gewissenlos sind!« sagte er unbarmherzig und eilte den anderen nach.

Ich blieb allein zurück. Unordnung, Speisereste, ein zerschlagenes Glas auf dem Fußboden, verschütteter Wein, Zigarettenstummel, Rauch... Rausch und Fieberleere im Kopf, quälendes Weh im Herzen und schließlich der Kellner, der alles gesehen und gehört hatte und mir neugierig in die Augen blickte...

»Dorthin!« schrie ich auf. »Entweder liegen alle auf den Knien und flehen mich um meine Freundschaft an, oder... oder ich gebe Swerkoff eine Ohrfeige!«

V

Endlich, endlich ist der Zusammenstoß mit der Wirklichkeit gekommen!« murmelte ich, als ich die Treppe hinunterlief. »Das ist jetzt nicht mehr der Papst, der Rom verläßt, um nach Brasilien auszuwandern, das ist nicht mehr der Ball auf dem Comersee!«

‚Gemein bist du, wenn du jetzt darüber lachst!' zuckte es mir durch den Kopf.

»Meinetwegen!« rief ich mir selbst zur Antwort. »Jetzt ist ja doch schon alles verloren!«

Von ihnen war schon jede Spur verschwunden; doch was tat's schließlich: ich wußte, wohin sie gefahren waren.

An der Vorfahrt hielt einsam ein Schlitten; der Kutscher — einer von den Bauern, die die Not im Winter in die Stadt treibt, ein Wanjka in grobem Bauernkittel — war von dem immer noch träge fallenden nassen und gleichsam warmen Schnee schon ganz bestäubt. Die Luft war feucht und schwül. Sein kleines rauhhaariges, mageres Pferdchen war gleichfalls schon ganz weißgeschneit und hustete — das weiß ich noch ganz genau. Ich riß die Schlittendecke zurück, doch kaum hatte ich den Fuß in den Schlitten gesetzt, als mich plötzlich die Erinnerung daran, wie Ssimonoff mir die sechs Rubel hingeworfen hatte, durchzuckte —: ich fiel wie von einem Keulenschlage getroffen in den Schlitten.

,Nein, ich muß viel tun, um das wieder gut zu machen!' schrie ich innerlich. ,Aber ich werde es schon tun, oder es ist noch heute nacht zu Ende mit mir. Fahr zu!' Ich sagte ihm, wohin.

Das Pferd zog an. Ein ganzer Wirbelsturm von Gedanken wütete in meinem Hirn.

,Sie werden mich ja doch nicht um meine Freundschaft bitten, geschweige denn, daß sie es noch auf den Knien täten. Das ist ja eine Fata morgana, eine umgekehrte Welt, die ich mir vorstelle, eine widerliche, romantische und phantastische Luftspiegelung, die ich mir wieder einmal vorstelle, ist genau dasselbe wie der Ball auf dem Comersee. Und darum *muß* ich Swerkoff eine Ohrfeige geben! Ich bin verpflichtet, sie ihm zu geben. Also, es steht fest: ich fahre hin, um ihm eine Ohrfeige zu geben . . .' »Schneller! Fahr zu!«

Der Wanjka zog an den Zügeln.

,Sowie ich eingetreten bin, gebe ich sie ihm sofort. Oder sollte man noch vorher einige Sätze so . . . hm, gewissermaßen als Vorwort sagen? Nein. Ich trete ein und gebe sie ihm. Sie werden alle im Salon sitzen, er mit Olympia auf dem Sofa. Diese verwünschte Olympia! Sie hat über mein Gesicht gelacht und mir einmal abgesagt. Ich werde Olympia an den Haaren und Swerkoff an den Ohren fortziehen! Nein, besser an einem Ohr und so am Ohr werde ich ihn dann durchs ganze Zimmer ziehen. Sie werden vielleicht über mich herfallen und mich hinauswerfen. Bestimmt werden sie das tun. Meinetwegen! Immerhin habe ich zuerst die Ohrfeige gegeben; also meine Initiative . . . und nach den Gesetzen des Ehrenkodex ist das alles: er ist gebrandmarkt und kann dann nie mehr, mit keinen Schlägen, seine Ohrfeige abwaschen, außer mit einem Duell. Er muß mich fordern. Und mögen sie mich nur schlagen. Mögen sie nur! Diese Undankbaren! Am schlimmsten wird Trudoljuboff schlagen: er ist stark. Ferfitschkin wird sich an ungefährlicheren Stellen ankrallen, wird mir in die Haare fahren, natürlich, der bestimmt in die Haare. Aber mögen sie nur. Meinetwegen! Zu dem Zweck gehe ich ja hin. Diese Schafsköpfe werden doch endlich das Tragische in all dem begreifen müssen! Wenn sie mich zur Tür schleppen, werde ich ihnen zurufen, daß sie im Grunde nicht einmal meinen kleinen Finger wert sind ...' »Fahr zu, Wanjka, fahr zu!« schrie ich plötzlich. Der Kutscher zuckte zusammen vor Schreck und hieb mit der Peitsche auf seine Mähre ein. Ich hatte schon gar zu wild geschrien.

,Bei Morgengrauen schlagen wir uns, das steht fest. Mit der Kanzlei oder, wie Swerkoff sagt, dem Département ist es aus. Ferfitschkin sagte vorhin „Debartemang". Woher aber die Pistolen nehmen? Unsinn! Ich nehme meine Gage voraus und kaufe sie. Aber das Pulver, und die Kugeln? Das ist Sache des Sekundanten. Und wie damit bis zum Morgengrauen fertig werden? Und wo den Sekundanten hernehmen? Ich habe keinen Bekannten. Unsinn!' rief ich noch erregter, ,Unsinn! Der erste beste, den ich auf der Straße treffe und den ich darum angehe, ist verpflichtet, mein Sekundant zu sein, ganz so, wie er zum Beispiel verpflichtet wäre, einen Ertrinkenden aus dem Wasser zu ziehen. Die exzentrischsten Ausnahmefälle müssen doch möglich sein. Ja, wenn ich den Direktor morgen bitte, mein Sekundant zu sein, so müßte er sich schon allein aus Ritterlichkeit dazu bereit erklären und ... und das Geheimnis bewahren! — Anton Antonytsch ...'

Doch schon im selben Augenblick begriff ich die ganze blödsinnige Unmöglichkeit meiner Voraussetzungen und die ganze Kehrseite der Medaille klarer und deutlicher als es überhaupt jemand vermöchte, aber ...

»Fahr zu, Wanjka, fahr zu, du Schuft, fahr zu!«

»Ach, Herr!« sagte der Bauer.

Ein Frösteln überlief mich plötzlich.

‚Aber wär's nicht besser ... weiß Gott, wär's nicht doch besser ... jetzt geradewegs nach Hause zu fahren, sofort? Ach, warum, warum drängte ich mich gestern zu diesem Abschiedsmahl auf! Aber nein, das ist unmöglich! Und der Spaziergang von acht bis elf vom Tisch bis zum Ofen, vom Ofen bis zum Tisch? Nein, *sie*, *sie* müssen für diesen Spaziergang büßen! *Sie* müssen diese Schmach abwaschen! ...‘ »Fahr zu!«

‚Aber was dann, wenn sie mich auf die Polizeiwache bringen?! Das werden sie nicht wagen! Werden einen Skandal fürchten. Was aber dann, wenn Swerkoff aus Verachtung das Duell abschlägt? Das ist ja so gut wie sicher; dann aber werde ich ihnen beweisen ... Dann werde ich auf den Posthof gehen, wenn er morgen abreist, werde ihn am Bein packen, werde ihm, wenn er in den Postwagen einsteigt, den Mantel abreißen! Werde ihn mit den Zähnen an der Hand packen, werde ihn beißen! Sozusagen: Seht, wozu man einen verzweifelten Menschen bringen kann! ... Mag er mich auf den Kopf schlagen und sie alle da hinter mir ... Ich werde dem ganzen Publikum zuschreien: „Seht diesen jungen Hund, der, um Tscherkessinnen zu verführen, nach dem Kaukasus fährt – mit meinem Speichel im Gesicht!“ ...‘

‚Selbstverständlich ist dann alles aus! Dann ist das „Département“ vom Angesicht der Welt verschwunden. Man wird mich ergreifen, verurteilen, aus dem Dienst jagen, wird mich unter die Zwangsarbeiter ins Zuchthaus stecken, danach komme ich zu den sibirischen Ansiedlern ... Mögen sie nur! Nach fünfundzwanzig Jahren schleppe ich mich zu ihm, in Lumpen, als Bettler, nachdem man mich aus dem Gefängnis entlassen hat. Ich suche ihn irgendwo in einer Gouvernementsstadt auf. Er wird verheiratet und glücklich sein. Er wird eine erwachsene Tochter haben ... Ich werde einfach sagen: „Sieh, Unmensch, sieh meine eingefallenen Wangen und mein zerlumptes Gewand! Ich habe alles verloren: die Karriere, das Glück, die Kunst, die Wissenschaft, *das geliebte*

Weib, und alles *deinetwegen.* Sieh, hier sind Pistolen. Ich bin gekommen, um meine Pistole abzufeuern und ... ich vergebe dir!" Und dann schieße ich einfach in die Luft und verschwinde spurlos ...'

Es fehlte nicht viel und ich hätte aufgeschluchzt, obgleich ich im selben Augenblick ganz genau wußte, daß meine Phantasie auf Lermontoffs „Sylvio" und der „Maskerade" beruhte. Und plötzlich schämte ich mich furchtbar, ich schämte mich dermaßen, daß ich das Pferd anhalten ließ, aus dem Schlitten stieg und mitten auf der Straße im Schnee stehen blieb. Der Wanjka sah mich verwundert an und seufzte.

Was sollte ich tun? Dorthin konnte ich nicht: es würde nichts dabei herauskommen; und die Sache auf sich beruhen lassen — war gleichfalls unmöglich: was dann herauskommen würde ... Himmlischer Vater! Wie denn so etwas auf sich beruhen lassen! Und nach solchen Beleidigungen!

»Nein!« schrie ich auf und warf mich wieder in den Schlitten. »Das ist vorbestimmt, das ist Verhängnis, Schicksal! Fahr zu, fahr zu, dorthin!«

Vor Ungeduld schlug ich mit der Faust dem Wanjka ins Genick.

»Ach! Gott! Was haust du mich!« rief das Bäuerlein erschrocken, peitschte aber doch so seine Schindmähre, daß sie mit den Hinterbeinen ausschlug.

Der nasse Schnee fiel in dichten, großen Flocken; ich schlug den Mantel auf — der Schnee war mir gleichgültig. Ich vergaß alles, denn ich hatte mich endgültig zu der Ohrfeige entschlossen; ich fühlte nur mit Grauen, daß es doch schon *unbedingt* und *sofort* geschehen werde und *sich durch keine Macht der Welt mehr aufhalten ließ.* Die einsamen Laternen schauten trübe durch das von Schneeflocken durchzogene Dunkel, wie Fackeln bei nächtlichen Beerdigungen. Der Schnee schlug mir in den offenen Mantel, fiel auf den Rock, fiel mir in den Mantelkragen, rutschte weiter in das Halstuch und taute dort auf. Ich schlug aber meinen Mantel nicht zu: es war ja doch schon alles verloren! Endlich kamen wir an. Ich sprang fast bewußtlos aus dem Schlitten, lief die Stufen hinauf und schlug mit Händen und Füßen an die Tür. Meine Beine wurden besonders in den Knien furchtbar schwach. Sonderbarerweise wurde bald geöffnet; als hätten sie mich erwartet.

(Ssimonoff hatte in der Tat schon gesagt, daß vielleicht noch jemand kommen werde, hier aber mußte man sich anmelden und überhaupt Vorsicht beobachten. Es war eines jener „Modegeschäfte“, die jetzt schon längst von der Polizei aufgehoben worden sind. Tagsüber war es allerdings ein „Modegeschäft“; abends jedoch wurden Herren, die eine Empfehlung hatten, empfangen.)

Ich ging schnellen Schritts durch den dunklen Laden in den mir bekannten „Salon“ und blieb erstaunt in der Tür stehen: der Salon war leer; nur ein einziges Licht brannte auf einem Tisch.

»Wo sind sie denn?« fragte ich irgend jemanden.

Sie hatten natürlich schon Zeit gehabt auseinanderzugehen.

Vor mir stand ein Weibsbild mit dummem Lächeln; das war die Wirtin. Sie kannte mich schon von früher. Nach einer Weile öffnete sich eine Tür, und eine andere Person trat ein.

Ich schritt im Zimmer auf und ab und sprach mit mir selbst. Es war mir, als wäre ich vom Tode errettet worden; ich fühlte es freudig mit meiner ganzen Seele: denn ich hätte ja die Ohrfeige unbedingt, unbedingt gegeben! Sie aber waren nicht da und ich ... alles war wie Spukgebilde verschwunden, alles hatte sich verändert! Endlich blickte ich mich um. Ich konnte es noch nicht recht begreifen. Mechanisch blickte ich auch auf die eingetretene Person: vor meinen Augen verschwamm ein frisches, junges, etwas blasses Gesicht mit geraden, dunklen Augenbrauen, mit einem ernsten und fast ein wenig verwunderten Blick. Das gefiel mir sofort; ich würde sie gehaßt haben, wenn sie gelächelt hätte. Ich mußte mich anstrengen, um aufmerksamer hinzusehen:

noch fiel es mir schwer, meine Gedanken zu sammeln. Etwas Offenherziges und Gutes lag in diesem Gesicht, nur war es bis zur Sonderbarkeit ernst. Ich bin überzeugt, daß sie nur deswegen bei diesen dummen Jungen verspielt hatte. Übrigens konnte man sie nicht gerade schön nennen, wenn sie auch ziemlich groß, schlank und gut gebaut war. Angezogen war sie ungewöhnlich schlicht. Etwas Gemeines kroch mir ins Herz; ich trat geradewegs auf sie zu.

Ich blickte zufällig in den Spiegel: mein erregtes, aufgewühltes Gesicht erschien mir unsagbar ekelhaft: bleich, böse, gemein, von zottigem, nassem Haar umrahmt. ‚Meinetwegen, — um so besser‘, dachte ich. ‚Gerade das freut mich, daß ich ihr ekelhaft erscheinen muß; das ist mir sehr angenehm ...‘

VI

... Irgendwo im Nebenzimmer begann auf einmal, wie unter einem starken Druck, als ob sie jemand gewürgt hätte — heiser die Uhr zu schnurren. Nach unnatürlich langem, langsamem, heiserem Schnurren folgte plötzlich ein heller und gleichsam ganz unerwartet hastiger Schlag, — ganz als spränge plötzlich jemand vor. Es schlug zwei. Ich erwachte, wenn ich auch vorher nicht geschlafen, sondern nur in halbem Dämmern dagelegen hatte.

In dem engen, schmalen und niedrigen Zimmer, in dem noch ein großer Kleiderschrank stand und Hutschachteln, Stoffe und verschiedener Kleiderkram herumlagen, war es fast ganz dunkel. Der Lichtstumpf, der auf einem Tisch am anderen Ende des Zimmers in einem Leuchter brannte, drohte schon auszulöschen, nur ab und zu flackerte er noch auf. Nach wenigen Minuten mußte vollkommenes Dunkel herrschen.

Es dauerte nicht lange, bis ich ganz zu mir kam; mit einem Mal, ohne mich angestrengt zu haben, fiel mir alles wieder ein; als ob es heimlich auf mich gelauert hätte, um sich dann plötzlich wieder auf mich zu stürzen. Ja, und selbst in der Bewußtlosigkeit blieb im Gedächtnis doch noch, ich möchte sagen: so ein Punkt, der unter keiner Bedingung in Vergessenheit versank, und um den müde, schwerfällig die Schemen meines Halbschlaftraumes kreisten. Doch eines war sonderbar: alles, was mit mir an jenem Tage geschehen war, schien mir jetzt, nach dem Erwachen, schon längst, längst vergangen zu sein, als ob ich das alles schon längst, längst überlebt hätte.

In meinem Kopf war nichts als schwerer Dunst. Es war mir, als ob etwas über mir schwebte, mich lähmte und doch zu gleicher Zeit beunruhigte und erregte. Die Beklemmung und die ohnmächtige Wut schwollen wieder an, schäumten auf und suchten einen Ausgang. Plötzlich, dicht neben mir — sah ich zwei offene Augen, die mich ernst und beharrlich betrachteten. Der Blick war kalt-teilnahmslos, war düster, und als ob er von einem ganz fremden Wesen herrührte. Es wurde mir schwer unter ihm.

Ein häßlicher Gedanke entstand in meinem Gehirn und kroch mir gewissermaßen wie eine scheußliche Empfindung durch den ganzen Körper, etwa wie das Gefühl, das einen überkommt, wenn man in einen feuchten, fauligen Keller tritt. Es war so sonderbar unnatürlich, daß es diesen zwei Augen gerade jetzt erst einfiel, mich zu betrachten. Und da kam es mir auch zum Bewußtsein, daß ich in den ganzen zwei Stunden noch kein einziges Wort mit diesem Wesen gewechselt und dies auch gar nicht für nötig gehalten hatte; das Schweigen hatte mir zu Anfang aus irgendeinem Grunde sogar gefallen. Jetzt jedoch empfand ich plötzlich deutlich den ganzen Ekel, die ganze spinnenhafte Scheußlichkeit der Idee der Ausschweifung, die ohne Liebe, roh und schamlos sofort damit beginnt, womit die wahre Liebe sich krönt. Lange sahen wir uns so an, doch sie senkte nicht die Augen vor mir und änderte nicht ihren Blick, so daß mir schließlich aus irgendeinem Grund gleichsam gruselig wurde.

»Wie heißt du?« fragte ich kurz, um dem schneller ein Ende zu machen.

»Lisa«, antwortete sie fast flüsternd, doch sonderbar unfreundlich, und sie wandte die Augen von mir ab.

Ich schwieg.

»Das Wetter ist heute scheußlich ... nasser Schnee ...«
sagte ich mehr so vor mich hin, schob schwermütig den Arm
unter den Kopf und blickte zur Decke hinauf.

Sie antwortete nicht. Widerlich war das alles.

»Bist du eine hiesige?« fragte ich nach einer Weile fast
erzürnt und wandte den Kopf ein wenig ihr zu.

»Nein.«

»Woher kommst du denn?«

»Aus Riga«, sagte sie unwirsch.

»Bist du eine Deutsche?«

»Nein, Russin.«

»Bist du schon lange hier?«

»Wo?«

»Hier, in diesem Hause!«

»Zwei Wochen.«

Sie antwortete immer schroffer. Da erlosch das Licht
endgültig; ich konnte ihr Gesicht nicht mehr erkennen.

»Leben deine Eltern noch?«

»N–ja ... nein ... Doch, sie leben.«

»Wo denn das?«

»Dort, in Riga.«

»Was sind sie?«

»So ...«

»Wie ‚so‘? Von welch einem Stand?«

»Kleinbürger.«

»Hast du immer bei ihnen gelebt?«

»Ja.«

»Wie alt bist du?«

»Zwanzig.«

»Warum bist du denn von ihnen weggegangen?«

»So ...«

Dieses *so* bedeutete: hör auf, bist mir zuwider. Wir verstummten.

Gott mag wissen, warum ich nicht wegging. Es wurde mir selbst immer widerlicher und schwermütiger zumut. Die Eindrücke des vergangenen Tages begannen gleichsam von selbst in wirrem, hastigem Durcheinander, ohne daß ich es wollte, durch mein Gedächtnis zu ziehen. Und plötzlich fiel mir etwas ein, was ich am Morgen, als ich besorgt zur Kanzlei trabte, gesehen hatte.

»Heute wurde ein Sarg hinausgetragen und beinahe hätte man ihn fallen lassen«, sagte ich plötzlich laut, ohne ein Gespräch beginnen zu wollen, einfach so, fast aus Versehen.

»Ein Sarg?«

»Ja, am Heumarkt; aus einem Keller.«

»Aus einem Keller?«

»Das heißt, nicht gerade aus einem Keller, sondern aus einer Kellerwohnung ... Ach, du weißt schon ... aus dem untersten Geschoß ... aus einem unanständigen Hause ... Es war dort so schmutzig überall ... Eierschalen, Kehricht ... Gestank ... Gemein war's.«

Schweigen.

»Scheußlich, heute beerdigt zu werden!« sagte ich wieder nach einiger Zeit, nur um nicht zu schweigen.

»Wieso?«

»So, ich meine nur, der Schnee, die Feuchtigkeit ...«

(Ich gähnte.)

»Was tut das!« stieß sie plötzlich nach längerem Schweigen hervor.

»Nein, 's ist doch schon gemein ...« (Ich gähnte wieder.) »Die Totengräber werden sicherlich geschimpft haben ... Es ist ja auch kein Vergnügen, bei solch einem Wetter zu graben. Und im Grabe wird bestimmt Wasser gewesen sein.«

»Warum soll denn im Grab Wasser sein?« fragte sie neugierig, und doch ungläubig-spöttisch. Übrigens stieß sie die Worte noch unhöflicher, noch schroffer hervor. Mich stachelte plötzlich irgend etwas gegen sie auf.

»Weißt du denn das nicht? Die Särge liegen mindestens bis zur Hälfte im Wasser, gewöhnlich aber ganz. Hier auf dem Wólchowo Friedhof kannst du kein einziges trockenes Grab finden.«

»Warum nicht?«

»Wieso — warum nicht!? Morastiger Boden. Hier ist doch ringsum Sumpf. So wird man denn einfach ins Wasser hinabgesenkt. Habe es selbst gesehen ... mehrere Mal ...«

(Kein einziges Mal hatte ich es gesehen, und war überhaupt noch nie auf dem Wólchowo Friedhof gewesen; ich hatte nur andere davon sprechen hören.)

»Machte es dir denn wirklich nichts aus, zu sterben?«

»Warum soll ich denn sterben?« fragte sie, gleichsam sich verteidigend.

»Nun, einmal wirst auch du sterben, und dann wird man dich ebenso beerdigen, wie jenes Mädchen heute morgen. Das war ... auch so Eine ... Ist an der Schwindsucht gestorben.«

»So Eine hätte doch im Krankenhaus sterben können ...«

(,Aha', dachte ich, das weiß sie schon; und sie sagt auch: ,so Eine'.)

»Sie schuldete der Wirtin«, entgegnete ich, immer mehr aufgestachelt durch das Gespräch, »und mußte bis zum Tode bei ihr bleiben, obgleich sie schwindsüchtig war. Droschkenkutscher und Soldaten sprachen dort am Hoftor über sie. Wahrscheinlich ihre gewesenen Bekannten. Lachten natürlich. Nahmen sich vor, in der Schenke noch ein Glas Schnaps auf ihr Wohl zu trinken.«

(Auch hierbei faselte ich noch vieles hinzu.)

Schweigen, tiefes Schweigen. Sie bewegte sich nicht einmal.

»Und ist es denn im Krankenhause besser zu sterben?«

»Ach, bleibt sich denn das nicht ganz gleich!? ... Und warum soll ich denn sterben?« fragte sie gereizt.

»Nicht jetzt, natürlich, aber später?«

»Ach, später ...«

»Jaja! Jetzt bist du noch jung, hübsch und frisch, deswegen schätzt man dich auch. Nach einem Jahr aber wird dich dieses Leben schon verändert haben, wirst bald welk sein.«

»Nach einem Jahr?«

»Jedenfalls wirst du nach einem Jahr schon im Wert gesunken sein«, fuhr ich schadenfroh fort. »Dann wirst du aus diesem Hause in ein anderes, niedrigeres kommen. Nach einem zweiten Jahr — in ein drittes Haus, immer niedriger und niedriger, und so nach sieben Jahren wirst du dann glücklich am Heumarkt in der Kellerwohnung angelangt sein. Und das würde verhältnismäßig noch angehen. Wie aber, wenn sich dann noch irgendeine Krankheit einstellen sollte, sagen wir, schwache Brust, oder ähnliches ... oder du erkältest dich womöglich. Bei so einem Leben vergehen die Krankheiten nicht so leicht. Hat man sie sich einmal zugezogen, so ist man gewöhnlich geliefert. Nun, und dann wirst du eben sterben.«

»Nun, dann werde ich eben sterben!« sagte sie wütend und bewegte sich hastig.

»Es tut einem aber doch leid.«

»Was?«

»Das Leben.«

Schweigen.

»Hast du einen Bräutigam gehabt? ... Wie?«

»Was geht das Sie an?«

»Du hast recht, was geht das mich an. Ich will dich ja nicht ausfragen. Warum ärgerst du dich nur? Du wirst natürlich deine Unannehmlichkeiten gehabt haben ... Was geht's mich an! Es war ja nur so gefragt. Aber immerhin kann man doch bedauern.«

»Wen?«

»Dich natürlich.«

»Lohnt sich nicht ...«, sagte sie kaum hörbar und bewegte sich wieder.

Das ärgerte mich. Wie! Ich war so freundlich zu ihr, sie aber ...

»Ja, was denkst du denn eigentlich? Bist du etwa auf einem guten Wege?«

»Nichts denke ich.«

»Das ist es ja, daß du dir nichts dabei denkst! Besinn dich, solange es noch Zeit ist. Jetzt geht's ja noch. Du bist noch jung und hübsch; könntest dich verlieben, könntest heiraten und glücklich sein ...«

»Nicht alle sind glücklich, wenn sie verheiratet sind«, unterbrach sie mich wieder schroff.

»Nicht alle! Selbstverständlich nicht alle! Aber es ist doch immer besser als hier, hundertmal, tausendmal besser als hier! Liebt man aber, so kann man auch ohne Glück leben. Auch im Leid ist das Leben schön; es ist überhaupt immer schön, auf der Welt zu leben, selbst einerlei wie man lebt. Was aber ist hier außer ... Gestank. Pfui!«

Ich wandte mich angeekelt von ihr ab; ich sprach nicht mehr kaltblütig. Ich begann schon zu empfinden, was ich sprach, und geriet in Eifer. Mich riß schon das Verlangen mit sich fort, meine geliebten Ideechen, die ich in meinem Untergrund ausgebrütet hatte, auseinanderzusetzen. Irgend etwas entflammte sich in mir jählings, ich sah plötzlich ein Ziel vor mir.

»Übrigens mußt du mich nicht zum Vorbild nehmen. Ich bin vielleicht noch schlechter als du. Ich bin ja betrunken hergekommen.« (Ich beeilte mich doch ein wenig, mich zu rechtfertigen.) »Zudem kann ein Mann einem Weib nie ein Beispiel sein. Das sind zwei ganz verschiedene Dinge; wenn ich auch schlechter bin als du, und wenn auch ich mich hier besudele, so bin ich doch niemandes Sklave; komme und gehe und damit ist's abgetan, — bin wieder ein anderer Mensch. Und jetzt bedenke bloß das eine, daß du gleich von Anfang an — Sklavin bist. Jawohl, Sklavin! Du gibst alles hin, deinen ganzen Willen. Und wenn du später diese Ketten zerreißen willst, so kannst du es nicht mehr: immer fester wirst du umsponnen werden. Das ist schon der Fluch dieser Ketten, daß sie sich immer fester ziehen. Ich kenne sie. Von dem übrigen rede ich lieber gar nicht, du würdest es vielleicht auch nicht einmal verstehen. Aber sag doch mal: du schuldest der Wirtin natürlich schon? Nun sieh mal!« fügte ich hinzu, obgleich sie mir nichts geantwortet hatte, sondern nur schweigend, mit ganzer Seele zuhörte, »— da hast du schon die Kette! Wirst dich nie mehr loskaufen können. Das wird schon so gemacht werden. Kennt man ... Ebenso gut wie dem Teufel die Seele verkauft ... ... Und zudem bin ich vielleicht ebenso unglücklich wie du und suche vielleicht, was kannst du wissen, absichtlich den Schmutz ... vor Leid. Trinken doch viele vor Leid oder Kummer; nun, und ich bin wiederum vor Leid hierhergekommen. Sag doch selbst, was ist denn das eigentlich: nun, wir beide sind ... zusammengekommen ... gestern abend, und haben doch kein Wort miteinander gewechselt, und erst nachher fiel es dir ein, wie eine Wilde mich zu betrachten; und und ich ebenso auch dich. Liebt man denn etwa so? Soll denn der Mensch den Menschen auf diese Weise kennenlernen? Das ist doch nur eine ... eine Unanständigkeit und weiter nichts!«

»Ja!« sagte sie plötzlich rauh, — sie stimmte mir sofort bei. Mich wunderte sogar die Hastigkeit dieses »Ja!«

‚Dann ist durch ihren Kopf vielleicht schon derselbe Gedanke gegangen, als sie mich vorhin betrachtete? Also ist auch sie schon zu eigenen Gedanken fähig? ... Hol's der Teufel, das ist interessant, das ist ja — Seelenverwandtschaft‘, dachte ich und hätte mir fast schon die Hände gerieben. ‚Wie sollte man mit solch einer jungen Seele auch nicht fertig werden! ...‘ Aber am meisten lockte mich doch das Spiel ...

Sie drehte ihren Kopf etwas näher zu mir und stützte ihn in die Hand — so schien es mir wenigstens in der Dunkelheit. Vielleicht sah sie mich wieder an. Wie bedauerte ich, daß ich ihre Augen nicht mehr sehen konnte. Ich hörte ihr tiefes Atmen.

»Warum bist du hierhergekommen?« begann ich bereits mit einer gewissen Überlegenheit.

»So.«

»Und doch, wie schön ist's, im Elternhause zu leben! Warm, behaglich; eigenes Nest!«

»Wenn es aber schlimmer ist als hier?«

‚Ich muß den richtigen Ton finden‘, zuckte es mir durch den Kopf, ‚mit etwas Sentimentalität wirst du sie wahrscheinlich am ehesten rumkriegen.‘

Übrigens zuckte das, wie gesagt, nur in einer Sekunde durch meine Gedanken. Ich schwöre es, sie interessierte mich tatsächlich. Und dann war ich auch so eigentümlich gestimmt und erschlafft. Und Spitzbüberei verträgt sich ja so gut mit Gefühl.

»Oh, das kommt natürlich auch vor!« beeilte ich mich zu entgegnen. »Ich bin überzeugt, daß dich irgend jemand beleidigt hat, daß eher *sie* vor dir schuldig sind als du vor *ihnen*. Zwar kenne ich deine Lebensgeschichte nicht, aber ich weiß doch, daß ein Mädchen, wie du, nicht freiwillig und zum Vergnügen in solch ein Haus kommt . . .«

»Was für ein Mädchen bin ich denn?« fragte sie flüsternd, kaum hörbar; ich aber hörte es doch.

‚Weiß der Teufel — ich schmeichle ja! Das ist schändlich. Aber, weiß Gott, vielleicht ist's auch gut.‘

Sie schwieg.

»Sieh mal, Lisa, ich sage das von mir aus: hätte ich von Kindheit an eine Familie gehabt, so würde ich jetzt anders sein als ich bin. Darüber habe ich schon oft nachgedacht. Denn wie schlecht es auch in der Familie sein mag, es sind doch immer Vater und Mutter, und nicht Fremde, nicht Feinde. Sie lieben dich doch, und wenn sie es dir auch nur einmal im Jahr zeigen. Immerhin weißt du, daß du bei dir zu Hause bist. Sieh mal, ich bin ohne Familie aufgewachsen; darum bin ich wohl auch so . . . gefühllos geworden.«

‚Hm, vielleicht versteht sie's überhaupt nicht‘, dachte ich, ‚und 's ist ja auch lachhaft: Moral!‘

»Wenn ich Vater wäre und eine Tochter hätte, ich würde, glaub' ich, meine Tochter mehr als meine Söhne lieben, tatsächlich!« begann ich auf Umwegen, als wollte ich auf ein anderes Thema übergehen, um sie abzulenken. Ich muß gestehen, ich errötete.

»Warum denn das?« fragte sie.

‚Aha, sie hört also doch zu!‘

»So, ich weiß nicht, warum. Sieh, Lisa, ich kannte einen Vater, der sonst im Leben ein strenger, stolzer Mensch war, vor seiner Tochter aber auf den Knien lag, ihre Hände und Füße küßte und sich an ihr nicht sattsehen konnte. Wenn sie auf den Bällen tanzte, stand er zuweilen fünf Stunden lang auf ein und demselben Fleck und ließ sie nicht aus den Augen. Sie war zu seiner fixen Idee geworden: das kann ich sehr gut verstehen! Wenn sie schläft, wacht er bei ihr, küßt und bekreuzt sie. Selbst geht er in einem schäbigen Rock, ist geizig bis zur Unglaublichkeit, für sie aber kauft er alles, was sie haben will, macht ihr teure Geschenke und freut sich wie ein Kind, wenn das Geschenk ihr gefällt. Der Vater liebt die Töchter immer mehr als die Mutter. Viele Töchter haben ein gutes Leben im Elternhause! Ich aber würde meine Tochter wahrscheinlich überhaupt nicht heiraten lassen.«

»Warum denn nicht?« fragte sie, kaum, kaum lächelnd.

»Weiß Gott! Ich glaube, aus Eifersucht. Sie soll einen Fremden küssen? Einen Fremden mehr als den Vater lieben? Es wird einem ja schon unheimlich, wenn man bloß daran denkt! Aber das ist natürlich Unsinn; schließlich nehmen doch auch solche Väter Vernunft an. Ich aber würde mich vorher bestimmt schon allein mit den Sorgen totquälen: an allen Heiratskandidaten hätte ich etwas auszusetzen. Schließlich würde ich sie aber doch verheiraten, und würde sie natürlich nur dem geben, den sie selbst liebt. Man weiß doch, daß derjenige, den die Tochter liebgewinnt, dem Vater immer der Schlechteste zu sein scheint. Das ist schon einmal so. Deswegen kommt es zu vielen häßlichen Auftritten in manchen Familien.«

»Manche sind froh, wenn sie ihre Tochter verkaufen können, nicht daß sie sie in Ehren fortgeben wollten«, sagte sie plötzlich.

‚Aha! Das also ist’s!‘

»Das, Lisa, das kommt nur in jenen verfluchten Familien vor, in denen weder Gott noch Liebe ist«, griff ich eifrig das neue Thema auf, »wo es aber keine Liebe gibt, dort gibt es auch keinen Verstand. Solche Familien gibt es, das weiß ich, aber nicht von ihnen spreche ich. Du mußt wohl in deiner Familie wenig Gutes gesehen haben, wenn du so sprichst. Ich glaube es dir gern, daß du unglücklich bist. Hm! . . . Aber das geschieht doch meistens nur aus Armut.«

»Ist es denn bei den reichen Herrschaften besser? Auch in der Armut leben gute Menschen ehrlich.«

»Hm! . . . ja. Vielleicht. Aber sieh, Lisa . . . der Mensch liebt es, nur sein Leid anzurechnen, sein Glück aber nicht. Würde er aber alles richtig einschätzen, so würde er sehen, daß für jedes Los auch Glück vorgesehen ist. Wie schön aber ist es, wenn in der Familie alles wohlgelingt, wenn Gottes Segen auf ihr ruht, wenn du einen Mann hast, der dich liebt und hätschelt, keinen Schritt von dir geht. Schön ist es in einer solchen Familie! Ja, zuweilen ist es dann sogar im Leid schön; und wo gibt es denn kein Leid? Solltest du einmal heiraten, dann wirst du es *selbst erfahren*. Und denk bloß an die erste Zeit, wenn du den bekommen hast, den du liebst: wieviel Glück, wieviel Glück es dann zuweilen gibt! Glück auf Schritt und Tritt! In der ersten Zeit endet sogar jeder Streit zwischen Mann und Weib mit Glück. Manch eine ruft sogar desto häufiger Streit hervor, je mehr sie ihren Mann liebt. Tatsächlich, ich habe selbst eine solche gekannt: ,Ich liebe dich so sehr‘, sagt sie, ,und so quäle ich dich denn aus lauter Liebe, du aber solltest das fühlen.‘ Weißt du auch, daß man einen Menschen aus Liebe absichtlich quälen kann? Meistens tun das die Frauen. Bei sich aber denken Sie dann: ,Dafür aber werde ich dich nachher so lieben, werde so reizend zu dir sein, daß es doch keine schlimme Sünde sein kann, dich jetzt ein bißchen zu quälen.‘ Und ein jeder, der euch sieht, freut sich über euch, und ihr seid gut und froh und friedlich und ehrlich . . . Manche sind zuweilen eifersüchtig. Geht der Mann einmal aus (ich kannte so eine), da hält sie's nicht aus und läuft sogar in die Nacht hinaus, um heimlich zu erfahren, wo er ist: in diesem oder jenem Hause, bei dieser oder bei jener? Das ist schon nicht mehr schön. Und das weiß sie ja auch und verurteilt sich auch selbst, und das Herz bleibt ihr stehen vor Angst, aber sie liebt doch; es geschieht ja nur aus Liebe! Und wie schön ist es, sich nachher zu versöhnen, ihn um Verzeihung zu bitten oder selbst zu verzeihen. Und so gut werden beide, so schön wird ihnen zumut — ganz als ob sie sich von neuem begegnet wären und gefunden hätten, und von neuem beginnt ihre Liebe. Und niemand, niemand soll wissen, was zwischen Mann und Weib geschieht, wenn sie sich beide lieben. Und was für ein Streit auch zwischen ihnen ausbrechen mag — selbst die leibliche Mutter dürfen sie nicht zum Richter wählen, noch darf ihr der eine über den anderen etwas erzählen. Sie müssen sich selbst Richter sein. Die Liebe ist ein Geheimnis Gottes und muß vor allen fremden Augen verborgen bleiben, was auch immer geschehen mag. Dadurch wird's heiliger, besser. Sie werden sich dann gegenseitig mehr achten, auf der Achtung aber beruht schon vieles. Und wenn schon einmal Liebe zwischen ihnen gewesen ist, wenn sie sich um der Liebe willen geheiratet haben, warum soll dann die Liebe vergehen? Sollte sie sich wirklich nicht erhalten lassen? Nur ganz selten kommt es vor, daß man sie nicht mehr erhalten kann, daß es wirklich unmöglich ist. Ist aber der Mann ein guter, ehrlicher Mensch, wie soll dann die Liebe vergehen? Die erste eheliche Liebe, die vergeht natürlich mit der Zeit, aber dann kommt ja wieder eine andere, eine ebenso schöne Liebe. Dann nähern sich die Seelen; alle Angelegenheiten werden gemeinsam beraten, kein Geheimnis besteht zwischen ihnen. Und kommen dann die Kinder, so sind ja selbst die schwersten Zeiten voll Glück; man muß nur lieben und mutig sein. Dann ist auch die Arbeit eine Lust, dann versagt man sich manches Mal auch ein Stück Brot, um es den Kindern zu geben, und auch das ist dann eine Lust. Werden sie dich doch später dafür lieb-

haben; so tust du's ja für dich selbst. Die Kinder werden größer, und du fühlst, daß du ihnen ein Beispiel bist, eine
Stütze für sie; du weißt, daß sie, auch wenn du schon gestorben sein wirst, ihr ganzes Leben lang deine Gedanken
und Gefühle in sich tragen werden, die du ihnen gegeben
hast, sie werden von deiner Art, werden dein Ebenbild sein.
Wie du siehst: das ist eine große Pflicht. Wie sollen sich dann
Vater und Mutter nicht noch näherkommen? Da sagt man,
Kinder haben sei schwer. Wie ist das nur möglich? Kinder
sind doch Himmelsglück! Liebst du kleine Kinder, Lisa? Ich
liebe sie furchtbar. Weißt du, so ein rosiges Knäblein saugt
dir an der Brust, — Gott! welch eines Mannes Herz kann
hart bleiben, wenn er sieht, wie seine Frau sein Kind stillt!
Das Kerlchen ist so rosig und weich, strampelt, reckt und
streckt sich, breitet die Ärmchen aus; die Beinchen, die Händ-
chen sind noch voller Grübchen, die Nägelchen sind rein und
klein, so klein, daß es zum Lachen ist; die Augen aber blik-
ken schon drein, als ob er alles verstünde. Saugt er, so fuch-
telt er mit den Fäusten um sich, stemmt sich gegen die Brust
womöglich, spielt. Tritt der Vater an ihn heran, reißt er sich
los von der Brust, biegt sich zurück, guckt ihn an, lacht
— ganz als ob's Gott weiß wie lachhaft wäre — und dann
geht von neuem das Schnullen an. Und mitunter, wenn's
ihm mal einfällt, da beißt er in die Brust, wenn die Zähn-
chen schon kommen, selbst aber lugt er dann mit seinen Äug-
lein: ‚Siehst du, hab' gebissen'! Ja, ist denn da nicht alles
Glück, wenn die drei beisammen sind, Mann, Weib und
Kind? Für diese Minuten kann man vieles verzeihen. Nein,
Lisa, weißt du, zuerst muß man selbst leben lernen und
dann erst kann man andere beschuldigen!«

   ‚Mit solchen kleinen Bildern, gerade mit solchen muß man
dir kommen!' dachte ich bei mir, obgleich ich, bei Gott, mit
tiefem Gefühl sprach, und plötzlich errötete ich: ‚Wie aber,
wenn sie jetzt plötzlich lacht, wohin soll ich mich dann ver-
kriechen?' — Dieser Gedanke machte mich rasend! Zum
Schluß der Rede hatte ich mich tatsächlich hinreißen lassen,

und darum litt mein Ehrgeiz, als sie nichts darauf erwiderte.

Das Schweigen dauerte an. Ich wollte sie fast schon anstoßen.

»Nein, Sie . . .«, begann sie plötzlich, und stockte.

Doch ich hatte schon alles begriffen: in ihrer Stimme zitterte etwas anderes, nicht mehr Schroffes, Rauhes, wie vorher, sondern etwas Weiches und Verschämtes, dermaßen Verschämtes, daß ich mich plötzlich auch vor ihr schämte, daß ich mich vor ihr schuldig fühlte.

»Was?« fragte ich in zärtlicher Neugier.

»Sie . . .«

»Was denn?«

»Sie sprechen wirklich . . . ganz wie ein Buch«, sagte sie stockend, und wieder schien mir, daß in ihrer Stimme etwas Spöttisches klang.

Oh, schmerzhaft traf mich diese Bemerkung. Nicht das hatte ich erwartet!

Ich begriff nicht einmal, daß sie sich absichtlich hinter dem Spott verbergen, sich mit Spott maskieren wollte, daß dieses gewöhnlich die letzte Ausflucht aller schamhaften Menschen ist, die keuschen Herzens sind, und denen man sich aufdringlich und roh in die Seele drängt. Ich begriff nicht, daß sie sich bis zum letzten Augenblick aus Stolz nicht ergeben wollte, und sich fürchtete, jemandem ihr Gefühl zu zeigen. Schon die Zaghaftigkeit, mit der sie sich erst nach mehreren Ansätzen zu ihrem Spott entschloß, hätte mir alles verraten müssen. Ich aber erriet es nicht, und ein böses Gefühl erfaßte mich.

‚Na, wart mal!‘ dachte ich.

VII

Ach, Gott, Lisa, was kann denn hier wie ein Buch sein, wenn es mir selbst schlecht geht in der Fremde. Und nicht nur in der Fremde. Alles das erwachte jetzt wieder in mir . . . Sollte dieses Haus hier dich wirklich, wirklich nicht anekeln? Nein, weiß Gott, Gewohnheit macht doch viel aus! Der Teufel weiß, was die Gewohnheit alles aus einem Menschen machen kann! Glaubst du denn im Ernst, daß du niemals altern, ewig jung und hübsch sein wirst, und daß man dich hier bis in alle Ewigkeit behalten wird? Ich rede nicht einmal davon, daß hier nichts als Schmutz ist ... Übrigens, weißt du, was ich dir über dein jetziges Leben sagen werde: sieh, jetzt bist du noch jung, hübsch, gut, gefühlvoll, und du hast doch noch eine Seele; nun, so laß es dir denn gesagt sein, daß es mich vorhin, als ich erwachte, einfach anekelte, hier neben dir zu liegen! Man kann ja doch nur in betrunkenem Zustand hierher geraten. Wärest du aber an einem anderen Ort, lebtest du wie anständige Menschen leben, so würde ich vielleicht — nicht etwa hinter dir her sein — nein, ich würde mich einfach in dich verlieben, würde glücklich sein, wenn du mir nur einen Blick schenkst, und selig, wenn du gar ein Wort mit mir sprichst; ich würde vor dem Torweg heimlich auf dich warten, würde auf den Knien vor dir liegen; würde dich wie meine Braut hochhalten und es mir zur Ehre anrechnen, wenn du freundlich zu mir wärst. Würde es nicht wagen, etwas Unsauberes von dir auch nur zu denken. Hier aber weiß ich doch, daß ich bloß zu pfeifen brauche und du, ob du willst oder nicht, kommen mußt, und dann scher ich mich gerade was um deinen Willen. Du mußt tun, was *ich* will. Selbst der letzte Tagelöhner verdingt sich doch nicht wie du mit Leib und Seele, und zudem weiß er, daß er es nur für bestimmte Stunden tut. Wann aber sind deine Stunden um? Bedenk doch bloß, *was* du hier verdingst! Was du hier zur Knechtschaft hingibst! Die Seele, deine Seele, die nicht von dir allein abhängt, verdingst du hier zur Leibeigenschaft! Deine Liebe gibst du zur Beschimpfung dem ersten besten Trunkenbold hin. Deine Liebe! Das ist ja doch alles, das ist ja der Talismann, der Schatz jedes Mädchens — die Liebe! Um diese Liebe zu erringen, ist doch manch einer bereit, in den Tod zu gehen. Wie hoch aber wird deine Liebe hier eingeschätzt? Man kauft dich ja ganz, mit Leib und Seele, wozu sich da noch besonders um die Liebe bemühen, wenn auch ohne Liebe alles möglich ist. Eine größere Beleidigung kann es ja für ein Mädchen überhaupt nicht geben — begreifst du das auch? Da hab ich nun gehört, daß man euch Törinnen Liebhaber zu halten erlaubt, um euch zu trösten. Das ist ja doch nur ein Betrug, ist ja nur Spott! Was glaubst du wohl — liebt er dich etwa, dein Liebhaber? Ich glaub's nicht. Wie soll er dich denn lieben, wenn er weiß, daß man dich zu jeder Zeit von ihm wegrufen kann. Ein gemeiner, schmutziger Mensch ist er, und weiter nichts! Achtet er dich denn auch nur ein wenig? Was gibt es zwischen euch Gemeinsames? Er lacht doch nur über dich und bestiehlt dich womöglich noch, und das ist seine ganze Liebe! Kannst noch froh sein, wenn er dich nicht schlägt. Vielleicht aber schlägt er dich auch noch. Frag ihn doch, wenn du einen hast, ob er dich heiraten würde. Er wird dir ja schallend ins Gesicht lachen, wenn er dich nicht anspuckt oder verprügelt; er selbst aber ist vielleicht nicht mal eine halbe Kopeke wert. Und warum nur, bedenk das doch, warum richtest du dein Leben hier zugrunde? Weil man dir hier Kaffee zu trinken gibt und du gut ernährt wirst? Aber so bedenke doch bloß, zu welch einem Zweck du hier gefüttert wirst. Eine andere, eine Ehrliche würde solch einen Bissen überhaupt nicht hinunterbringen, denn sie weiß doch, warum man ihr zu essen gibt. Du schuldest hier der Wirtin, und so wirst du ihr ewig schulden; bis zu dem Tage, da die Gäste dich nicht mehr werden haben wollen. Das wird aber schon bald kommen, baue nicht zu sehr auf deine Jugend. In so einem Hause geht es ja mit Riesenschritten. Und dann wirst du hinausgeworfen werden, vorher aber wird man dich noch schikanieren, dir Vorwürfe machen, dich beschimpfen, — als ob nicht du deine Gesundheit für sie hingegeben, deine Jugend, deine Seele für sie geopfert, sondern als ob du *sie* womöglich noch zugrunde gerichtet, bestohlen, beschimpft hättest. Und dann hoffe nur nicht auf Beistand: die anderen, diese deine Freundinnen, werden dann gleichfalls über dich herfallen, um der Alten einen Gefallen zu erweisen, denn hier sind ja alle Sklavinnen, hier haben alle jegliches Mitleid und jegliches Gewissen verloren. Gemeineres, Beleidigenderes als diese Schimpfwörter, die sie dir dann sagen werden, gibt es auf der ganzen Welt nicht. Und alles wirst du hier opfern, alles, — Gesundheit, Jugend, Schönheit, und alle deine Hoffnungen wirst du hier begraben, unwiderruflich, und mit zweiundzwanzig Jahren wirst du aussehen, als ob du fünfunddreißig wärst, und wirst noch Gott danken können, wenn du nicht krank bist. Du denkst jetzt natürlich: hier brauche ich nicht zu arbeiten, lebe nur zum Vergnügen! Aber es gibt ja auf der ganzen Welt keine Zwangsarbeit, die schwerer, sklavischer, knechtender wäre als diese hier. Man sollte meinen, das ganze Herz müßte sich in Tränen erschöpfen. Und kein Wort darfst du sagen, kein halbes Wörtchen, wenn man dich hier wegjagt, wirst wie eine Verbrecherin von hier weggehen, wirst zuerst in ein anderes Haus gehen, dann wieder in ein anderes, und schließlich wirst du dann am Heumarkt landen... Dort aber geht dann das Prügeln an; das ist so eine der dort üblichen Liebenswürdigkeiten; dort verstehen die Gäste überhaupt nicht, zärtlich zu sein, wenn sie nicht vorher geprügelt haben. Du glaubst es vielleicht nicht? Geh einmal hin, vielleicht wirst du es dann mit eigenen Augen sehen. Ich sah dort einmal am Neujahrstag eine vor der Tür. Sie wurde von ihren Hausgenossen hinausgeworfen; da sie zu sehr geschrien hatte, sollte sie ein wenig kaltgestellt werden, und hinter ihr wurde die Tür zugeschlagen. Um neun Uhr morgens war sie schon vollkommen betrunken, zerzaust, halbnackt und blau geschlagen. Ihr Gesicht war gepudert und geschminkt, doch um die Augen hatte sie dunkle Ringe; aus der Nase floß ihr das Blut, auch die Zähne bluteten. Irgendein Kutscher hatte sie wahrscheinlich gehörig bearbeitet. Sie setzte sich auf die kleine steinerne Treppe, in der Hand hatte sie irgendeinen gesalzenen Fisch, einen Hering, glaub ich, sie gröhlte, und klagte irgend etwas

über ihr ‚Los‘, und dabei klatschte sie mit dem Fisch ununterbrochen auf die Steinstufen der Treppe. Natürlich hatte man
sich schon um sie versammelt, Droschkenkutscher und be-
trunkene Soldaten, die sie neckten. Du glaubst wohl nicht,
daß auch du so werden könntest? Auch ich würde es nicht
glauben wollen, aber, was kann man wissen, vielleicht ist
auch diese selbe mit dem gesalzenen Fisch vor zehn, vor acht
Jahren rein und unschuldig wie ein Engelchen hierher gekommen; wußte von nichts Bösem, errötete womöglich bei
jedem Wort. Vielleicht war sie auch so eine wie du, stolz,
empfindlich, den anderen unähnlich; sie sah vielleicht wie eine
Königin drein und wußte, daß denjenigen, der sie liebge-
winnen und den sie wiederlieben würde, ein ganzes Leben
voll Glück erwartete. Und nun sieh, womit das geendet hat.
Und wenn ihr in dem Augenblick, als sie dort mit dem Fisch
auf die schmutzigen Stufen schlug und das Blut ihr so aus
der Nase floß, wenn sie sich in dem Augenblick ihrer Jugend, ihrer Kinderjahre im Elternhause erinnerte: wie der
Nachbarssohn sie auf dem Heimweg erwartete und ihr sagte,
daß er sie sein Leben lang lieben werde, und wie sie dann
beschlossen, zu heiraten, wenn sie erst groß sein würden!
Nein, Lisa, du kannst von Glück reden, wenn du dort irgendwo in einem Kellerloch bald an der Schwindsucht sterben solltest, so wie die, die gestern beerdigt wurde. Du sag-
test, man könne ja ins Krankenhaus gehen. Aber wenn die
Wirtin dich noch brauchen kann? Schwindsucht ist nicht wie
Influenza. Ein Schwindsüchtiger glaubt noch bis zur letzten
Minute, daß er gesund sei. Tröstet sich auf diese Weise. Für
die Wirtin aber ist das sogar vorteilhaft. Glaub mir, das ist
schon so: du hast deine Seele verkauft, aber du bist Geld
schuldig, also darfst du nicht einmal mucksen. Liegst du aber
erst, so wirst du von allen verlassen, alle kehren dir dann
den Rücken; dann ist ja nichts mehr von dir zu holen. Dann
wird man dir noch vorwerfen, daß du unnütz Platz ein-
nimmst, nicht schnell genug stirbst. Nicht mal einen Schluck
Wasser werden sie dir ohne Vorwürfe geben. ‚Wann wirst

du dann endlich einmal krepieren, läßt uns nicht schlafen, stöhnst in der Nacht, die Gäste ärgern sich.' Ja, das ist schon so; hab' selbst solche Vorwürfe gehört. Wenn du mit dem Tode ringst, stopft man dich in den schmutzigsten Winkel der Kellerwohnung, wo nichts ist als Finsternis, Feuchtigkeit, Schimmel an den Wänden. Was glaubst du wohl, was für Gedanken dir kommen werden, wenn du dort liegst, allein und verlassen? Bist du endlich tot, so sargt man dich irgendwie schnell und nachlässig ein. Niemand segnet dich, niemandem fällt es ein, deinetwegen auch nur einmal zu seufzen, wenn man dich nur schneller los wird! Und so trägt man dich denn hinaus, so wie gestern diese Arme hinausgetragen wurde, und geht nachher in die Schenke zur Gedächtnisfeier. Im Grabe ist dunkles, fettiges Wasser, Schmutz, nasser, braungewordener Schnee. — ‚He! hop, Wanjúcha, hinab mit dem Kasten! — Hoho! da sieht man doch gleich, was das für eine ist: selbst hier geht sie noch mit den Beinen in die Höh'. Na, zieh die Stricke!' — ‚Siehst Du denn nicht, daß sie schief auf der Seite liegt! War doch auch 'n Mensch!' — ‚Is schon gut genug für solch eine.' — ‚Nu, meint'wegen. Schütt' zu.' Nicht einmal schimpfen wollen sie sich um so eine. Mit der nassen braunen Lehmerde schütten Sie das Grab irgendwie zu und gehen dann in die Schenke . . . Und damit ist die Erinnerung an dich hier auf Erden begraben. Andere Gräber werden von den Kindern, Vätern, Müttern, Männern der Verstorbenen besucht, — an deinem Grabe fällt keine Träne, wird kein einziger Seufzer laut. Niemand, niemand kommt zu dir, kein einziger Mensch: dein Name verschwindet auf ewig von dieser Erde — als ob du niemals auf ihr gelebt hättest, niemals geboren wärst! Schmutz und Sumpf umgeben dich, und kein Echo gibt dir Antwort, wenn du in der Nacht, wenn die Toten erwachen, in deiner Verzweiflung an den Deckel deines Sarges schlägst und rufst: ‚Laßt mich, laßt mich, ihr guten Leute, noch einmal ins Leben hinauf! Ich habe die Schönheit des Lebens ja gar nicht zu kosten bekommen, wurde wie ein Putzlumpen verbraucht. Man hat es in der Kneipe am Heumarkt vertrunken. Ach, laßt mich, gute Leute, nur noch einmal leben auf der Welt!'

Ich geriet in solches Pathos, daß mir schon ein Halskrampf drohte und... und plötzlich verstummte ich, erhob mich erschrocken und lauschte mit ängstlich gesenktem Kopf und pochendem Herzen. Ich hatte wahrlich Grund, zu erschrecken.

Schon lange hatte ich so etwas vorausgefühlt, daß ich ihr die Seele um und umdrehte und das Herz zerriß, und je mehr ich mich davon überzeugte, desto mehr verlangte es mich, schneller und so wuchtig wie nur möglich das Ziel zu erreichen. Das Spiel, ja, das Spiel riß mich mit... Übrigens nicht nur das Spiel...

Ich wußte, daß ich unnatürlich und übertrieben sprach, vielleicht sogar »literarisch«, aber ich verstand ja gar nicht, anders zu sprechen als eben »wie ein Buch«. Doch das störte mich nicht: ich wußte doch, ich fühlte, daß ich verstanden wurde, und daß dieses »wie ein Buch« die Wirkung nur noch steigerte. Jetzt aber, als ich die Wirkung erreicht hatte, wurde mir plötzlich bange. Nein, noch nie, noch nie war ich Zeuge einer solchen Verzweiflung gewesen! Sie hatte das Gesicht in das Kissen gepreßt, das sie mit beiden Händen umklammerte. Ihr ganzer junger Körper zitterte und zuckte wie in Krämpfen. Das unterdrückte Schluchzen drohte sie zu ersticken, ihr die Brust zu zerreißen — und plötzlich brach es in Wimmern und Schreien aus ihr heraus. Da preßte sie ihr Gesicht noch fester in das Kissen: sie wollte nicht, daß hier irgend jemand, auch nur eine einzige lebende Seele, etwas von ihrer Qual und von ihren Tränen wisse. Sie biß in das Kissen, biß sich die Hand blutig (das sah ich später), sie krallte die Finger in ihre gelösten Flechten und erstickte nahezu in der Anstrengung, den Atem zurückzuhalten und die Zähne zusammenzubeißen. Ich wollte ihr etwas sagen, ich bat sie, sich zu beruhigen, doch schon fühlte ich, daß ich das nicht durfte, und plötzlich packte mich eine Art Frösteln; ich stürzte fast entsetzt aus dem Bett und beeilte mich, tastend und tappend meine Kleider zusammenzusuchen. Es war stockdunkel im Zimmer: wie sehr ich mich auch beeilte, ich konnte es doch nicht schnell genug machen. Da fand ich schließlich beim Herumtasten die Streichholzschachtel und eine ungebrauchte Kerze neben dem Leuchter. Ich zündete sie an, doch kaum war das Zimmer erhellt, als Lisa sich schon hastig erhob, sich auf den Bettrand setzte und mit sonderbar verzerrtem Gesicht und halb irrem Lächeln mich fast wie von Sinnen ansah. Ich setzte mich neben sie und ergriff ihre Hände; sie kam wieder zu sich, wandte sich dann mir zu und wollte mich umarmen, doch plötzlich wagte sie es nicht und senkte still den Kopf vor mir.

»Lisa, mein Freund, ich habe es unnötigerweise... verzeih mir«, begann ich, sie aber preßte meine Hände so stark mit ihren heißen Fingern, daß ich erriet, wie überflüssig meine Worte waren, und ich verstummte.

»Hier hast du meine Adresse, Lisa; komm einmal zu mir.«

»Ich werde kommen...«, flüsterte sie entschlossen, ohne den Kopf zu erheben.

»Jetzt gehe ich, leb wohl... und auf Wiedersehen.«

Ich stand auf, und auch sie erhob sich. Plötzlich wurde sie über und über rot, fuhr zusammen, ergriff ein auf dem Stuhl liegendes Tuch, das sie sich umwarf und unter dem Kinn fest zusammenzog. Wieder erschien so ein krankes Lächeln in ihrem Gesicht, sie errötete und blickte mich seltsam an. Es tat mir weh; ich beeilte mich, hinaus zu kommen, zu verschwinden.

»Warten Sie«, sagte sie plötzlich, mich schüchtern am Ärmel berührend, als wir schon im Flur an der Tür angelangt waren, stellte dann schnell das Licht auf den Fußboden und lief zurück. Ersichtlich war ihr etwas eingefallen, was sie mir zeigen wollte. Als sie mich zurückhielt, errötete sie wieder, ihre Augen glänzten und auf ihren Lippen erschien ein Lächeln, — was mochte es sein? Unwillkürlich wartete ich: sie kam sofort zurück, mit einem Blick, der mich gleichsam um Verzeihung bat. Überhaupt war das nicht mehr jenes Gesicht vom Abend vorher, mit dem feindseligen, mißtrauischen, unverwandten Blick: es war ein flehender, weicher und zu gleicher Zeit zutraulicher, freundlicher, ja, fast zaghafter Ausdruck in ihren Augen. So pflegen Kinder diejenigen anzusehen, die sie sehr liebhaben und von denen sie etwas erbitten möchten. Hellbraun waren ihre Augen, wunderbare Augen waren es, lebendige Augen, die Liebe, aber auch unwirschen Haß widerzuspiegeln vermochten.

Ohne mir etwas zu erklären, als ob ich wie irgendein höheres Wesen alles auch ohne Erklärungen wissen *müßte*, reichte sie mir einen Brief. Ihr ganzes Gesicht strahlte in diesem Augenblick in naivem, fast kindlichem Stolz. Ich faltete den Bogen auseinander: es war ein Schreiben an sie von einem Studenten der Medizin oder von etwas ähnlichem, — eine sehr schwülstige, blumenreiche, doch ungemein höfliche Liebeserklärung. Ich habe die Ausdrücke schon vergessen, aber ich erinnere mich noch sehr gut, daß durch den verschnörkelten Stil aufrichtiges Gefühl hervorschaute, wie man es nicht künstlich vortäuschen kann. Als ich zu Ende gelesen hatte, begegneten meine Augen ihrem heißen, wißbegierigen, kindlich-ungeduldigen Blick. Sie hing geradezu mit ihrem Blick an meinem Gesicht und erwartete in größter Spannung, was ich sagen würde. Darauf erzählte sie mir in kurzen Worten, flüchtig, aber doch gewissermaßen stolz, daß sie irgendwo auf einem Tanzabend in einer Familie gewesen war, »bei sehr, sehr guten Menschen, in einer *Familie*, und wo man noch *nichts weiß*, nicht das Geringste«, — denn sie war ja hier *in diesem* Hause erst ganz kurze Zeit und nur so ... und sie hatte sich doch noch gar nicht entschlossen, hier zu bleiben, im Gegenteil, sie würde sogar bestimmt fortgehen, sobald sie nur ihre Schuld bezahlt hätte ... — Nun, und dort war auch dieser Student gewesen, er hatte den ganzen Abend mit ihr getanzt und gesprochen, und bei der Gelegenheit hatte es sich herausgestellt, daß er gleichfalls aus Riga war, daß sie sich als Kinder gekannt und zusammen gespielt hatten, nur war das alles schon sehr lange her — und sogar ihre Eltern kannte er, doch *davon* wisse er nichts-nichts-nichts und ahne es nicht einmal! Und da hatte er ihr denn nach dem Tanzabend (also vor drei Tagen) durch ihre Freundin, durch dieselbe, mit der sie hingegangen war, diesen Brief geschickt... und... und das war alles.

Und gleichsam verschämt senkte sie ihre strahlenden Augen, als sie geendet hatte.

Armes Ding! Sie bewahrte diesen Brief des Studenten wie einen Schatz auf, und lief nach diesem ihrem einzigen Klein-od, weil sie nicht wollte, daß ich fortginge, ohne zu erfahren, daß auch sie in Ehren und aufrichtig geliebt wurde, daß man auch zu ihr ehrerbietig sprach. Ich glaube, diesem Brief wird es wohl bestimmt gewesen sein, in ihrem Köfferchen ergeb-nislos ewig liegen zu bleiben. Aber was hat das zu sagen! Bin ich doch überzeugt, daß sie ihn ihr Leben lang wie einen Schatz aufbewahren wird, wie ihren Stolz und ihre Recht-fertigung. Sogar in solch einem Augenblick erinnerte sie sich seiner und brachte ihn mir, um ihn in naivem Stolz auch mir zu zeigen, um sich in meinen Augen wieder zu erhöhen, um auch von mir gelobt zu werden. Ich sagte nichts, drückte ihr nur die Hand und ging. Es drängte mich, fortzugehen... Ich ging zu Fuß nach Haus, obgleich der nasse Schnee immer noch in dicken, schweren Flocken niederfiel. Ich war so zer-quält, so bedrückt, und wurde dazu noch von Zweifeln, Be-denken, Unentschlossenheit gemartert. Aber die Wahrheit schimmerte schon durch die Zweifel hindurch. Die abscheu-liche Wahrheit!

VIII

Ich willigte übrigens nicht so bald ein, diese Wahrheit an-zuerkennen. Als ich am nächsten Morgen nach kurzem, blei-ernem Schlaf erwachte, erinnerte ich mich sofort des ganzen vergangenen Tages, und ich wunderte mich sogar über meine »Sentimentalität« mit Lisa, über diesen ganzen »gestrigen Unfug« und über meine »Weichherzigkeit«.

‚Was für eine weibische Nervosität einen doch zuweilen befallen kann, pfui!' dachte ich ärgerlich. ‚Und wozu habe ich ihr eigentlich meine Adresse gegeben? Jetzt wird sie ja womöglich herkommen? Übrigens, mag sie doch kommen ...' Aber selbstverständlich war jetzt nicht das von Wichtigkeit; wichtig war vielmehr, daß ich so schnell wie möglich meine Reputation in den Augen Swerkoffs und Ssimonoffs rettete. Das war die Hauptsache! Lisa aber vergaß ich an jenem Morgen vor lauter anderen Sorgen sogar völlig.

Vor allen Dingen galt es, Ssimonoff das geliehene Geld zurückzuerstatten. Ich entschloß mich zu einem verzweifelten Schritt: Antón Antónytsch um ganze fünfzehn Rubel anzugehen. Zum Glück war er an jenem Morgen gerade bei bester Laune und erfüllte meine Bitte ohne weiteres. Das erfreute mich dermaßen, daß ich ihm, als ich den Schuldschein unterschrieb, unaufgefordert, nur so wie *nebenbei,* erzählte, wie ich gestern mit meinen Freunden im Hôtel de Paris den Abschied eines Schulkameraden gefeiert hatte, »ja, ich kann wohl sagen, meines Jugendfreundes... Wissen Sie, er ist ein fabelhafter Draufgänger, maßlos verwöhnt in jeder Beziehung, — versteht sich: aus guter Familie, riesige Einkünfte, hat eine glänzende Karriere vor sich, ist geistreich, liebenswürdig, kennt vorzüglich diese Damen, Sie wissen schon... Wir haben noch einem halben Dutzend den Hals gebrochen, und...« Und es klang doch wirklich, als ob nichts dabei wäre: es sagte sich alles so leicht und ungezwungen und so selbstzufrieden.

Nach Hause zurückgekehrt, setzte ich mich sofort hin und schrieb an Ssimonoff.

Noch jetzt habe ich meine Freude daran, wenn ich an den wahrhaft weltmännischen und unbefangenen Ton meines Briefes denke. Der Brief war geschickt geschrieben und doch vornehm, und vor allen Dingen ganz ohne überflüssige Worte. Die Schuld an allem schrieb ich mir allein zu. Ich rechtfertigte mich — »wenn es mir überhaupt noch zusteht, mich zu rechtfertigen« — mit der Erklärung, daß ich bereits nach dem ersten Gläschen, welches ich (angeblich) schon *vor* ihrer Ankunft im Hôtel de Paris getrunken hatte, nicht mehr ganz nüchtern gewesen sei, natürlich nur infolge meiner völligen Entwöhnung von Alkohol. Um Entschuldigung bat ich eigentlich nur Ssimonoff; doch fügte ich zum Schluß noch hinzu, daß ich ihm dankbar wäre, wenn er meine Erklärung auch allen anderen übermitteln wollte, besonders Swerkoff, den ich, wie ich glaubte, — denn ich könnte mich des Vorgefallenen nicht mehr deutlich entsinnen — »vielleicht beleidigt habe«. Ich schloß damit, daß ich selbst bei allen vorfahren würde, doch schmerze mein Kopf zu sehr und zudem — schämte ich mich. Besonders gefiel mir die »gewisse Leichtigkeit«, fast sogar Nachlässigkeit (übrigens eine gesellschaftlich vollkommen zulässige), die sich in meinem Stil ausdrückte und ihnen besser als alle Beweise zu verstehen geben mußte, daß ich »auf diese ganze gestrige Geschichte« ziemlich gleichgültig blickte, also keineswegs niedergeschlagen oder gar vernichtet war, wie es jene Herren wahrscheinlich glaubten, sondern die ganze Sache so auffaßte, wie ein sich ruhig achtender Gentleman sie eben auffassen mußte. »Der Bursche hat sich nichts vergeben!«

,Hm ... und was für eine Leichtigkeit drin steckt — so etwas kriegt doch sonst höchstens ein Marquis fertig!' dachte ich, als ich entzückt mein Kunstwerk durchlas. ,Und das ist mir natürlich nur möglich, weil ich ein entwickelter und gebildeter Mensch bin! Andere würden an meiner Stelle nicht wissen, wie sich hier herausreißen, ich aber bin schon wieder obenauf, und das nur, weil ich eben ein „gebildeter und entwickelter Mensch unserer Zeit" bin. Übrigens, vielleicht ist alles das gestern wirklich nur vom Wein gekommen? Hm! ... nein, das stimmt denn doch nicht. Ich hatte ja überhaupt nichts getrunken, als ich auf sie wartete. Hab's dem Ssimonoff bloß weisgemacht. Im allgemeinen ist Lügen gemein; ja, und auch jetzt ist's nicht schön ...'

,Ach, hol's der Kuckuck! Die Hauptsache ist doch, daß ich die Geschichte los bin!'

Ich legte die sechs Rubel in den Brief, versiegelte ihn und bat darauf meinen Apollón, ihn zu Ssimonoff zu bringen. Als Apollon hörte, daß in dem Brief Geld war, wurde er höflicher und erklärte sich bereit, hinzugehen. In der Dämmerung ging ich hinaus, an die Luft. Mein Kopf tat mir noch weh vom gestrigen Abend. Doch je dunkler die Dämmerung wurde, desto mehr verwirrten sich meine Eindrücke und dann auch meine Gedanken. Irgend etwas in meinem Inneren wollte nicht sterben, etwas, das in der Tiefe des Herzens und Gewissens lag — es wollte nicht sterben und äußerte sich in brennender Schwermut. Ich drängte mich durch die belebtesten Straßen, die Meschtschánskaja, Ssadówaja und am Jussúpoffgarten vorüber. Besonders in der Dämmerung liebte ich es, in diesen belebten Kaufstraßen zu spazieren, wenn dort die Menge der Fußgänger dichter wurde, wenn Kaufleute, Handwerker, Arbeiter mit ihren bis zur Verbitterung besorgten Gesichtern nach Hause drängten von ihrer Tagesarbeit. Gerade diese nichtige Hast, diese schamlose Prosa gefielen mir. Und an jenem Abend wirkte dieses ganze Straßengedränge noch ganz besonders aufreizend auf mich. Ich konnte mich auf keine Weise in meinen Gefühlen zurechtfinden, wußte nicht, womit anfangen. Es war etwas in meiner Seele, das mir weh tat und sich erhob, erhob und immer wieder erhob, das sich nicht beruhigen wollte. Ganz zerschlagen kehrte ich schließlich heim. Es war mir, als läge auf meiner Seele ein Verbrechen.

Mich quälte beständig der Gedanke, daß Lisa kommen werde. Eigentlich wunderte es mich, daß von allen schrecklichen Erinnerungen des vergangenen Tages die Erinnerung an sie mich ganz besonders quälte. Alles andere hatte ich bis zum Abend schon völlig vergessen, hatte einmal ausgespuckt und damit war es abgetan, und im übrigen blieb ich mit meinem Brief an Ssimonoff immer noch vollkommen zufrieden. Mit dieser Geschichte aber konnte ich mich doch nicht zufrieden geben. Es war geradezu, als quälte ich mich nur wegen dieser einen Lisa. ‚Wenn sie nun zu mir kommt?‘

dachte ich immer wieder. ‚Ach was, so mag sie doch kommen! Hm! ... Allein schon das, daß sie dann, zum Beispiel, sehen wird, wie ich wohne. Gestern war ich ja gewissermaßen ein Held vor ihr ... jetzt aber, hm! Eigentlich ist es doch schändlich, daß ich so heruntergekommen bin. Es ist ja eine richtige Bettlerwohnung. Und gestern konnte ich mich entschließen, in solchen Kleidern ins Hôtel de Paris zu fahren! Und mein altes Wachstuchsofa, aus dem Krollhaar und Bast heraushängen! Und mein Schlafrock, der vorn nicht zugeht! Und die Quasten ... Und das wird sie alles sehen! Und auch den Apollón wird sie sehen! Er wird sie ja bestimmt beleidigen. Dieses Rindvieh wird ihr natürlich irgendeine Frechheit sagen, um mich zu ärgern. Ich aber werde selbstverständlich nach meiner alten Gewohnheit wieder verlegen werden, werde mich mit den Schlafrockschößen zu bedecken suchen, werde lächeln, werde lügen ... Oh, diese Gemeinheit! Und die größte Gemeinheit besteht ja nicht einmal darin! Es gibt da noch etwas Wichtigeres, Gemeineres, Schändlicheres! Ja, Schändlicheres! Und wieder, wieder muß ich mich hinter dieser verlogenen, unaufrichtigen Maske verstecken! ...'

Bei diesem Gedanken angekommen, wurde ich plötzlich feuerrot.

‚Warum soll es denn eine unaufrichtige Maske sein? Wieso, warum? Ich habe doch gestern aufrichtig gesprochen! Ich erinnere mich doch noch, daß in mir auch ein aufrichtiges Gefühl war. Ich wollte in ihr gerade edle Gefühle wecken ... Wenn sie schließlich weinte, so war das gut, es wird heilsam wirken ...'

Und dennoch konnte ich mich nicht beruhigen.

Den ganzen Abend, nachdem ich schon zurückgekehrt war, nach neun, also zu einer Zeit, wo Lisa nach menschlicher Berechnung überhaupt nicht mehr kommen konnte, sah ich sie immer noch vor mir, und zwar immer in ein und derselben Stellung. Von allem, was ich an jenem Tage erlebt und gesehen hatte, stand mir immer jenes Bild vor Augen: wie ich, als ich mit dem Streichholz das Zimmer plötzlich erhellt hatte, ihr bleiches, verzerrtes Gesicht mit dem gequälten Blick vor mir sah. Und was für ein armseliges, jammervolles Lächeln es war, zu dem sie sich in jenem Augenblick zwang! Damals wußte ich noch nicht, daß ich sie auch nach fünfzehn Jahren immer noch mit diesem armseligen, verzerrten, unnötigen Lächeln vor mir sehen würde.

Am folgenden Tage war ich wieder bereit, das Ganze für Unsinn, Nervosität und vor allen Dingen für — *übertrieben* zu halten. Ich habe immer diese meine schwache Saite gekannt und mich zuweilen sehr vor ihr gefürchtet: ‚Immer muß ich alles übertreiben, das ist nun einmal mein Kreuz‘, dachte ich fortwährend. Und schließlich: ‚Einmal wird Lisa doch kommen‘, — das war der Refrain, mit dem alle meine Gedanken endeten. Ich war dermaßen beunruhigt, daß ich mitunter in die größte Wut geriet: ‚Sie wird kommen! Unbedingt wird sie kommen!‘ rief ich, im Zimmer auf und ab rasend, ‚wenn nicht heute, dann morgen, aber kommen wird sie! Das ist die verfluchte Romantik all dieser *reinen Herzen!* Oh Gemeinheit, oh Dummheit, oh Borniertheit dieser verwünschten sentimentalen Seelen! Herrgott, wie denn das nicht begreifen, man sollte meinen: wie kann man bloß das nicht begreifen? . . .‘ Hier aber stockte ich plötzlich, und sogar in großer Verwirrung.

‚Und wie weniger Worte nur hat es bedurft‘, dachte ich flüchtig, ‚nur ein wenig Idyll (und dazu war’s noch nicht einmal ein echtes, nur ein literarisch entlehntes, sozusagen), um ein ganzes Menschenleben nach eigenem Geschmack umzudrehen. Jaja, die Jungfräulichkeit! Die Frische des Bodens!‘

Zuweilen kam mir auch der Gedanke, selbst zu ihr zu fahren, ihr »alles zu erzählen« und sie zu bitten, nicht zu mir zu kommen. Bei diesem Gedanken aber, wenn ich bei diesem Punkt angekommen war, erfaßte mich eine solche Wut, daß ich diese »verwünschte« Lisa einfach plattgeschlagen hätte, wenn sie neben mir gewesen wäre, daß ich sie beleidigt, bespien, hinausgejagt, geschlagen hätte!

Inzwischen aber verging noch ein Tag und schließlich noch einer — sie kam nicht, und ich begann mich zu beruhigen. Besonders wenn die Uhr schon neun geschlagen hatte — dann wurde ich wieder mutig und munter und ließ sogar die Phantasie wieder träumen, und sogar ziemlich süß. Ich rette zum Beispiel Lisa gerade durch meinen Verkehr mit ihr, indem ich ihr erlaube, mich zu besuchen, und sie bei der Gelegenheit unterrichte ... Ich erziehe, ich bilde sie. Endlich bemerke ich dann, daß sie mich liebt, leidenschaftlich liebt. Aber ich stelle mich, als merkte ich es nicht (warum ich mich so stelle, weiß ich übrigens selbst nicht, wahrscheinlich zur Verschönerung). Schließlich erhebt sie sich verwirrt, schön wie eine Göttin, und stürzt zitternd und schluchzend zu meinen Füßen, und sagt mir, daß ich ihr Retter sei, daß sie mich mehr als alles auf der Welt liebe. Ich bin erstaunt, aber ... »Lisa«, sage ich zu ihr, »glaubst du wirklich, daß ich deine Liebe zu mir nicht bemerkt hätte? Ich sah alles, ich erriet alles, doch konnte ich nicht als erster von Liebe sprechen, denn gerade, weil ich Einfluß auf dich hatte, fürchtete ich, daß du dich dann vielleicht aus Dankbarkeit zwingen würdest, mich zu lieben, daß du Gefühle in dir erwecken würdest, die du in Wirklichkeit für mich nicht hast. Das aber wollte ich nicht, denn das wäre ... Vergewaltigung ... eine Roheit ohne Zartgefühl« ... (kurz, hier kam ich ein wenig aus dem Konzept infolge übermäßiger Anwendung von irgend so einer europäischen, George Sandschen, unaussprechlich edlen Feinheit ...) »Jetzt jedoch, jetzt bist du mein! Du bist mein Geschöpf, du bist lauter und schön, du bist meine wundervolle Gattin ...«

> „Und in mein Haus tritt frei und stolz
> Als seine Herrin ein!"

Darauf beginnen wir dann herrlich zu leben, wir fahren ins Ausland, und so weiter, und so weiter. Kurz, schließlich wurde ich mir selbst zuwider, und es endete damit, daß ich mir die Zunge zeigte.

,Und man wird ihr ja überhaupt nicht die Erlaubnis geben, auszugehen', dachte ich zu meiner Beruhigung. ,Ich glaube, man läßt sie nicht allzu oft aus dem Hause, abends schon ganz bestimmt nicht!' (Aus irgendeinem Grunde glaubte ich, daß sie bestimmt am Abend kommen werde, und zwar so um sieben Uhr.) ,Aber sie hat mir doch gesagt, daß sie sich dort noch nicht ganz verdungen habe, noch besondere Vorrechte genieße; also, hm! Hol's der Teufel, dann wird sie kommen, dann wird sie ja bestimmt kommen!'

Ein Glück, daß mich in dieser Zeit mein Apollón mit seinen Flegelhaftigkeiten manchmal ablenkte. Der brachte mich wirklich um meine letzte Geduld! Das war ja mein Verderben, meine Geißel Gottes, die die Vorsehung eigens für mich geschaffen hatte! Schon mehrere Jahre lang suchten wir uns gegenseitig zu übertrumpfen und ich haßte ihn. O Gott, wie ich ihn haßte! Ich glaube, ich habe noch kein einziges lebendes Wesen so gehaßt, besonders in gewissen Augenblicken, wie diese Kreatur. Er war schon bejahrt und kam sich selbst sehr wichtig vor. Zum Teil beschäftigte er sich mit Schneiderarbeit. Es ist mir nicht bekannt, warum er mich verachtete, aber er tat es über alle Maßen und blickte unerträglich hochmütig auf mich herab. Übrigens behandelte er alle Welt von oben herab. Nur ein Blick auf dieses Gesicht mit den weißen Augenbrauen und Wimpern, auf diesen glattgekämmten Kopf, auf diese Tolle, die er sich über der Stirn hochbürstete und mit gewöhnlichem Fastenöl einölte, auf diesen pedantischen Mund mit der spitzen Oberlippe und den zurückgezogenen Mundwinkeln, der wie ein lateinisches v aussah, — und wahrlich, meine Herrschaften, Sie würden sofort fühlen, daß Sie ein Wesen vor sich haben, das noch kein einziges Mal an sich gezweifelt hat. Er war ein Pedant vom reinsten Wasser, wohl der größte Pedant von allen, die je auf der Welt gelebt, und dazu besaß er noch eine Eigenliebe, die höchstens Alexander dem Großen angemessen gewesen wäre. Er war in jeden Knopf seiner Kleider verliebt, in jeden Nagel seiner Extremitäten — unbedingt geradezu verliebt, das sah man ihm auch schon auf den ersten Blick an! Zu mir verhielt er sich unveränderlich despotisch, würdigte mich selten eines Wortes, und blickte er mich einmal an, so geschah das mit einer festen, majestätisch-selbstbewußten und immer etwas spöttischen Miene, die mich zuweilen rasend machen konnte. Seine Pflicht erfüllte er mit einem Gesichtsausdruck, als erweise er mir die größte Gnade. Bei der Gelegenheit möchte ich gleich noch bemerken, daß er so gut wie überhaupt nichts für mich tat und sich nicht einmal für verpflichtet hielt, etwas zu tun. Zweifellos betrachtete er mich als den letzten Dummkopf der Welt, und »duldete« mich gleichsam nur, weil er von mir monatlich sieben Rubel Gehalt fordern konnte. Er war also einverstanden, bei mir für diese sieben Rubel monatlich »nichts zu tun«. Seinetwegen werden mir sicherlich viele Sünden vergeben werden. Zuweilen war mein Haß auf ihn so groß, daß mich schon sein Gang beinahe zu Krämpfen brachte. Doch ganz besonders widerlich war mir seine Art zu sprechen. Seine Zunge war, glaub ich, etwas länger als es sich gehört, und so lispelte er denn beständig und sprach die Zischlaute einfach scheußlich aus. Dabei schien er auf sein Lispeln noch ungeheuer stolz zu sein: er glaubte wahrscheinlich, daß es ihm eine gewisse Vornehmheit verleihe. Er sprach gewöhnlich leise, gemessen, wobei er die Hände auf dem Rücken hielt und schräg zu Boden blickte. Ganz besonders ärgerte er mich, wenn er bei sich in seiner Kammer, die nur durch eine dünne Wand von meinem Zimmer geschieden war, die Psalmen las. Oh, groß war das Kreuz, das mir diese Psalmen aufluden! Er aber liebte es sehr, abends mit seiner leisen, gleichmäßigen Stimme, ein wenig singend, die Psalmen zu lesen — ganz als ob er neben einer Leiche säße. Das ist jetzt auch glücklich sein Beruf geworden: er hält Totenwacht und liest dann die Psalmen; ferner vertilgt er Ratten und macht Wichse. Damals jedoch konnte ich ihn nicht zum Teufel jagen; es war geradezu, als wäre er mit meiner Existenz irgendwie chemisch verbunden. Zudem hätte er ja um nichts in der Welt eingewilligt, von mir fortzugehen. Ich aber konnte nicht in einem möblierten Zimmer wohnen: meine kleine Wohnung war abgesondert, hatte nichts mit den anderen Mietern zu tun, sie war meine Seele, mein Futteral, in das ich mich verkroch, um mich vor der ganzen Menschheit zu verstecken. Apollon aber schien mir, der Teufel weiß warum, zu dieser Wohnung zu gehören, und so brachte ich es denn ganze sieben Jahre nicht über mich, ihn vor die Tür zu setzen.

Sein Monatsgehalt auch nur zwei oder gar drei Tage lang zurückzuhalten, war vollkommen ausgeschlossen. Er hätte mich so gepeinigt, daß ich nicht gewußt hätte, wo mich lassen. In diesen Tagen aber war ich dermaßen erbittert auf alle Welt, daß ich mich aus irgendeinem Grunde und zu irgendeinem Zweck entschloß, meinen Apollon zu *bestrafen,* ihm das Geld erst nach zwei Wochen zu geben. Das hatte ich mir schon lange, schon seit zwei Jahren vorgenommen, — einzig, um ihm zu beweisen, daß er kein Recht hätte, sich vor mir so breit zu machen, und daß ich ihm sein Gehalt auszahlen könnte, wann es mir gefalle. Ich beschloß also, vom Gelde kein Wort zu sagen und sogar absichtlich zu schweigen, um seinen Stolz zu besiegen, und ihn zu zwingen, sich das Gehalt von mir auszubitten. Dann erst würde ich die sieben Rubel aus dem Kasten nehmen, sie ihm zeigen und sagen, daß ich sie habe, sie ihm aber doch nicht gebe, »einfach weil ich nicht will, nicht will, nicht will — kurz, da ich das *so will*«, weil das so mein »Herrenwille« sei, weil er sich nicht so ehrerbietig benehme, wie es sich gehöre, weil er ein Grobian sei! Falls er aber bescheiden um das Geld bitten wolle, so würde ich mich meinetwegen auch erweichen lassen und ihm die sieben Rubel geben; wenn nicht, dann könne er noch zwei Wochen warten, könne er drei Wochen warten, könne er 'nen ganzen Monat warten ...

Aber wie wütend ich auch war, er blieb doch Sieger. Nicht vier Tage lang hätte ich's ausgehalten. Er begann damit, womit er in ähnlichen Fällen immer zu beginnen pflegte —

denn ähnliche Fälle hatte es schon gegeben (und ich bemerke noch, daß ich im voraus wußte, wie es kommen werde: kannte ich doch seine ganze niederträchtige Taktik schon auswendig!). Nämlich: er begann damit, daß er einen ungemein strengen Blick auf mich richtete und ihn einige Minuten lang nicht von mir abwandte. Das geschah gewöhnlich, wenn ich ausging oder heimkehrte — dann begleitete oder empfing er mich mit diesem Blick. Tat ich dann, als bemerkte ich ihn samt seinen Blicken überhaupt nicht, so schritt er — wiederum schweigend — zum nächsten Folterexperiment. Plötzlich kommt er mir nichts, dir nichts leise und mit ruhigen Schritten in mein Zimmer, wenn ich auf und ab gehe oder lese, bleibt an der Tür stehen, legt eine Hand auf den Rücken, stellt das eine Bein etwas vor und richtet seinen Blick auf mich — dieser Blick ist aber dann nicht etwa bloß streng, sondern er drückt mit ihm zugleich die ganze niederschmetternde Verachtung aus, die er für mich empfindet. Wenn ich ihn dann plötzlich frage, was er will, warum er eingetreten ist, so antwortet er mir keine Silbe, fährt nur fort, mich noch einige Sekunden lang starr anzusehen und darauf, nachdem er ganz absonderlich die Lippen zusammengepreßt hat, dreht er sich mit vielbedeutsamer Miene langsam auf demselben Fleck um und verläßt langsam das Zimmer. Nach etwa zwei Stunden öffnet sich plötzlich wieder die Tür und mein Apollón stellt sich von neuem auf ... Es kam vor, daß ich vor Wut ihn überhaupt nicht fragte, was er suche, sondern kurz entschlossen, gebieterisch meinen Kopf in den Nacken warf und ihn gleichfalls unbeweglich anblickte. Dann schauten wir uns auf diese Weise eine geraume Zeit an, bis er sich endlich langsam und wichtig umdrehte und mich auf weitere zwei Stunden verließ.

Ließ ich mich durch diese Manöver noch nicht eines Besseren belehren, so begann er schließlich zu — seufzen: er blickte mich an und seufzte tief, als wollte er mit diesem langen, langen Atem die ganze Tiefe meiner moralischen Gesunkenheit ausmessen. Nun, versteht sich, es endete damit, daß er mich volkommen besiegte: ich wütete, schrie, schimpfte, aber das, worum es sich drehte, war ich schließlich doch gezwungen zu tun.

Dieses Mal aber, als die üblichen Manöver der »strengen Blicke« begannen, geriet ich sofort außer mir und stürzte mich wutbebend auf meinen Peiniger. War ich doch sowieso schon gereizt!

»Bleib!« schrie ich ihn an, als er sich langsam und schweigend, die eine Hand auf dem Rücken, wieder umdrehen wollte, um hinauszugehen. — »Bleib! Komm zurück! Komm zurück, sag ich dir!« Ich muß wohl so absonderlich gegröhlt haben, daß er sich tatsächlich wieder umdrehte und mich sogar einigermaßen erstaunt anblickte. Übrigens sagte er noch immer kein Wort, und das war es ja, was mich am meisten empörte.

»Was unterstehst du dich, ohne Erlaubnis einzutreten und mich so zu betrachten, antworte!«

Er aber betrachtete mich wieder schweigend etwa eine halbe Minute lang, worauf er dann von neuem begann, sich langsam umzudrehen.

»Steh!« schrie ich und stürzte auf ihn zu. »Nicht vom Fleck! So! Jetzt antworte: Was suchst du hier?«

»Wenn Sie mir jetzt was anzuordnen haben, so ist es meine Sache, es auszuführen«, sagte er nach kurzem Schweigen ruhig und gemessen wie immer, wobei er leicht die Augenbrauen hinaufzog und langsam den Kopf von der einen Seite auf die andere bog. All das geschah wiederum mit erschreckender Ruhe.

»Ach, nicht davon, nicht davon rede ich, Henker!« schrie ich zornbebend. »Ich werde dir, Henker, selbst sagen, warum du herkommst: du siehst, daß ich dir dein Gehalt nicht auszahle, willst aber aus Stolz nicht darum bitten, und so kommst du dann mit deinen dummen Blicken — mich dafür strafen, quälen willst du, und *be—grei—f—s—t* nicht einmal, du Henker, daß das dumm von dir ist, dumm, fabelhaft dumm, bodenlos dumm!«

Er schickte sich wieder an, sich langsam umzudrehen, ich aber packte ihn.

»Hör!« schrie ich ihn an. »Sieh, hier ist das Geld, siehst du, siehst du, hier ist es!« — Ich riß das Schubfach meines Tisches auf und nahm das Geld heraus. »Volle sieben Rubel! Du aber bekommst sie nicht, *be—komm—s—t* sie nicht, so lange bekommst du sie nicht, bis du kommst und ehrerbietig, reumütig mich um Verzeihung bittest! Hast du mich verstanden?«

»Das kann niemals geschehen!« antwortete er mit einem geradezu überirdischen Selbstbewußtsein.

»*Wird* aber!« brüllte ich, »geb dir mein Ehrenwort, daß es geschehen wird!«

»Und für was soll ich Sie denn um Verzeihung bitten?« fuhr er fort, als ob er mein Geschrei überhaupt nicht hörte. »Sie haben mich doch Henker genannt, wofür ich Sie jederzeit auf der Polizei wegen Beleidigung anzeigen kann.«

»Geh! Tu's nur!« schrie ich heiser, »geh sofort, sofort, hörst du! Ein Henker bist du doch! Jawohl: ein Henker! Ein Henker!« — Er jedoch sah mich nur noch einmal an und schritt ruhig und selbstbewußt hinaus.

‚Wenn's keine Lisa gäbe, würde nichts von alledem geschehen sein!' dachte ich bei mir. Und nachdem ich eine Minute lang dagestanden hatte, begab ich mich würdevoll und feierlich, doch mit langsam und stark klopfendem Herzen in eigener Person in seine Kammer.

»Apoll!« sagte ich ruhig und bedeutsam, in Wirklichkeit aber war ich nichts weniger als ruhig. »Geh sofort zum Polizeioffizier unseres Stadtviertels!«

Er hatte sich inzwischen schon an seinen Tisch gesetzt, die Brille auf die Nase geschoben und seine Arbeit wieder aufgenommen. Als er so plötzlich meinen Befehl hörte, lachte er mit einem Mal laut auf.

»Sofort, geh sofort! Geh, oder — du ahnst nicht, was sonst geschieht!«

»Sie sind wohl nicht ganz bei Troste«, meinte er darauf

gemächlich, ohne auch nur den Kopf zu erheben, denn er fädelte gerade einen Faden durch das Nadelöhr. »Und wer hat denn je erlebt, daß ein Mensch gegen sich selbst die Polizei ruft? Was aber die Angst betrifft, so ängstigen Sie sich umsonst, es wird nicht geschehen.«

»Geh!« krächzte ich und packte ihn an der Schulter. Ich fühlte, daß ich ihn sofort schlagen würde.

Dabei überhörte ich ganz, daß in demselben Augenblick die Flurtür geöffnet wurde und irgend jemand eintrat, stehen blieb und schließlich uns verwundert anstarrte. Da blickte ich plötzlich hin und — ich erstarrte vor Schande, und dann stürzte ich in mein Zimmer. Dort krallte ich meine Hände ins Haar, stützte den Kopf an die Wand und verblieb unbeweglich in dieser Stellung.

Nach einiger Zeit hörte ich die langsamen Schritte Apollons.

»*Irgendeine* fragt dort nach Ihnen«, sagte er, mich ganz besonders streng messend, worauf er zur Seite trat und Lisa eintreten ließ. Er wollte nicht hinausgehen und betrachtete mich spöttisch.

»Pack dich!« kommandierte ich halb bewußtlos. In dem Augenblick begann meine Wanduhr sich aufzuziehen, zu schnurren und schlug dann genau sieben Mal.

IX

Und in mein Haus tritt frei und stolz
Als seine Herrin ein.

Ich stand vor ihr wie vernichtet, blamiert und bis zur Widerlichkeit verwirrt, und ich lächelte, glaub ich, wobei ich mich krampfhaft bemühte, die Schöße meines schäbigen wattierten Schlafrocks übereinander zu schlagen, — auf ein Haar so, wie ich es mir noch kurz vorher in einer verzagten Stunde vorgestellt hatte. Apollon schob zwar nach einer Weile ab, doch wurde mir deswegen noch nicht leichter. Das Schlimmste aber war, daß sie plötzlich gleichfalls verlegen wurde, und das sogar dermaßen, wie ich es von ihr nie erwartet hätte. Bei meinem Anblick, versteht sich.

»Setz dich«, sagte ich mechanisch und rückte für sie einen Stuhl an den Tisch, selbst aber setzte ich mich auf den Diwan. Sie nahm sofort gehorsam Platz, blickte mich aber mit weit offenen Augen an, als erwarte sie sofort etwas Besonderes von mir. Diese Naivität der Erwartung war's ja gerade, was mich aus der Haut brachte, aber ich bezwang mich noch. Gerade hier hätte man doch tun sollen, als bemerke man nichts, als sei alles so, wie es sein müsse, sie aber ... — Und dumpf fühlte ich schon, daß *sie* mir für all dieses bitter würde büßen müssen.

»Du hast mich in einer sonderbaren Lage angetroffen, Lisa«, begann ich stockend — und war mir vollkommen bewußt, daß man gerade so nicht anfangen durfte.

»Nein, nein, denk nur nicht irgend etwas!« rief ich schnell, als ich bemerkte, daß sie plötzlich errötete, »ich schäme mich nicht meiner Armut ... Im Gegenteil, ich bin stolz auf meine Armut. Ich bin arm, aber edel ... Das kann man, das kann man ... arm sein, aber edel«, stotterte ich. »Übrigens ... Willst du Tee?«

»Nein ...«, begann sie und stockte.

»Warte!« Ich sprang auf und lief hinaus zu Apollon. Man mußte doch irgend etwas tun.

»Apollon«, flüsterte ich schnell in fieberhafter Erregung, »hier hast du dein Monatsgehalt, siehst du, ich gebe es dir!« Damit warf ich das Geld, das ich noch in der Hand behalten hatte, auf seinen Tisch, »aber dafür mußt du mich retten: geh sofort hier in das nächste Restaurant und bring mir Tee und Zwieback ... zehn Stück! Wenn du nicht gehst, so stürzt du einen Menschen ins Unglück! Du weißt nicht, was das für ein Wesen ist ... Sie ist — alles! Vielleicht glaubst du irgend etwas ... Aber du weißt ja nicht, was das für ein Wesen ist! ...«

Apollon, der sich schon wieder an seine Arbeit gemacht und die Brille aufgesetzt hatte, schielte zuerst, ohne die Nadel aus der Hand zu legen, mißtrauisch nach dem Geld hin; fuhr aber fort, ohne mir die geringste Beachtung zu schenken, an seinem Zwirnfaden zu zupfen. Ich wartete etwa drei Minuten lang mit verschränkten Armen, in einer Stellung à la Napoleon. An meinen Schläfen rann kalter Schweiß herab; mein Gesicht war bleich, das fühlte ich. Doch Gott sei Dank! — schließlich empfand er doch Mitleid mit mir. Nachdem er mit seinem Faden fertig geworden war, erhob er sich langsam, schob langsam den Stuhl zurück, nahm langsam die Brille ab, zählte langsam das Geld nach, und fragte mich dann langsam über die Schulter, ob er eine ganze Portion nehmen solle, worauf er langsam das Zimmer verließ. Als ich zu Lisa zurückkehrte, zuckte mir plötzlich ein Gedanke durch den Kopf: einfach so wie ich war, im alten Schlafrock, wegzulaufen, gleichviel wohin, immer geradeaus — und dann komme, was kommen mag!

Ich setzte mich wieder auf den Diwan. Sie blickte mich unruhig an. Wir schwiegen.

»Ich schlag ihn tot!« schrie ich plötzlich wild auf und schlug mit der Faust auf den Tisch, daß die Tinte aus dem Tintenfaß spritzte.

»Ach! mein Gott, was haben Sie!« rief sie entsetzt, vor Schreck zusammenfahrend.

»Ich schlag ihn tot! mausetot!« schrie ich wieder und schlug unbändig auf den Tisch — und zu gleicher Zeit begriff ich doch vorzüglich, daß es dumm war, so außer sich zu geraten.

»Du weißt nicht, Lisa, was dieser Mensch ist! Er ist mein Henker!... Jetzt ist er nach Tee und Zwieback gegangen; er...«

Und plötzlich brach ich in Tränen aus. Das war ein Anfall. Und doch: wie schämte ich mich, als ich schluchzte; ich konnte mich aber nicht beherrschen.

Sie erschrak.

»Was haben Sie nur! Was fehlt Ihnen?« rief sie erregt, indem sie sich um mich bemühte.

»Wasser, gib mir Wasser ... dort auf dem Tisch!« sagte ich mit schwacher Stimme, wobei ich aber bei mir genau wußte, daß ich sehr wohl auch ohne Wasser auskommen konnte, und durchaus nicht mit so schwacher Stimme zu sprechen brauchte. Ich aber *verstellte* mich, um, was man so nennt, den Anstand zu wahren, obgleich der Anfall an sich echt war.

Sie reichte mir das Wasser und sah mich ratlos an. In dem Augenblick trat Apollon mit dem Tee ins Zimmer. Da erschien mir plötzlich dieser gewöhnliche, prosaische Tee unglaublich unanständig und kläglich nach allem, was geschehen war, und ich errötete. Lisa blickte sich ängstlich nach Apollon um: er verließ uns wieder, scheinbar ohne uns auch nur bemerkt zu haben.

»Lisa, verachtest du mich?« fragte ich sie, zitternd vor Ungeduld zu erfahren, was sie dachte.

Sie wurde verlegen und wußte nichts zu antworten.

»Trink den Tee!« sagte ich ärgerlich. Ich war wütend auf mich, doch mußte natürlich sie dafür büßen. Eine furchtbare Wut auf sie erhob sich plötzlich in meinem Herzen; ich glaube, ich hätte sie totschlagen können. Um mich an ihr zu rächen, schwor ich mir innerlich, die ganze Zeit über kein Wort mit ihr zu sprechen. ‚Sie ist an allem schuld!‘ sagte ich mir immer wieder.

Unser Schweigen dauerte noch eine geraume Zeit. Der Tee stand auf dem Tisch: ich wollte absichtlich nicht anfangen, um ihre Lage noch unangenehmer zu machen, denn sie konnte doch nicht zuerst den Tee nehmen. Sie hatte mich schon mehrere Male in traurigem Nichtverstehenkönnen angeblickt. Ich aber schwieg eigensinnig. Natürlich war ich selbst der Hauptmärtyrer, denn ich begriff ja vollkommen die ganze widerliche Gemeinheit meiner Dummheit, und doch konnte ich mich auf keine Weise selbst überwinden.

»Ich will ... von dort ... ganz fortgehen«, sagte sie schließlich stockend, vorsichtig, wahrscheinlich nur, um das Schweigen zu brechen. Die Arme! Gerade davon hätte sie doch in einem ohnehin schon so dummen Augenblick, zu einem sowieso schon so dummen Menschen wie mir, nicht sprechen sollen. Mein Herz tat mir sogar weh vor Mitleid mit ihr – wegen ihrer Ungeschicktheit und unnötigen Ehrlichkeit. Doch etwas Scheußliches erstickte in mir sofort das Mitleid; ja, es hetzte mich sogar noch mehr gegen sie auf. Ach, so mag doch alles untergehen! ... Es vergingen noch fünf Minuten ...

»Habe ich Sie vielleicht gestört?« fragte sie schüchtern, kaum hörbar und erhob sich schon vom Stuhl.

Kaum aber sah ich dieses erste Anzeichen einer beleidigten Würde, da erzitterte ich geradezu vor Wut und verlor sofort meine letzte Selbstbeherrschung.

»Sag mir doch bitte, warum du eigentlich hergekommen bist?« begann ich plötzlich mit verhaltenem Atem, ohne daran zu denken, wie und was ich sprach. Ich wollte alles mit einem Mal aussprechen, alles auf einen Zug, – da war's mir einerlei, womit ich anfing.

»Warum bist du zu mir gekommen? Sag's doch! Sprich!« rief ich besinnungslos. »Ich werde es dir sagen, mein Täubchen, warum du hergekommen bist: du bist gekommen, weil ich dir damals mitleidige Worte gesagt habe. Und jetzt bist du wieder sentimental geworden und darum bist du hergekommen, um wieder ,mitleidige Worte' zu hören. So wisse denn, wisse, daß ich mich damals über dich nur lustig machte! Und auch jetzt mache ich mich über dich lustig. Warum zitterst du? Ja, ich machte mich lustig über dich! Man hatte mich vorher im Restaurant beleidigt – diese selben, die kurz vor mir zu euch gekommen waren. Ich aber fuhr zu euch, um einen von ihnen, den Offizier, zu verprügeln; das konnte ich nicht, ich fand ihn nicht mehr vor; da mußte ich meine Wut an einem anderen Menschen auslassen, du kamst mir in die Quere, und so ließ ich denn meine Wut an dir aus, indem ich einen anderen Menschen verspottete. Man hatte mich erniedrigt, so wollte denn auch ich erniedrigen; man hatte mich zu einem Lappen gemacht, so wollte denn auch ich Macht beweisen ... Das war's. Du aber glaubtest wohl schon, daß ich gekommen sei, um dich zu retten – nicht wahr? Das glaubtest du doch? Das hast du doch geglaubt?«

Ich wußte, daß sie die Einzelheiten vielleicht nicht gleich verstehen würde, doch wußte ich gleichzeitig, daß sie das Wesen der Sache vorzüglich begreifen werde. So war's denn auch. Sie erbleichte, wollte zwar etwas sagen, ihre Lippen verzogen sich zitternd, doch plötzlich fiel sie, als ob man sie mit einem Beil gefällt hätte, auf den Stuhl zurück. Und die ganze Zeit darauf hörte sie mir mit halboffenem Munde zu, mit weit offenen Augen, zitternd vor maßloser Angst. Der Zynismus, der Zynismus meiner Worte erdrückte sie ...

»Haha! Retten!« rief ich höhnisch, sprang auf und raste im Zimmer auf und ab. »Wovor denn retten!? Ich, ich will dich ja vielleicht selbst haben! Warum fragtest du mich nicht, als ich dir die Leviten las: ‚Wozu bist du denn hergekommen? Nur um uns Moral zu predigen?' Macht! Macht hatte ich damals nötig, das Spiel mit dir hatte ich nötig, deine Tränen hatte ich nötig, deine Erniedrigung, deine Hysterie – siehst du, nur das hatte ich damals nötig! Später hielt ich's selbst nicht aus, denn ich bin ja ein Lappen, bekam Angst und stopfte dir aus Dummheit, der Teufel weiß wozu, meine Adresse in die Hand. Aber wegen dieser Adresse bedachte ich dich ja schon unterwegs, noch bevor ich nach Haus gekommen war, mit allen Schimpfwörtern der Welt. Schon damals haßte ich dich, denn ich hatte dich belogen. Mit Worten kann ich spielen, in Gedanken träumen, in Wirklichkeit aber brauche ich ... weißt du was? – daß euch samt und sonders der Teufel holt! Ja, nur das brauche ich! Ich will meine Ruhe haben. Ich würde ja dafür, daß man mich in Ruhe läßt, die ganze Welt für eine Kopeke verkaufen. Soll die Welt untergehen, oder soll ich keinen Tee trinken? Ich sage: die ganze Welt mag von mir aus untergehen, denn ich will Tee trinken. Wußtest du das, oder wußtest du das noch nicht? Nun, ich weiß aber, daß ich ein Scheusal, ein Schuft, ein

Egoist, ein Faulpelz bin. Diese drei Tage habe ich vor Angst, du könntest kommen, nur so gezittert. Weißt du aber auch, was mich in diesen drei Tagen am meisten beunruhigt hat? Am meisten — daß ich mich damals vor dir als Helden aufgespielt habe, du mich aber hier in meinem alten Schlafrock, bettelarm und scheußlich vorfinden würdest. Ich sagte dir vorhin, daß ich mich meiner Armut nicht schäme; so wisse denn, daß ich mich ihrer schäme, mich mehr als alles anderen schäme, mich ihretwegen fürchte, mehr fürchte, als wenn ich stehlen würde, denn ich bin so ehrgeizig und empfindlich, als ob man mir die Haut abgezogen hätte, daß ich schon von der Berührung der Luft Schmerz empfinde. Solltest du wirklich auch jetzt noch nicht erraten, daß ich dir niemals verzeihen werde, daß du mich in diesem elenden Schlafrock angetroffen hast — gerade als ich mich wie ein kläffendes Hündchen auf Apollon stürzte? Der Erlöser, der Held von damals — stürzt sich wie ein räudiges Hündchen auf seinen Diener, und der lacht ihn noch aus! Und meine Tränen vorhin, die ich wie ein altes Weib vor dir nicht verbergen konnte — die werde ich dir gleichfalls nie und nimmer verzeihen! Und das, was ich dir jetzt gestehe, werde ich dir auch nicht verzeihen! Ja, — du, du allein bist für alles verantwortlich, weil du mir so in den Weg gelaufen bist, weil ich ein gemeiner Mensch bin, weil ich der gemeinste, der lächerlichste, kleinlichste, dümmste, neidischste Wurm aller Erdenwürmer bin, die alle keineswegs besser sind als ich, die aber, weiß der Teufel woher das kommt, sich niemals verwirren lassen; ich aber werde mein ganzes Leben lang von jedem Knirps einen Nasenstüber kriegen, das ist nun einmal mein Schicksal! Was geht es mich an, daß du das alles nicht begreifen kannst! Und was, nun, was, sag doch selbst, was gehst du mich überhaupt an, was geht es mich an, ob du da untergehst oder nicht? Ja, begreifst du denn auch, wie ich dich jetzt, nachdem ich dir das alles gesagt habe, dafür hassen werde, daß du hier gewesen bist und meine Worte gehört hast? So spricht sich der Mensch doch nur ein einziges Mal im Leben aus, und auch das geschieht dann nur aus Hysterie! ... Was willst du denn noch? Wozu hockst du denn noch immer hier vor mir, warum quälst du mich, warum gehst du nicht endlich fort?«

Da geschah aber plötzlich etwas ganz Sonderbares.

Ich war dermaßen gewöhnt, literarisch zu denken und mir alles auf der Welt so vorzustellen, wie ich es mir in meiner Phantasie vorher zurechtgelegt hatte, daß ich dieses Sonderbare zunächst nicht begriff. Das aber war folgendes: diese Lisa, die ich so beleidigt und erniedrigt hatte, diese Lisa begriff viel mehr, als ich für möglich gehalten hätte. Aus alldem begriff sie das, was ein Weib, wenn es nur aufrichtig liebt, immer sofort begreift, nämlich: daß ich selbst unglücklich war.

Der ängstliche, gekränkte Ausdruck ihres Gesichts war allmählich einer traurigen Befremdung gewichen. Als ich mich aber gemein, selbstsüchtig nannte und meine Tränen schon herabrollten (diese ganze Tirade sprach ich mit Tränen in den Augen), da verzog sich ihr Gesicht wie im Krampf. Sie wollte aufstehen, mich unterbrechen; als ich aber endete, da beachtete sie nicht meine Schreie: »Warum hockst du hier, warum gehst du nicht fort?« — sondern sah nur, daß es mir selbst schwer war, alles das auszusprechen. Und so eingeschüchtert war das arme Ding, sie hielt sich für so tief unter mir stehend, wie sollte sie es wagen, sich zu ärgern oder gar beleidigt zu sein? Sie erhob sich plötzlich vom Stuhl, wie von einem unbezwingbaren Gefühl getrieben, und — wagte doch nicht, sich zu rühren oder zu mir zu kommen ... sie streckte mir nur wortlos ihre Hände entgegen ... Mein Herz wollte brechen. Da stürzte sie zu mir, schlang ihre Arme um meinen Hals und brach in Tränen aus. Ich hielt es nicht mehr aus und schluchzte auf, wie ich noch nie geschluchzt ...

»Man läßt mich nicht ... ich kann nicht ... gut sein!« sagte ich schluchzend, darauf ging ich zum Diwan, warf mich auf ihn, preßte mein Gesicht auf das alte Lederkissen und schluchzte mindestens eine ganze Viertelstunde lang in wahrer Hysterie. Sie schmiegte sich an mich, umarmte mich und blieb regungslos in dieser Stellung.

Nun war aber das Unangenehme der Sache, daß das Weinen doch einmal ein Ende nehmen mußte. Und da (ich schreibe doch nur ekelhafte Wahrheit), als ich noch schluchzend auf dem Diwan lag, das Gesicht fest an mein altes Lederkissen gepreßt, fing ich allmählich schon an, zuerst nur ganz von fern her, unwillkürlich, aber unbezwingbar zu fühlen, daß es mir doch etwas peinlich sein würde, den Kopf zu erheben und Lisa in die Augen zu sehen. Weswegen ich mich schämte? — Das weiß ich nicht, aber ich schäme mich. Unter anderem ging mir auch der häßliche Gedanke durch meinen heißen, verwirrten Kopf, daß jetzt die Rollen vertauscht waren, daß jetzt sie die Heldin war, ich aber ein ebenso erniedrigtes und zerschlagenes Geschöpf wie sie damals vor mir — in der Nacht, vor vier Tagen ... Und dieses dachte ich in denselben Minuten, als ich noch mit dem Gesicht auf dem Diwan lag und weinte!

Mein Gott! Sollte ich sie denn wirklich in dem Augenblick beneidet haben?

Ich weiß es nicht, selbst heute kann ich das noch nicht sagen, damals aber begriff ich mich natürlich noch weniger als jetzt. Ich kann nun einmal nicht leben, ohne irgend jemanden zu beherrschen, zu tyrannisieren ... Aber ... aber mit Erwägungen und Betrachtungen läßt sich ja doch nichts erklären, folglich lohnt es sich nicht, darüber noch weiter nachzudenken.

Einstweilen aber überwand ich mich doch und erhob den Kopf; einmal mußte es ja doch geschehen ... Und siehe, ich bin noch jetzt fest überzeugt, daß gerade weil ich mich schämte, ihr in die Augen zu sehen, gerade darum in meinem Herzen plötzlich ein anderes Gefühl sich entzündete und aufflammte ... die Lust zu herrschen und zu besitzen. Meine Augen glühten vor Leidenschaft und ich preßte krampfhaft ihre Hände. Wie haßte ich sie in diesem Augenblick und wie zog es mich zu ihr hin! Das eine Gefühl überwältigte das andere. Das glich fast einer Rache! ... Auf ihrem Gesicht drückte sich zuerst gleichsam Verwunderung aus, oder vielleicht sogar Angst, doch nur einen Augenblick. Ekstatisch, leidenschaftlich umarmte sie mich.

X

Nach einer Viertelstunde lief ich in wütender Ungeduld im Zimmer auf und ab, und trat immer wieder zum Wandschirm, um durch die Spalte nach Lisa zu sehen. Sie saß auf dem Fußboden, hatte den Kopf an den Bettrand gestützt und weinte, wie es schien. Sie ging aber nicht fort, und das war es, was mich ärgerte. Diesmal wußte sie bereits alles. Ich hatte sie endgültig beleidigt, aber ... was da noch erzählen. Sie hatte schon erraten, daß der Ausbruch meiner Leidenschaft gerade Rache war, eine neue Erniedrigung für sie, und daß zu meinem vorherigen, fast gegenstandslosen Haß noch ein *persönlicher, neidischer* Haß auf sie hinzugekommen war ... Übrigens, ich will nicht behaupten, sie hätte das alles vollkommen *bewußt* und klar begriffen; dafür aber begriff sie vollkommen, daß ich ein ekelhafter Mensch war und vor allen Dingen einer, der unfähig war, sie zu lieben.

Ich weiß, man wird mir sagen, es sei unwahrscheinlich, — unwahrscheinlich, daß man so boshaft, so dumm sein könne, wie ich es war; vielleicht wird man noch hinzufügen, es wäre doch unmöglich gewesen, sie nicht lieb zu gewinnen, oder wenigstens diese Liebe nicht zu schätzen. Warum soll es denn unwahrscheinlich sein? Erstens konnte ich überhaupt nicht mehr lieben, denn lieben bedeutete für mich — tyrannisieren und moralisch überlegen sein. Mein ganzes Leben lang habe ich mir eine andere Liebe nicht vorstellen können, und sogar jetzt glaube ich noch zuweilen, daß die Liebe gerade in dem vom geliebten Objekt freiwillig geschenkten Recht, es zu tyrannisieren, besteht. Auch in meinen Träumereien im Untergrund habe ich mir die Liebe nie anders vorgestellt denn als Kampf, habe sie in Gedanken stets mit Haß begonnen und mit moralischer Unterwerfung beendet, danach aber war's mir unmöglich, mir auch nur vorzustellen, was man mit einem unterworfenen Objekt noch anfangen könnte. Und was kann denn hierbei unwahrscheinlich sein, wenn ich mich sittlich schon so weit verdorben, mich vom »lebendigen Leben« so entwöhnt hatte, daß ich sie beschämen wollte, als ich ihr vorwarf, sie sei gekommen, um »mitleidige Worte« zu hören, selbst aber nicht einmal erriet, daß sie keineswegs deswegen gekommen war, um mitleidige Worte zu hören, sondern daß sie gekommen war, um mich zu lieben, denn für das Weib liegt in der Liebe die ganze Auferstehung, die ganze Rettung von gleichviel welch einem Verderben, und die ganze Wiedergeburt, die sich ja anders überhaupt nicht offenbaren kann als gerade in ihrer Liebe. Übrigens haßte ich sie gar nicht so sehr, als ich im Zimmer auf und ab lief und durch die Spalte des Bettschirms lugte. Es war mir nur unerträglich schwer zumut, gerade weil sie bei mir war. Ich wollte, daß sie vom Angesicht der Erde verschwinde. Nach »Ruhe« sehnte ich mich, in meinem Winkel allein bleiben wollte ich. Das »lebendige Leben« bedrückte mich aus Ungewohntheit dermaßen, daß ich nach Atem rang.

Es vergingen noch etliche Minuten. Sie aber erhob sich immer noch nicht, als hätte sie alles vergessen. Ich war so gewissenlos, leise an den Schirm zu klopfen, um sie zu erinnern ... Sie fuhr erschrocken zusammen, erhob sich hastig und suchte ihre Sachen: Tuch, Mützchen, Pelz zusammen, ganz als wollte sie sich vor mir retten ... Nach zwei Minuten trat sie langsam hinter dem Schirm hervor und richtete einen schweren Blick auf mich. Ich lachte boshaft auf, gezwungen natürlich, *anstandshalber,* und wandte mich ab.

»Adieu«, sagte sie und ging zur Tür.

Da trat ich schnell an sie heran, ergriff ihre Hand, drückte etwas hinein ... und preßte sie wieder zu. Darauf kehrte ich mich hastig um und ging schnell in die andere Ecke des Zimmers, um wenigstens nicht zu sehen ...

Soeben wollte ich lügen, — wollte schon schreiben, daß ich dieses aus Versehen, halb unbewußt, aus Dummheit, aus Kopflosigkeit getan hätte. Ich will aber nicht lügen, und darum sage ich jetzt offen, daß ich es ... aus Bosheit tat. Es fiel mir ein, das zu tun, als ich im Zimmer auf und ab lief und sie hinter dem Bettschirm saß. Eines jedoch kann ich mit aller Bestimmtheit sagen: ich beging diese Grausamkeit, wenn auch absichtlich, so doch nicht aus meinem Herzen, sondern aus meinen schlechten Gedanken heraus. Diese Grausamkeit war dermaßen unnatürlich, dermaßen „erdacht", absichtlich komponiert, *so literarisch,* daß ich sie selbst nicht einen Augenblick lang ertrug — zuerst lief ich in die Ecke, um nichts zu sehen, dann aber stürzte ich mit Scham und Verzweiflung im Herzen ihr nach. Ich riß die Flurtür auf und horchte hinaus.

»Lisa! Lisa!« rief ich halblaut, denn ich wagte nicht, dreister zu rufen.

Keine Antwort. Doch war es mir, als hörte ich noch unten auf der Treppe ihre Schritte.

»Lisa!« rief ich lauter.

Keine Antwort. Da hörte ich, wie die schwere, verglaste Haustür geöffnet wurde und gleich darauf mit dumpfem Laut zuschlug. Der dumpfe Hall schallte durch das Treppenhaus bis zu mir herauf.

Sie war fortgegangen. Nachdenklich kehrte ich in mein Zimmer zurück. Unsagbar schwer war mir zumut.

Ich blieb am Tisch neben dem Stuhl, auf dem sie gesessen hatte, stehen und starrte gedankenlos vor mich hin. Es verging eine Weile. Plötzlich fuhr ich zusammen: gerade vor mir auf dem Tisch erblickte ich ... kurz, ich erblickte einen blauen verknitterten Fünfrubelschein, denselben, den ich ihr in die Hand gedrückt hatte. Das war *derselbe* Schein, ein anderer hätte es überhaupt nicht sein können, in der ganzen Wohnung gab es keinen anderen! Also hatte sie noch Zeit gehabt, ihn in dem Augenblick, als ich in die Ecke lief, auf den Tisch zu werfen.

Wie, was? Ich hätte doch wissen müssen, daß sie das tun würde. Hätte es wissen müssen? Nein. Ich war so weit Egoist, achtete die Menschen im Grunde so wenig, daß ich überhaupt nicht darauf verfallen war, auch sie könnte das tun. Das ertrug ich nicht! Einen Augenblick später stürzte ich mich wie ein Irrsinniger in meine Kleider, zog mir an, was mir in die Hände kam, und lief atemlos ihr nach. Sie konnte noch keine zweihundert Schritte gegangen sein, als ich aus dem Hause hinausstürzte.

Es war ganz still auf der Straße, es schneite; die schweren Flocken fielen fast senkrecht zur Erde und bedeckten den Fußsteig und die einsame Straße mit einem weichen Kissen. Kein Mensch war rings zu sehen, kein Laut zu hören. Wehmütig und nutzlos schimmerten die Laternen. Ich lief an zweihundert Schritt, bis zur Querstraße, und blieb stehen. — Wohin war sie gegangen? Und warum lief ich ihr nach?

Warum? Um vor ihr niederzufallen, vor Reue zu schluchzen, ihre Füße zu küssen, ihre Vergebung zu erflehen! Das, gerade das wollte ich, meine ganze Brust zerriß ich selbst und nie, nie werde ich jemals gleichmütig an diesen Augenblick zurückdenken können. Aber — weshalb denn? fragte ich mich. Werde ich sie denn nicht vielleicht morgen schon hassen, weil ich ihr heute die Füße geküßt? Werde ich ihr denn Glück bringen? Habe ich denn heute nicht wieder, schon zum hundertsten Mal erkannt, was ich wert bin? Werde ich sie denn nicht totquälen!

Ich stand im Schnee, starrte in die trübe Dunkelheit und dachte darüber nach.

‚Und ist es nicht besser, ist's nicht besser‘, fragte ich mich nachher, schon zu Hause, als ich mit Phantasien das lebendige Weh in meinem Herzen zu betäuben suchte, ‚ist es nicht besser, wenn sie jetzt für immer die Beleidigung mit sich fortträgt? Beleidigung, — aber das ist doch Läuterung; das ist die allerätzendste und schmerzhafteste Erkenntnis! Ich würde doch schon am nächsten Tage ihre Seele beschmutzt und ihr Herz ermüdet haben. Die Beleidigung aber wird niemals in ihr erlöschen, und wie ekelhaft auch der Schmutz, der sie erwartet, sein mag, — die Beleidigung wird sie erheben und läutern ... durch den Haß ... hm! ... vielleicht auch durch Vergebung ... Aber wird es ihr denn davon leichter werden?‹

In der Tat, sagt mir doch — jetzt will ich von mir aus noch eine müßige Frage stellen: was ist besser, — billiges Glück oder höheres Leid? Nun also: was ist besser?

Diese Frage stieg in mir auf, als ich an jenem Abend halbtot vor Seelenqual bei mir zu Hause saß. Noch nie hatte ich so viel Leid und Reue empfunden. Aber wie hätte denn, als ich hinaus- und ihr nachlief, noch irgendein Zweifel darüber bestehen können, daß ich nicht auf halbem Wege umkehren und zurückkommen würde? Lisa habe ich nie mehr gesehen und auch nie etwas von ihr gehört. Ich füge noch hinzu, daß mich die *Phrase* vom Nutzen der Beleidigung und des Hasses auf lange beruhigte, obgleich ich damals vor Leid nahezu krank wurde.

Selbst jetzt noch, nach so vielen Jahren, erscheint mir in der Erinnerung alles das irgendwie gar zu *schlecht*. Mit vielem ergeht es mir jetzt so, aber ... sollte ich nicht hier meine „Aufzeichnungen" abbrechen? Ich glaube, es war falsch von mir, daß ich sie überhaupt zu schreiben begann. Wenigstens habe ich mich während des Schreibens dieser Novelle die ganze Zeit geschämt: also ist das schon nicht mehr Literatur, sondern Korrektionsstrafe. Denn lange Geschichten zu erzählen darüber, wie ich mein Leben verfehlt habe durch moralische Verwesung in meinem Winkel, durch den gänzlichen Mangel der Atmosphäre eines Wirkungskreises, durch Entwöhnung von allem Lebendigen und durch all die mit Sorgfalt gepflegte Bosheit im Untergrund, — das ist, bei Gott, alles andere, nur nicht unterhaltend. In einem Roman muß es einen Helden geben. Hier aber sind *absichtlich* alle Eigenschaften eines Anti-Helden zusammengesucht, und vor allen Dingen macht das Ganze einen äußerst unange-

nehmen Eindruck. Denn wir haben uns doch alle vom Leben
entwöhnt, alle lahmen wir, ein jeder mehr oder weniger.
Wir sind ja sogar dermaßen nicht mehr daran gewöhnt,
daß wir vor dem wirklichen »lebendigen Leben« mitunter
eine Art Ekel empfinden, und darum ärgert es uns, wenn
wir daran erinnert werden. Sind wir doch sogar schon so
weit gekommen, daß wir das wirkliche »lebendige Leben«
fast für Mühe, für eine Last, beinahe für Frondienst halten,
und im geheimen sind wir uns vollkommen einig, daß es
besser ist, literarisch zu leben. Und wozu strampeln wir
mitunter so, warum sind wir so unartig, was wollen wir denn
eigentlich haben? Das wissen wir ja selbst nicht. Wehe uns,
wenn unsere albernen Bitten in Erfüllung gingen. Nun, möge
man es doch einmal versuchen und uns zum Beispiel größere
Selbständigkeit geben, einem beliebigen von uns einmal die
Hände befreien, das Arbeitsfeld vergrößern, die Vormundschaft verringern, und wir ... ja, ich versichere Sie: wir
würden sofort wieder um eine Vormundschaft bitten. Ich
weiß, daß Sie sich wegen dieser Behauptung vielleicht maßlos über mich ärgern und mir trampelnd zuschreien werden:
»Reden Sie von sich und von Ihrer Misère so viel Sie
wollen, aber unterstehen Sie sich nicht, ‚wir alle‘ zu sagen!«
Erlauben Sie, meine Herrschaften, ich will mich doch mit
diesem »wir alle« keineswegs etwa selbst rechtfertigen!
Was aber mich betrifft, so habe ich in meinem Leben bloß
das bis zum Äußersten geführt, was Sie nicht einmal bis zur
Hälfte zu führen gewagt haben, und diese Ihre Feigheit halten Sie ja noch für Vernunft und trösten sich damit noch,
— indem sie sich selbst betrügen. So stellt es sich denn womöglich heraus, daß ich schließlich noch lebendiger bin als
Sie. So blicken Sie doch nur aufmerksamer hin! Wir wissen
ja nicht einmal, wo das Lebendige jetzt lebt, was es eigentlich
ist, wie es heißt? Man versuche es doch: laßt uns allein,
nehmt uns die Bücher, und wir würden uns sofort verlieren
und verirren, würden nicht wissen, an wen uns anschließen,
an was uns halten, was lieben und was hassen, was hoch-

achten und was verachten. Es ist uns ja sogar schon lästig, Menschen zu sein, Menschen mit wirklichem, *eigenem* Leib und Blut; wir schämen uns dessen, halten es für Schande und drängen uns dazu, irgendwelche noch nie dagewesenen All-menschen zu sein. Wir sind Totgeborene — werden wir doch schon lange nicht mehr von lebendigen Vätern gezeugt, und das gefällt uns ja sogar immer mehr. Wir fangen an, in Geschmack zu kommen. Bald werden wir uns ausdenken, irgendwie aus der Idee gezeugt zu werden. Doch genug. Ich mag nicht mehr „aus dem Untergrund" schreiben.

*

Übrigens sind hiermit die Aufzeichnungen dieses paradoxen Menschen noch nicht beendet. Er konnte es nicht lassen und fuhr daher fort, zu schreiben. Aber auch mir will es scheinen, daß man vorläufig hier abbrechen könnte.

ANHANG

NACHWORT

»Was für ein verfluchtes Leben!
Nein, entschieden sei's –
ich geh zum Herzog
Und ford're Gerechtigkeit:
Soll er meinen Vater zwingen
Mich wie einen Sohn zu halten,
nicht wie eine Maus,
Die im Untergrund geboren ward.«

A. S. Puschkin: ›Der geizige Ritter‹

Dostojewskij begann im Januar 1864 an einer Novelle zu schreiben, die sich an seinem frühen »Roman« ›Der Doppelgänger‹ orientierte. Ein Notizheft aus diesem Jahr zeigt, daß er sich intensiv mit einer Neufassung des Werkes beschäftigte. Der Held Goljädkin sollte darin wie später der Mensch aus dem Untergrund zu einem atheistischen Rebellen werden. In beiden Werken verrichtet die Hauptfigur ihren Dienst in einer Kanzlei, deren Vorsteher den Namen Anton Antonowitsch (Ssetotschkin) trägt.

›Der Doppelgänger‹ als Anknüpfungspunkt kam nicht zufällig. Ist er doch Dostojewskijs erste Darstellung eines gespaltenen und unglücklichen Bewußtseins, wie er es später immer wieder in Figuren wie Raskolnikoff und Iwan Karamasoff schildern sollte. Goljädkin vereint in seiner Person sowohl den ideal gesinnten Romantiker (= der »echte« Goljädkin) als auch den »klugen Romantiker« und Karrieristen (= sein Doppelgänger). Beide Figuren begegnen uns wieder in den ›Aufzeichnungen‹. Dostojewskijs gesellschaftskritische Einstellung – der Literatur-Kritiker Belinskij nannte sein Erstlingswerk ›Die Armen Leute‹ den ersten sozialen Roman in Rußland! – formt den Hintergrund zu beiden Texten. Dem Ruhm Dostojewskijs als Anwalt der »Erniedrigten und Beleidigten« seiner Zeit liegt dieser humanitäre

Aspekt zugrunde, der allerdings gerade in den ›Aufzeichnungen‹ vom philosophischen Gehalt überlagert wird. Nichtsdestoweniger ist er auch in diesem Werk deutlich vorhanden. In einem fast drei Seiten langen Exkurs im 1. Kapitel des zweiten Teils (S. 53–55), der den »klugen Romantikern«, den sogenannten »breiten« Naturen, gewidmet ist, beschreibt Dostojewskij den besitz- und machtgierigen Bürger des beginnenden Liberalismus und Kapitalismus in Rußland: »... niemals das nützliche, praktische Ziel aus dem Auge zu lassen (wie zum Beispiel Staatswohnungen, Pensiönchen, Ordenssternchen), dieses Ziel durch alle Enthusiasmen und alle Bändchen lyrischer Gedichte hindurch im Auge zu behalten, und gleichzeitig das Ideal des ›Schönen und Erhabenen‹ bis an ihr Lebensende in sich unversehrt zu erhalten, ... So lieben sie doch ihr anfängliches Ideal bis zu Tränen und sind in der Seele ganz ungewöhnlich anständig. Ja, nur unter uns kann der ausgesprochenste Schuft in der Seele vollkommen und sogar erhaben anständig bleiben, ohne dabei etwa aufzuhören, Schuft zu sein.« (S. 54 f.) Von diesem Typ, der auch als *natürlicher Mensch* bezeichnet wird, ist schon im 6. Kapitel des ersten Teils die Rede, wobei auch dort die soziale Funktion romantischer Ideale als Mäntelchen für unlautere Geschäfte bloßgestellt wird. »Ich würde Faulpelz und Vielfraß werden, – doch kein gewöhnlicher etwa, sondern einer, der, sagen wir, mit allem Schönen und Erhabenen sympathisiert. ... Und was für einen Schmerbauch ich mir zulegen würde, und welch ein dreifaches Doppelkinn, von der Leuchtkraft der Nase schon gar nicht zu reden!« (S. 24) Daran schließen sich die augenscheinlich autobiographisch gefärbten Bemerkungen über die russische Schule (S. 77–79), in denen die Genese des *klugen Romantikers* dargestellt wird. Das Urteil des Untergrundmenschen über die Schule ist allerdings vernichtend: »Wie viele prächtige Kinder traten bei uns ein, und schon nach wenigen Jahren war's widerlich, sie anzusehen. ... In unserer Schule wurden die Gesichter mit der Zeit immer stumpfsinniger.« (S. 77)

Das Thema sozialer Ungerechtigkeit klingt wiederum in der Rede Swerkoffs durch, als dieser prahlerisch erklärt, »daß er kein einziges Mädchen seines Gutes unbeachtet lassen würde, dieses wäre ›droit de seigneur‹; die Bauernkerle aber würde er, falls sie sich erdreisten sollten, zu protestieren, alle durchpeitschen und von diesen bärtigen Kanaillen dann noch doppelte Pacht fordern.« (S. 72)

Das Mädchen Lisa, das aus sozialer Not zur Prostituierten wurde (eine Vorwegnahme der Sonja in ›Schuld und Sühne‹), ist ein weiteres Beispiel für die soziale Ungerechtigkeit und Unmoral der zeitgenössischen Gesellschaft. Das Wort »razvrat« (= Verderbtheit, Unmoral) läuft in der Tat wie ein Leitmotiv durch die ›Aufzeichnungen‹. Selbst der Untergrundmensch muß sich eingestehen, daß die gesellschaftliche Ordnung notwendigerweise zu moralischer Verderbtheit führt. Als Lisa sich ihm zuwendet und er selbst zu Tränen gerührt ist, bricht es aus ihm heraus: »Man läßt mich nicht . . . ich kann nicht . . . gut sein!« (S. 142) Dieses unbestimmte »man« ist eben die gesellschaftliche Ordnung der Zeit, die für den sensitiven Intellektuellen vom Typ des Untergrundmenschen keine Entfaltungsmöglichkeiten seiner Eigenschaften bereithält. Er *kann nicht anders*, als unmoralisch handeln. Dies erinnert an Fouriers Lehre von der verkehrten Natur der zeitgenössischen Gesellschaft, in der jede positive Eigenschaft zu ihrem Gegenteil wird. Diese sozialkritische Einstellung erstreckt sich auf den gesamten Text der ›Aufzeichnungen‹. Wir finden sie wieder in den großen Romanen, vor allem ›Schuld und Sühne‹ und ›Der Idiot‹.

Das »Schöne und Erhabene« – Dostojewskijs Kürzel für das Bildungsideal im romantischen Idealismus, – dient nicht nur als »edles Schlupfloch« (S. 67) für die »abgefeimtesten Betrüger und Diebe« (S. 55), wie der Mensch aus dem Untergrund seine begüterten bürgerlichen Zeitgenossen nennt. Es ist der alleinige Besitz der herrschenden Klasse, der er als kleiner Beamte nicht angehört. Das zeigt sich deutlich im »Duell« mit dem Offizier am Beginn des zweiten Teils. Der

Untergrundmensch steht von vornherein auf verlorenem Posten. Wenn er »protestieren« und »in literarischer Sprache« mit seinen Widersachern redete, würde man ihn nicht verstehen und auslachen, »denn von dem Ehrenpunkt – nicht von der Ehre, sondern vom Ehrenpunkt (point d'honneur), kann man ja bei uns überhaupt nicht anders sprechen als literarisch.« (S. 59f.) Und das ist eben ein Prärogativ der *anderen.*

Sozialkritik ist jedoch von untergeordneter Bedeutung. Dostojewskij geht es vor allem um geistesgeschichtliche Zusammenhänge. Schon in den publizistischen Arbeiten, die er von 1862 bis 1864 in den Zeitschriften seines Bruders Michael veröffentlichte, hatte er die Entwicklung des russischen Intellektuellen in der ersten Hälfte des 19. Jahrhunderts dargestellt. Sie vollzog sich in Analogie zu Hegel in einem dialektischen Dreischritt. Dem subjektiven, erst erwachenden und naiven Bewußtsein *(These),* für das er Puschkins Eugen Onegin als Modell wählte (der russische Intellektuelle, der erstmalig seiner selbst als eines selbständigen Individuums voll bewußt wird), stellt er das skeptische und unglückliche Bewußtsein *(Antithese)* der dreißiger Jahre gegenüber, versinnbildlicht durch Petschorin, dem »Helden unserer Zeit« aus Lermontovs gleichnamigem Roman. Was Dostojewskij von Petschorin sagt, klingt in der Tat bereits wie eine Vorwegnahme des Untergrundmenschen: »In Petschorin erreichte er [d. h. der russische Intellektuelle] eine unstillbare gallige Verbitterung und erlebte den merkwürdigen, spezifisch russischen Gegensatz verschiedenartiger Charakterelemente; einen bis zur Selbstvergötterung getriebenen Egoismus, der einhergeht mit wütender Selbstverachtung, das stets gleiche sehnende Verlangen nach Wahrheit und Tätigkeit und das stets gleich verhängnisvolle Nichtstun . . .« Eine *Synthese* beider Figuren sah Dostojewskij in der Gestalt des Rudin aus dem gleichnamigen Roman Turgenjeffs (1856), der »schon so gut wie kein Egoist mehr« sei und »sich zu vielem durchgerungen« habe.

Die sechziger Jahre brachten nach Dostojewskij einen weiteren Schritt in der Entwicklung des Intellektuellen, der nun wie seine Zeitgenossen Nekrassoff, Tschernyschewskij und Ssaltykoff-Schtschedrin zum Verkünder sozialutopischer, rationalistischer und utilitaristischer Lehren wurde. Doch Dostojewskijs Analyse endet damit nicht. Seine tiefe Einsicht in geistesgeschichtliche Zusammenhänge erweist sich an der weiteren Evolution des Intellektuellen. Sie wird anhand der ›Aufzeichnungen‹ expliziert. Ihr namenloser Held stellt nach Dostojewskij die letztmögliche Entwicklungsstufe des romantischen Idealisten dar.

Er hat den Rationalismus, Utilitarismus und Sozialismus durchschritten und ist nunmehr zum irrational urteilenden und handelnden Voluntaristen, zu einem Skeptiker und zynischen Nihilisten geworden. In der extremen Ichbezogenheit, der fast totalen Vereinsamung und den wiederholten Versuchen daraus auszubrechen, ist nicht nur die Möglichkeit seines Unterganges angelegt, sondern zugleich auch die Möglichkeit einer Rettung und Erlösung. Denn gerade die äußerste Seelenqual zwingt ihn zur Suche nach radikal andersartigen Werten.

Dostojewskijs Darstellung des Intellektuellen seiner Zeit in den ›Aufzeichnungen‹ bietet jedoch noch mehr. Sie erfaßt wesentliche Aspekte der Entwicklung des europäischen Menschen schlechthin. Aus dieser Perspektive läßt sich Dostojewskij durchaus mit Kierkegaard vergleichen, der in ›Entweder – Oder‹ (1843) und ›Begriff der Angst‹ (1844) – wieder befinden wir uns in den vierziger Jahren! – das Syndrom »Angst-Nichts-Langeweile« analysiert und beschrieben hat. Kierkegaards »ästhetischer Mensch« diente dafür als Ausgangspunkt. Von ihm meint Kierkegaard: »So wußte er den Genuß zu genießen, denn auf Genuß war sein ganzes Leben angelegt. Zuerst genoß er das Ästhetische persönlich, dann seine Persönlichkeit ästhetisch. Zuerst genoß er egoistisch persönlich, ... dann verflüchtigte sich seine Persönlichkeit, und nun genoß er die Situation und sich selbst in der Situation. Zuerst benutzte er die Wirklichkeit als Anlaß, als Moment; dann ließ er sie von der Poesie aufsaugen ...« (›Tagebuch des Verführers‹) Dies gilt gleichermaßen für Dostojewskijs Held wie auch für Rousseaus »schöne Seele« (siehe die zweite Vorrede zu Julie oder die neue Heloise; Rousseau ist ein wichtiger Bezugspunkt für Dostojewskij!). Sie sind wie Kierkegaards »ästhetischer Mensch« ein Produkt des romantisch-idealistischen Zeitalters. Beide sehen ihr höchstes Ideal im »Schönen und Erhabenen« – Kategorien, die Dostojewskij der Philosophie Kants und der Ästhetik Schillers entnahm. Diese ästhetischen Kategorien ersetzen dem »ästhetischen Menschen« die ethischen Werte des »Wahren« und »Guten« (vgl. dazu bei Hegel: »Schönheit und Wahrheit sind ein und dasselbe;« oder bei Schelling: »Schönheit ist das real angeschaute Absolute.«). Selbst die Religion, von Hegel ironisch als »Schönseligkeit« apostrophiert, wurde letztlich ästhetischen Kriterien untergeordnet. Damit ergab sich ein Zustand, der noch für das 20. Jahrhundert gilt, aber von Kierkegaard ebenso wie von Dostojewskij bereits vorweggenommen wurde.

Der »ästhetische Mensch« (Kierkegaard), Dostojewskijs naiver, romantischer Idealist, Rousseaus »schöne Seele« können die Umwelt und ihr eigenes Ich nur ästhetisch erleben, – beides wird ihnen zum *literarischen Text*. Damit wird eine wesentliche Eigenschaft des modernen Menschen erfaßt. Sartre hat dies für unsere Zeit so ausgedrückt: »Ich habe mir folgendes gedacht: Damit aus dem allergewöhnlichsten Vorfall ein Abenteuer wird, bedarf es und genügt es, daß man sich anschickt, es zu *erzählen*. Das nämlich täuscht den Menschen: Der Mensch ist immer ein Geschichtenerzähler, er lebt umgeben von seinen Geschichten und den Geschichten anderer, er sieht alles, was ihm widerfährt, von ihnen aus, und er sucht sein Leben zu leben, als würde er es erzählen. – Aber man muß wählen: leben oder erzählen.« (J.-P. Sartre, ›La nausée‹) Genau das sagt auch der Untergrundmensch am Ende der ›Aufzeichnungen‹: »... im gehei-

men sind wir uns vollkommen einig, daß es besser ist, literarisch zu leben. ... Nehmt uns die Bücher, und wir würden
uns sofort verlieren und verirren, ... Wir sind Totgeborene –
werden wir doch schon lange nicht mehr von lebendigen
Vätern gezeugt, ... Bald werden wir uns ausdenken, irgendwie aus der Idee gezeugt zu werden.« (S. 149 f.) So entwirft er
nach dem Muster der aristotelischen Poetik Beginn, Höhe-
punkt und Ende der Episoden, in die er sich einläßt, – und
kann es nicht verstehen, wenn sich die Realität nicht an seinen Entwurf hält. Wie Klim Samgin, der Held aus Gorkijs
gleichnamigem großen Roman, gehört er zu den Menschen,
die »sich selbst erfinden« (Gorkij). So sagt er »Hab' mir
Abenteuer ausgedacht und das Leben zurecht gedichtet, um
doch wenigstens auf diese Weise zu leben.« (S. 21) Seine
Begegnungen mit anderen Menschen sind *Duelle,* die er
sorgfältig choreographiert und in Szene setzt. Die Wirklichkeit wird so von seinen *Texten* verdrängt und erscheint zuletzt nur mehr als etwas Störendes und *Sonderbares,* mit dem
er nicht mehr zurechtkommt: »Ich war dermaßen gewöhnt,
literarisch zu denken und mir alles auf der Welt so vorzustellen, wie ich es mir in meiner Phantasie vorher zurechtgelegt
hatte, daß ich dieses Sonderbare zunächst nicht begriff.«
(S. 142) In der ästhetischen Aneignung der Welt durch die
literarische Phantasie erfährt das Ich einen Realitäts- und
Substanzverlust. Dieser Prozeß schließt auch den anderen
Menschen ein, den er zwingen muß, sich seinen literarischen
Entwürfen unterzuordnen. Dabei gerät der Untergrundmensch allerdings in einen Teufelskreis. Denn je mehr er
trachtet, die Wirklichkeit zu manipulieren, desto mehr ent-
gleitet oder widersetzt sie sich ihm. Die Selbstbestätigung,
die er sich erwartet, bleibt aus. Die Manipulation des Du
bedingt die des eigenen Ich.

Im ersten Teil der ›Aufzeichnungen‹, der sechzehn Jahre
nach dem zweiten Teil spielt, ist der Untergrundmensch sozusagen in eine »höhere« Textebene aufgestiegen, seine Texte sind vom Individuellen ins Allgemeine gewendet. Sie wer-

den nun von politischen und ideologischen Themen bestimmt, – vor allem von den Bestrebungen der Radikalen der sechziger Jahre. Sie möchten der gesamten Gesellschaft *einen* »Text« auferlegen, der von ihren rationalistischen, wissenschaftsgläubigen, vom Nützlichkeitsdenken motivierten Vorstellungen bestimmt ist. Der Untergrundmensch durchschaut allerdings die Fiktionalität dieses Textes, denkt ihn zu Ende und distanziert sich ironisch und zynisch von ihm. Wiesehr er auch versucht, aus dem Teufelskreis einander ablösender Texte auszubrechen, es gelingt ihm nicht. Damit wird er zum gültigen Symbol des »Gutenbergschen Zeitalters« überhaupt.

Sehen wir uns den Text der ›Aufzeichnungen‹ jedoch genauer an. Formal scheint sich Dostojewskij am Dreischritt der dialektischen Logik orientiert zu haben, er hat aber auch inhaltliche Elemente aus Hegels ›Phänomenologie des Geistes‹ übernommen. Was Hegel dort im Abschnitt »Verwirklichung des vernünftigen Selbstbewußtseins« sagt, charakterisiert unseren Helden recht genau: »Das Herzklopfen für das Wohl der Menschheit geht darum in das Toben des verrückten Eigendünkels über, in die Wut des Bewußtseins, gegen seine Zerstörung sich zu erhalten, . . .« Im selben Werk beschreibt Hegel das skeptische Bewußtsein als die absolute dialektische Unruhe, . . . »Sein Tun und seine Worte widersprechen sich immer, sein Gerede ist in der Tat ein Gezänke eigensinniger Jungen, . . .« Dies führt nach Hegel zum »unglücklichen, in sich entzweiten Bewußtsein«, das ja auch das Thema der ›Aufzeichnungen‹ ist!

Die beiden Teile des Werkes lassen sich in drei Abschnitte zu je drei Kapiteln gliedern. Im ersten Teil folgt ein abschließendes 10. Kapitel, das wohl bewußt außerhalb des Schemas steht, da Dostojewskij in ihm *seine* Lösung der Problematik des »Untergrundes« anbietet. Ein 11. Kapitel besorgt den Übergang zur Novelle. Der zweite Teil setzt diesen Übergang in einem einleitenden Kapitel fort. Diese überleitenden Passagen (S. 47–69) dürften den ursprünglichen Novellenbe-

ginn, an dem der Autor zu Jahresbeginn 1864 schrieb, beinhalten. Die darauffolgenden neun Kapitel lassen sich wieder
zu drei Abschnitten zusammenfassen.

Der erste Teil beinhaltet eine Polemik Dostojewskijs mit
den radikalen Intellektuellen seiner Zeit, die er im Februar
1864 begann, nachdem er die Novelle, an der er bereits einen
Monat gearbeitet hatte, vorläufig zur Seite legte. Der erste
Abschnitt dient als *Exposition*. Dostojewskij schildert Eigenschaften des Untergrundmenschen, wie Charakterlosig-
keit, Frustration, Bosheit, Vereinsamung. Er führt sie auf
das überentwickelte Bewußtsein der Menschen zurück, die
»Krankheit« seiner Zeit, wie sie auch bei Hegel im Kapitel
»Freiheit des Selbstbewußtseins, Stoizismus, Skeptizismus,
unglückliches Bewußtsein« zum Ausdruck kommt. Doch
Dostojewskijs Untergrundmensch ist mehr als nur Stoiker
und Skeptiker. Er ist in den sechziger Jahren zum frustrier-
ten Zyniker geworden, der sich aber noch immer nicht von
den romantischen Träumen seiner Jugend losreißen kann.
Der »Erkenntnis des Guten und all dieses ›Schönen und
Erhabenen‹« in Träumen, die sein wacher Geist ablehnt,
steht als Gegenpol der Ausbruch in die Wirklichkeit des
Lebens gegenüber. Ein ethisch motiviertes Handeln kennt
der ästhetische Mensch aber nicht, – jede ethische Festle-
gung, die »Charakter« bedeutet, fällt weg, und so ergibt er
sich einem schrankenlosen, in die Unmoral abgleitenden
Genießen. Sein *Tun* ist mit Hegel, »ein Tun der Be-
gierde«.

Der Untergrundmensch – die Schärfe seines Denkens ist
durchaus bewundernswert – muß erkennen, daß mit dem
Verlust ethischer Werte (= des Charakters) zwischen Gut
und Böse nicht mehr unterschieden werden kann, daß letztlich alles »unnormal« und »erbärmlich«, »eine Gemeinheit«
ist. (S. 11) Jedoch auch daraus gewinnt er noch Lust. Dahinter steht eine für den modernen Menschen wesentliche psy-
chologische Erkenntnis. Der Mensch, der von dem geschilderten Substanzverlust betroffen ist und an der Wirklichkeit

seiner eigenen Existenz verzweifelt, beweist sich die Realität seiner selbst im Erlebnis der Erniedrigung und des Schmerzes, in Erlebnissen, deren Realität eben nicht abzuleugnen ist. Dies hatte Lessing in einem Brief an Moses Mendelssohn schon im Jahre 1757 erläutert. Lessing meinte dort, »alle Leidenschaften [in der Sprache des 18. Jahrhunderts: Gefühle], auch die unangenehmsten, seien als Leidenschaften angenehm, denn bei jeder Leidenschaft *seien wir uns eines großen Grades unserer Realität bewußt und dieses Bewußtsein könne nicht anders als angenehm sein*«. Kummer, Leid, Kränkung, – vor allem aber unverdientes Leid, wurden damit als wirksamstes Stimulans erkannt, das dem Individuum ein erhöhtes Bewußtsein seiner Realität als Individuum vermittelte. Die konzentrierte Icherfahrung des Masochisten und Egoisten im Leid ist die letzte, ihm verbleibende Realität, an die er sich klammert, in die er flüchtet.

Dem reflektierenden Idealisten (Kierkegaards »ästhetischer Mensch«, Rousseaus »schöne Seele«), dessen Selbstbewußtsein bereits erwacht ist, steht der naive *natürliche Mensch* (der »homme de la nature et de la vérité«, wie ihn der Untergrundmensch mit einem Seitenhieb auf Rousseau ironisch bezeichnet; S. 14) gegenüber. Der *natürliche Mensch* rezipiert das naturwissenschaftliche Weltbild seiner Zeit unreflektiert und richtet es sich innerhalb dieser begrenzten Welt häuslich ein. Swerkoff, der Schulkollege des Untergrundmenschen, ist dafür ein Beispiel. Der von der Philosophie des Idealismus geprägte »ästhetische Mensch« erfährt jedoch schmerzlich den Gegensatz seiner unbegrenzten, idealen Ansprüche und einer von Logik und Kausalität (= der Steinmauer) bestimmten Wirklichkeit, deren Wirkungsmechanismen er nie ganz durchschauen kann. Ihre naturgesetzliche Folgerichtigkeit demütigt ihn auf Schritt und Tritt.

Im zweiten Abschnitt entfaltet Dostojewskij den *Konflikt*, der sich aus der eben geschilderten Situation ergibt. Die Naturgesetze erscheinen nun nicht mehr in ihrer passiven Funktion als Begrenzung der Handlungsfreiheit des Menschen, sondern greifen am Beispiel des Zahnschmerzes aktiv in die menschliche Existenz ein. Im Erlebnis dieses Schmerzes, dem der Mensch zur Zeit Dostojewskijs noch hilflos ausgeliefert war, erlebt er aufs neue eine Demütigung, die er wiederum in Lust umzusetzen versteht. Sein gedemütigtes Bewußtsein setzt Ästhetik und Phantasie ein, um sich ein Scheinleben zu erfinden, in dem weder Steinmauer noch Zahnschmerz existieren. Dies führt zuletzt in die Langeweile, aus der der Untergrundmensch nicht mehr herausfindet. Denn sobald er sich von seinem Traumleben ab- und der Realität zuwenden will, hält ihn sein hypertrophiertes Bewußtsein davon ab, zu einer konkreten Tat zu schreiten. Als bewußt und durch das Denken lebender Mensch sucht er nach einer letzten Begründung seines Handelns, die er in der endlosen Kette kausaler Verknüpfungen aber nicht finden kann. Zwischen einem erträumten Scheinleben und endlosem Grübeln eingespannt, versinkt er in Untätigkeit, aus der heraus er schließlich in den Genuß flüchtet, in das Laster.

Der dritte Abschnitt, die radikale *Lösung*, analysiert die Vorstellungen der naturwissenschaftsgläubigen Utilitaristen und Sozialisten im Rußland der sechziger Jahre rund um Tschernyschewskij und dessen Mitarbeiter an der Zeitschrift »Der Zeitgenosse«. (Sie sind auch die stummen Dialogpartner des Untergrundmenschen!) Tschernyschewskij hatte seine utopischen Vorstellungen im Roman ›Was tun?‹ niedergelegt, der den Lesern als »Lehrbuch des Lebens« (so der Autor selbst) dienen sollte. Gegen ihn richtet sich vor allem Dostojewskijs Polemik! Der Untergrundmensch benützt die Argumentation der Radikalen, an die er wohl einst auch selbst geglaubt hat, verkehrt sie aber ins Absurde. Die destruktive Wucht dieser drei Kapitel ist erdrückend und hat beim Leser immer wieder Begeisterung, aber auch Verzweiflung und Widerspruch erregt. Am Beginn steht eine präzise Zusammenfassung der wesentlichsten Argumente der Utilitaristen. Sie beruhen auf den Lehren von Jeremy Bentham und David Hume, die bei John Stuart Mill und den englischen Empiristen des 19. Jahrhunderts eine Fortsetzung fanden: »Wissen Sie vielleicht, wer es zum ersten Male ausgesprochen hat, daß der Mensch nur deswegen Schändlichkeiten begehe, weil er seine wahren Interessen nicht kenne, und daß, wenn man ihm seine eigentlichen, normalen Interessen erklärte, er sofort aufhören würde, Schändlichkeiten zu begehen, denn, einmal aufgeklärt über seinen Vorteil, würde er natürlich nur im Guten seinen Vorteil erkennen; bekanntlich aber könne kein einziger Mensch wissentlich gegen seinen eigenen Vorteil handeln, – folglich würde er sozusagen gezwungenermaßen immer nur Gutes tun?« (S. 25) Mit Tschernyschewskij und den russischen Aufklärern der sechziger Jahre, meint der Untergrundmensch, daß das schlechte Funktionieren der Gesellschaft wohl mit der mangelnden Einsicht der Menschen zu erklären sei und weist auf die Diskrepanz zwischen der humanitären Zielsetzung der Utilitaristen und dem tatsächlichen Zustand der Welt hin: »Blicken Sie um sich! Das Blut fließt in Strömen, und dazu noch auf eine so kreuzfidele Weise, als ob's Champagner wäre ...« (S. 28) Dann paraphrasiert er mit ironischem Unterton die grundlegende Annahme der wissenschaftsgläubigen Radikalen: »Folglich brauchte man dann nur diese Gesetze der Natur zu entdecken, und der Mensch werde für seine Handlungen nicht mehr verantwortlich sein und ein ungemein leichtes Leben beginnen können.« (S. 29 f.)

Der Ausschluß der Eigenverantwortlichkeit des Individuums werde allerdings zur Vermassung führen, zur einheitlich geordneten sozialistischen Gesellschaft, in der jeder Mensch ein Anrecht auf ein »Mindestmaß an Glück« habe. Für die wohlgeordnete sozialistische Gesellschaft steht als Symbol der Kristallpalast, d. h. das Weltausstellungsgebäude in London aus dem Jahre 1851, der erste moderne Großbau aus Glas und Stahl. (Auch darin liegt eine Anspielung auf Tschernyschewskijs Roman, in dem ein Glaspalast die sozialistische Zukunft symbolisiert!) Er fügt allerdings hinzu, daß der Mensch aus seiner angeborenen Undankbarkeit heraus dieses mathematisch gleichgeschaltete Glück zurückweisen wird und begründet dies auf originelle Weise: Man hätte nämlich übersehen, was *eigentlich* dem Menschen die *größte Lust* bereite und damit den *größten* Vorteil bedeute. Dies, – und damit nennt er die seiner Meinung nach tatsächlich *letzte* Ursache menschlichen Handelns – dies sei das Bestreben, *den eigenen freien Willen* zu verwirklichen: »Sein eigenes, freies Wollen, seine eigene, meinetwegen tollste Laune, seine eigene Phantasie, die mitunter selbst bis zur Verrücktheit verschoben sein mag, – das, gerade das ist ja dieser auf keiner einzigen Liste vermerkte vorteilhafteste Vorteil, der sich unmöglich klassifizieren läßt und durch den alle Systeme und Theorien beständig zum Teufel gehen. ... Der Mensch braucht einzig und allein *selbständiges* Wollen, was diese Selbständigkeit auch kosten und wohin sie auch führen mag.« (S. 31) Damit wird ein ins Chaotische mündender Voluntarismus als letzte unerwartete und paradoxe Konsequenz des wissenschaftsgläubigen Sozialismus und Utilitarismus postuliert.

Im 8. Kapitel geht Dostojewskij noch einen Schritt weiter. Hier wird der Gegensatz zwischen sozialistischer Utopie und dem chaotischen Wollen des Individuums auf einen grundlegenden Gegensatz in der psychologischen Struktur des Menschen zurückgeführt: Auf den Zwiespalt zwischen menschlicher Vernunft und den emotionalen, instinktiven, letztlich irrationalen Bedürfnissen, die im Wollen konzentriert sind: »Denn ich zum Beispiel will doch selbstverständlich leben, um meine ganze Lebenskraft zu befriedigen, nicht aber, um bloß meiner Vernunft Genüge zu tun, also irgendeinem zwanzigsten Teil meiner ganzen Lebenskraft.« (S. 34) Deshalb wird der Mensch, meinte der Untergrundmensch, stets irrational handeln, sei es auch nur darum, um seinen eigenen Willen durchzusetzen. Daraus folgt die bekannte Definition des Menschen: »ein Wesen, das auf zwei Beinen steht und undankbar ist«. (S. 35)

Das abschließende 9. Kapitel deutet bereits die positive Lösung an, die Dostojewskij im 10. Kapitel dem Leser vor Augen führen wollte. Er verurteilt nochmals das rationalistische Denken, für das er die Formel »Zweimal-zwei-ist-vier« wählt, die »aber schon nicht mehr Leben, meine Herrschaften, sondern der Anfang des Todes« ist. (S. 40) Dagegen meint er, »ist auch Zweimal-zwei-ist-*fünf* mitunter ein allerliebstes Sächelchen«. (S. 41) Er weist aber noch auf eine andere wesentliche Eigenschaft des Menschen hin: »Und der Mensch liebt zuweilen wirklich das Leiden, bis zur Leidenschaft kann er es lieben, und das ist Tatsache.« (S. 41) Er begründet dies auch: »Das Leiden – ja, das ist doch die einzige Ursache der Erkenntnis.« (ebda) Dies führt zur positiven, christlichen Lösung, die Dostojewskij wohl als Überwindung des hegelschen Dreischrittes im 10. Kapitel darstellen wollte.

Wir können Dostojewskijs Absichten in diesem von der Zensur stark gekürzten Kapitel nur schwer erkennen, denn: »die Zensoren sind Schweine, dort, wo ich über alles lästerte, und manchmal den Anschein einer Gotteslästerung gab, hat man es durchgelassen, aber dort, wo ich aus all dem die Notwendigkeit eines Glaubens an Christus herausfolgerte, da hat man es verboten . . .« (der Autor in einem Brief an seinen Bruder Michael). Wir können Dostojewskijs Absichten jedoch aus dem Kontext erschließen. In dem ›Tagebuch eines Schriftstellers‹ (1873) gab Dostojewskij einen Hinweis zum Verständnis der Intention seines Werkes: »Die Ursache des Untergrundes liegt im Verlust des Glaubens an allgemein verbindliche Grundsätze. ›Es gibt nichts Heiliges‹.« Der namenlose – weil allgemeingültige – Mensch aus dem Untergrund ist eben der Mensch des 19. Jahrhunderts, der den Glauben an Christus und, nach Dostojewskij, damit auch den Glauben an die »allgemein verbindlichen Grundsätze« und Werte der christlichen Tradition verloren hat. Er ist der Mensch, dessen Dasein seiner natürlichen Mitte – Gottes – beraubt ist, dessen »re-ligio« (= Rück-bindung) an das transzendentale Zentrum des Seins nicht mehr existiert.

Noch während der Arbeit am zweiten Teil der ›Aufzeich-nungen‹ starb im Frühjahr 1864 Dostojewskijs erste Frau. An ihrer Bahre meditierte der Dichter am Tag nach dem Tode und notierte seine Gedanken: »Allein Christus ... war das ewige, von Ewigkeit gesetzte Ideal, auf das hin der Mensch tendierte und nach dem Naturgesetz auch tendie-ren mußte. ... Nach der Epiphanie Christi als Ideal des Menschen im Fleisch, ist es klar, daß die höchste Entwick-lung der Persönlichkeit dahin führen muß, daß der Mensch sein ›Ich‹ vernichtet ... auf diese Weise fließt das ›Ich‹ mit dem Gesetz des Humanismus zusammen, und in diesem Zu-sammenfließen erreichen beide, sowohl das ›Ich‹ als auch die Allgemeinheit, das höchste Ziel ihrer individuellen Ent-wicklung. Das nun eben ist das Paradies Christi.« Aus dieser Passage, die in einem unmittelbaren zeitlichen Zusammen-hang mit den ›Aufzeichnungen‹ steht, geht die Bedeutung der Symbolfigur Christus für Dostojewskij hervor, und ebenso die darin dem Menschen gegebene Möglichkeit der Überwindung seiner Natur. Der seiner transzendentalen Bindung, der *re-ligio*, beraubte Mensch ist durch das Gesetz der Individualität gebunden. In der Nachfolge Christi, im Streben nach dem von Christus vorgelebten Ideal einer tota-len Hingabe und Aufgabe des Ich im Du, kann der Mensch die Beschränkung seines Ich überwinden. Damit wird auch der Sinn der eingangs zitierten Zeilen Puschkins klar, denen Dostojewskij vermutlich das Wort »Untergrund« (= Kel-lerloch; *russisch* »podpolje«) entnahm, – der Untergrund-mensch sehnt sich danach, von seinem Vater (= Gott) als Sohn wieder aufgenommen zu werden und rebelliert gegen ein irrationales »Schicksal« (= Herzog), das dies nicht zu-läßt.

Im Leid sollte der Mensch in der Nachfolge Christi zur Hingabe seines Ich an das Du finden. Auch bei Hegel ist eine positive Lösung angedeutet, die auf den ersten Blick mit der Dostojewskijs identisch zu sein scheint. Am Abschluß des Kapitels über das »unglückliche Bewußtsein« stehen in der

›Phänomenologie‹ folgende Gedanken, die in ihrer Formulierung dem Text Dostojewskijs sehr nahekommen: »Durch diese Momente des Aufgebens des eignen Entschlusses, dann des Eigentumes und Genusses ... hat [das Bewußtsein] in Wahrheit seines *Ich* sich entäußert, ... Die Verzichtleistung auf sich konnte es allein durch diese *wirkliche* Aufopferung bewähren; ... in der wirklich vollbrachten Aufopferung hat *an sich*, wie das Bewußtsein das *Tun* als das seinige aufgehoben, auch sein *Unglück* von ihm abgelassen.« Das Aufgeben des eigenen Willens führt bei Hegel zur Vernunft, bei Dostojewskij zum Glauben. Dostojewskij hat den hegelschen Begriffen einen religiösen Sinn unterschoben, der bei Hegel nicht vorhanden ist.

Der zweite Teil der ›Aufzeichnungen‹ bringt nach einer Einleitung, die den ursprünglichen Beginn der Novelle beinhalten dürfte, drei Episoden. Sie stellen dar, wie sich das Selbstbewußtsein des Untergrundmenschen einst vor sechzehn Jahren zu dem eines »Feiglings und Sklaven« (S. 52) entwickelt hat. Dostojewskij hielt sich hier anscheinend an Hegels Darstellung der Konstituierung des Selbstbewußtseins im Abschnitt »Herrschaft und Knechtschaft« in der ›Phänomenologie‹. Hegel sagt dort: »*Das Selbstbewußtsein erreicht seine Befriedigung nur in einem anderen Selbstbewußtsein* ... es muß darauf gehen, das *andere* selbständige Wesen aufzuheben, um dadurch *seiner* als des Wesens gewiß zu werden.« Dieses Verhaltensschema wird von Dostojewskij nach dem Muster des »Duells« gestaltet. So wie in der Begegnung mit dem Offizier im einleitenden Kapitel, wird in allen drei Episoden *das »Duell« des Untergrundmenschen mit einem anderen Selbstbewußtsein* dargestellt. In diesem »Duell« will sich das erwachende Selbstbewußtsein als Herr beweisen. Um Herr zu sein, und nur darin sieht das Selbstbewußtsein seine, allerdings illusorische, Freiheit, muß es sich gegen den Anderen behaupten. Die Einleitung führt zwei Beispiele an: In »verschiedenen überaus verrufenen Häusern« (S. 57) praktiziert der Untergrundmensch Machtausübung über das Du. Im »Duell« mit dem Offizier (S. 57–64) sucht er sein Selbstgefühl zu stärken. Beide Verhaltensmuster bestimmen auch den Inhalt der drei Episoden des zweiten Teils. Mit Hegel ist allerdings zu sagen, daß sich der Untergrundmensch weder in dem einen noch in dem anderen Fall als »herrisches« Bewußtsein durchsetzen kann, da er von seinem Gegenüber kaum wahrgenommen wird. In den beiden ersten Episoden *(These* und *Antithese)* wechseln sich Niederlage und Sieg ab.

In der ersten Episode möchte sich der Untergrundmensch endlich im Kreise seiner alten Schulkollegen durchsetzen, indem er nun sie so demütigt, wie diese es einst in der Schule mit ihm getan hatten. Das endet im Abschiedsmahl für Swerkoff mit einer Niederlage. Swerkoff nimmt ihn zwar als anwesend, aber keinesfalls als gleichberechtigt zur Kenntnis: »Wissen Sie, mein Verehrtester, daß Sie niemals und unter keinen Umständen *mich* beleidigen können!« (S. 93)

In den nächsten drei Kapiteln folgt die Antithese. Die Begegnung mit der Prostituierten Lisa bringt dem Untergrundmensch endlich die Anerkennung als gleichberechtigtes Selbstbewußtsein. Er erwacht im Bordell. Neben ihm liegt Lisa. Ihre Blicke treffen sich: »Lange sahen wir uns so an, doch sie senkte nicht die Augen vor mir und änderte nicht ihren Blick, so daß mir schließlich aus irgendeinem Grund gleichsam gruselig wurde.« (S. 101) Der Prozeß des gegenseitigen Erkennens ist nun endgültig vollzogen. Damit beginnt aber der Kampf um die Vorherrschaft. Der Untergrundmensch muß beweisen, daß *er* der *Herr* ist und der andere der *Knecht,* um sich in seiner Absolutheit zu bestätigen. Am Ende eines langen Monologes weist der Untergrundmensch im Rückblick ausdrücklich auf sein Motiv hin, wobei für den Hegelschen *Knecht* bei Dostojewskij der *Sklave* steht: »So bin ich doch niemandes Sklave; komme und gehe ... [während] du gleich von Anfang an – Sklavin bist. Jawohl, Sklavin ... Macht! Macht hatte ich damals nötig ... deine Erniedrigung ...« (S. 106, 140) Es ist ihm gelungen, sich als herrisches Bewußtsein durchzusetzen. Damit hat er vorerst einen Sieg errungen.

Doch bereits im Konflikt mit dem Diener Apollon zeichnet sich ein anderes Ende ab. Im dritten Abschnitt kehrt Lisa zum Untergrundmenschen zurück, und nun ist sie es, die ihn zu Tränen rührt. Ihr tiefes Mitleid, ihre Zuneigung zwingen ihn, sich seine heuchlerische, moralisierende, nur auf Egoismus eingestellte Haltung einzugestehen. Er bekennt seine Motive und erniedrigt sich damit vor ihr: »Unter anderem ging mir auch der häßliche Gedanke durch meinen heißen, verwirrten Kopf, daß jetzt die Rollen vertauscht waren, daß jetzt sie die Heldin war, ich aber ein ebenso erniedrigtes und zerschlagenes Geschöpf wie sie damals vor mir – in der Nacht, vor vier Tagen . . .« (S. 143) Damit scheint der Untergrundmensch wiederum einer Niederlage entgegenzugehen. In der Fortsetzung des Duells kann er jedoch das alte Verhältnis wieder herstellen. Er steckt Lisa dafür, daß sie sich ihm nochmals, aber diesmal aus echter Zuneigung hingegeben hat, einen Fünfrubelschein zu und erinnert sie damit an ihre »knechtische« Rolle als Prostituierte. Er meint, sich wiederum als »Herr« bestätigt zu haben, muß jedoch erkennen, daß der vermeintliche Sieg in Wirklichkeit eine weitere Niederlage ist. Hegel erläutert, daß es im Verhältnis von *Herr* und *Knecht* eben nur *eine* Art Bewußtsein gibt, – das knechtische Bewußtsein, das auch das Selbstbewußtsein des »Herren« bestimmt: »Die *Wahrheit* des selbständigen Bewußtseins ist demnach das *knechtische Bewußtsein*. Dieses erscheint zwar zunächst *außer* sich und nicht als die Wahrheit des Selbstbewußtseins. Aber wie die Herrschaft zeigte, daß ihr Wesen das Verkehrte dessen ist, was sie sein will, so wird auch wohl die Knechtschaft vielmehr in ihrer Vollbringung zum Gegenteile dessen werden, was sie unmittelbar ist; sie wird als in sich *zurückgedrängtes* Bewußtsein in sich gehen und zur wahren Selbständigkeit sich umkehren.«

Der Held wird in den Untergrund zurückverwiesen, für

das »knechtische« Bewußtsein Lisas bleibt die Hoffnung einer Weiterentwicklung. Der Untergrundmensch ist endgültig zu dem geworden, als was er am Beginn der ›Aufzeichnungen‹ vorgestellt wurde, zu einem »Feigling und Sklaven«, dessen Egoismus ihn für immer in den Untergrund verbannt. Die folgende, häufig zitierte Stelle, kann als gültiger Ausdruck dieser Haltung gelten: »Soll die Welt untergehen, oder soll ich keinen Tee trinken? Ich sage: die ganze Welt mag von mir aus untergehen, denn ich will Tee trinken.« (S. 140) Bis heute ist der Samowar in Rußland das nationale Symbol der Behaglichkeit (»Man trinkt Tee, damit man die Welt vergißt«, sagte schon der chinesische Philosoph T'ien Yiheng). Dostojewskij bezog sich möglicherweise aber auch auf Lessing, der ein Jahr vor seinem Tod schrieb: »Ob ich morgen leben werde, weiß ich nicht. Aber daß ich, wenn ich morgen lebe, Tee trinken werde, weiß ich gewiß.« (1780) Wie dem auch sei, es tritt hier das »Gesetz der Individualität« scharf hervor, das Rücksicht auf den anderen nicht kennt. Das positive Gegenbild dazu bleibt – wie auch im ›Idiot‹ und den ›Brüdern Karamasoff‹ – blaß und im Hintergrund. Dostojewskij hatte in späteren Jahren die Möglichkeit, das von der Zensur gekürzte 10. Kapitel zu ergänzen, nahm die Gelegenheit aber nicht wahr.

In der Geschichte der Literatur stehen die ›Aufzeichnungen‹ in einer vom 18. Jahrhundert bis in die Gegenwart reichenden Tradition. So hat Dostojewskijs Antiheld (so der Autor selbst; siehe S. 148) einen Vorgänger in Diderots ›Rameaus Neffe‹, einem Werk, das Goethe so begeisterte, daß er es ins Deutsche übertrug. Hegel weist in seiner ›Phänomenologie‹ ausdrücklich auf Diderots Werk hin, Marx und Freud bewunderten es. Auch Dostojewskijs Untergrundmensch trägt Züge von ›Rameaus Neffe‹. Karamsins rätselhafter Graf N. N. in ›Meine Beichte‹ (1802) wiederum ist der erste Antiheld in der russischen Literatur, dessen Egoismus und Zynismus bereits deutlich an den Untergrundmenschen denken lassen.

Sechs Jahre nach Dostojewskijs Tod las Friedrich Nietzsche die ›Aufzeichnungen‹. Sie begeisterten ihn. Er nannte sie einen »Geniestreich der Psychologie, eine Art Selbstverhöhnung des *gnoti sauton* [= erkenne dich selbst], aber mit einer leichten Kühnheit und Wonne der überlegenen Kraft hingeworfen, daß ich vor Vergnügen dabei ganz berauscht war«. (Brief an P. Gast vom 7. 3. 1887) Daß gerade Dostojewskijs *Antiheld* diese Wirkung ausübte, ist nicht verwunderlich. Ist er doch eine der überzeugendsten Darstellungen des vereinsamten, nur auf sich gestellten Individuums in der Literatur des 19. Jahrhunderts. Sein hypertrophierter Egoismus rührte wohl an eine verwandte Saite im Gemüt des Verkünders des Übermenschen. Ein Jahrzehnt später hat Thomas Mann die Novelle ›Der Bajazzo‹ (1897) unter sichtbarem Einfluß der ›Aufzeichnungen‹ geschrieben. In Stil, Struktur und Charakterdarstellung bestehen große Ähnlichkeiten zwischen den beiden Werken. Thomas Mann kannte und bewunderte Dostojewskijs Novelle. Auch in ›Tonio Kröger‹ ist der Antiheld der ›Aufzeichnungen‹ noch zu spüren. Franz Kafka sah in Dostojewskij einen »blutsverwandten« Autor. Auch er hatte die ›Aufzeichnungen‹ gelesen. Es ist möglich, daß die folgenden Zeilen Dostojewskijs auf die Entstehung der berühmten Erzählung ›Die Verwandlung‹ eingewirkt haben: »Jetzt möchte ich Ihnen erzählen, meine Herrschaften, gleichviel ob Sie es hören wollen oder nicht, warum ich nicht einmal ein Insekt zu werden verstand. Ich erkläre Ihnen feierlichst, daß ich schon mehrmals ein Insekt werden wollte. Aber selbst diese Würde blieb mir versagt.« (S. 9) Gregor Samsa wird in der ›Verwandlung‹ tatsächlich zum Insekt. Kafka realisiert damit eine Metapher Dostojewskijs. Im Jahre 1957 erhielt Albert Camus den Nobelpreis für Literatur. Ein Jahr davor hatte er ›La Chute‹ (Der Fall; 1956) veröffentlicht, ein Werk, das Dostojewskijs ›Aufzeichnungen‹ nachempfunden ist. Camus' Erzähler zeigt denselben Drang zur Selbstanalyse, dieselbe geschliffene Logik, dasselbe hypertrophierte Selbstbewußtsein wie Dostojewskijs Antiheld. Auch in der Form – das Werk ist ein Dialog, dessen eine Seite nur in den Repliken des Sprechers Ausdruck findet – entspricht ›La Chute‹ den ›Aufzeichnungen‹.

Die Faszination der ›Aufzeichnungen aus dem Untergrund‹, die der bekannte amerikanische Literaturwissenschaftler Lionel Trilling als »radikal und brillant« bezeichnete und zusammen mit Diderots ›Rameaus Neffe‹ an die Spitze des zweiten Teils seiner Einführung in die Literatur der Moderne setzte, reicht bis in die Gegenwart. Ist doch die Figur des Menschen aus dem Untergrund auch in unserer Gesellschaft noch präsent.

Rudolf Neuhäuser

1821 Fjodor Michailowitsch Dostojewskij am 11. November als
      Sohn eines Armenarztes in Moskau geboren.
1837 Am 11. März Tod der Mutter durch Schwindsucht.
1838–43 Besuch der Ingenieurschule der Petersburger Militäraka-
      demie. Lektüre und erste dichterische Versuche; besonde-
      re Begeisterung für Schiller und Puschkin.
1839 Ermordung des Vaters durch Leibeigene auf seinem
      Landgut.
1842 Ernennung zum Leutnant.
1843 Anstellung als technischer Zeichner im Kriegsministerium.
1844 Entschluß, als freier Schriftsteller zu leben; Aufgabe der
      Stellung im Ministerium.
1845 Bekanntschaft mit den Dichtern Nekrassow und Turgen-
      jew und dem Literaturkritiker Wissarion Belinskij.
1846 Dostojewskijs Erstling, der Briefroman *Bednye ljudi* (dt.
      Arme Leute), erscheint mit triumphalem Erfolg in Nekras-
      sows *Petersburger Almanach*. Unter dem Einfluß Belins-
      kijs erster Kontakt zu der revolutionären Geheimgesell-
      schaft um Petraschewskij und Durow.
1847 Novelle *Die Wirtin*. Bruch mit Belinskij.
1848 Mehrere Erzählungen, darunter *Weiße Nächte, Das
      schwache Herz, Der ehrliche Dieb.*
1849 Am 5. Mai Verhaftung Dostojewskijs und aller anderen
      Mitglieder der Petraschewskij-Gruppe. Im September
      Prozeß mit Todesurteil, dessen Umwandlung zu vier
      Jahren Zwangsarbeit und vier Jahren Militärdienst in Si-
      birien erst auf dem Richtplatz verkündet wird. In der
      Untersuchungshaft Abfassung der Erzählung *Ein kleiner
      Held.*
1850–54 Strafhaft in der Festung Omsk (Sibirien). Dort Auftreten
      der ersten schweren epileptischen Anfälle.
1854–56 Militärdienst in Semipalatinsk in Sibirien.
1856 Beförderung vom Unteroffizier zum Fähnrich.
1857 Am 14. Februar Eheschließung mit Marja Dmitrijewna
      Isajewa.
1859 Rückkehr nach St. Petersburg. Der Roman *Das Gut Ste-
      pantschikowo und seine Bewohner* erscheint.
1861 Bekanntschaft mit Gontscharow, Tschernyschewskij, Do-
      broljubow, Ostrowskij und Saltykow-Schtschedrin. Be-
      ginn der leidenschaftlichen Liebe zu Apollinarija (»Poli-

na«) Suslowa. Die *Aufzeichnungen aus einem toten Hause,* Darstellungen der sibirischen Wirklichkeit, und der Roman *Erniedrigte und Beleidigte* erscheinen.

1861–63 Mit seinem Bruder Michail Herausgeber der Zeitschrift *Wremja.* Zusammenarbeit mit Nikolai Strachow und Apollon Grigorjew.

1862 Erste Europareise: Berlin, Dresden, Paris, London, Genf, Florenz, Mailand, Venedig, Wien. In London Zusammentreffen mit dem exilierten russischen Publizisten und Revolutionär Alexander Herzen sowie mit Bakunin.

1863 Zweite Europareise, z. T. in Begleitung Polinas. In Wiesbaden erstmals am Roulett-Tisch. Große Spielverluste in Baden-Baden und Bad Homburg. Im April Verbot der *Wremja.* Veröffentlichung des Berichts über die erste Europareise: *Winterliche Aufzeichnungen über sommerliche Eindrücke.*

1864–65 Mit seinem Bruder Michail, später A. U. Poreckij, Herausgeber der Zeitschrift *Epoche.*

1864 Am 27. April Tod seiner Frau Marja Dmitrijewna. Am 22. Juli Tod des Bruders Michail. Die *Aufzeichnungen aus dem Untergrund* erscheinen.

1865 Dritte Europareise (Wiesbaden, Kopenhagen). Erneutes Zusammensein mit Polina. Wieder große Spielverluste.

1866 Der Roman *Prestuplenie i nakasanie* (dt. *Schuld und Sühne, Rodion Raskolnikow*) erscheint in der Zeitschrift *Russkij westnik.* Der in 26 Tagen niedergeschriebene Roman *Der Spieler* erscheint im Verlag Stellowskij.

1867 Am 27. Februar Eheschließung mit Anna Grigorjewna Snitkina. Im April Flucht beider vor den Gläubigern ins Ausland.

1867–71 Dauernder Aufenthalt in Westeuropa – Deutschland, Schweiz, Italien. Unüberwindliche Spielsucht; ständige Verluste. In Baden-Baden Zusammenkunft mit Turgenjew; endgültiger Bruch.

1868 Am 5. März in Genf Geburt der Tochter Sonja; am 24. Mai Tod des Kindes. *Der Idiot* erscheint.

1869 Am 26. September in Dresden Geburt der Tochter Ljubow.

1871 Im Juli Rückkehr nach St. Petersburg, wo der Sohn Fjodor geboren wird. Der Roman *Besy* (dt. *Die Dämonen*) beginnt in der Zeitschrift *Russkij westnik* zu erscheinen. Neuer literarischer Ruhm.

1873 Dostojewskij übernimmt für 15 Monate die Schriftleitung der Zeitschrift *Grashdanin.*

1875   Geburt des zweiten Sohnes Aljoscha (gest. 1878). Wegen eines Lungenemphysems Kuraufenthalt in Bad Ems. Der Roman *Der Jüngling* erscheint in *Otetschestwennye Sapiski.*

1876–77 Herausgeber und alleiniger Autor der Monatsschrift *Tagebuch eines Schriftstellers.*

1877/78 Aufnahme in die Kaiserliche Akademie der Wissenschaften als korrespondierendes Mitglied.

1879–80 *Die Brüder Karamasow* erscheinen in der Zeitschrift *Russkij westnik.*

1880   Am 20. Juni Ansprache anläßlich der Enthüllung des Puschkin-Denkmals in Moskau (*Puschkin-Rede*).

1881   Dostojewskij stirbt am 9. Februar an den Folgen eines Blutsturzes in St. Petersburg. Beisetzung im Alexander-Newskij-Kloster.

1882–83 *Polnoe sobranie sotschinenij,* 14 Bde. (St. Petersburg).

1906–19 *Sämtliche Werke,* 22 Bde., übers. v. E. K. Rahsin (München).

(Die Daten der Zeittafel sind nach dem Kalender neuen Stils angegeben.)

LITERATURHINWEISE

BIBLIOGRAPHIEN

Muratova, K. D. (Hrsg.): Istorija russkoj literatury XIX veka. Bibliografičeskij ukazatel'. Moskau/Leningrad 1962.

Seduro, Vladimir: Dostoyevski in Russian Literary Criticism 1846–1956. New York 1957.

Ders.: Dostoevski's Image in Russia Today. Belmont, Massachusetts: Nordland 1975.

F. M. Dostoevskij. Bibliografija proizvedenij F. M. Dostoevskogo i literatury o nem: 1917–1965. Hrsg. von A. A. Belkin, A. S. Dolinin, V. V. Kožinov. Moskau 1968.

Kampmann, Theoderich: Dostojewski in Deutschland. Münster 1931.

Setschkareff, V.: Dostojevskij in Deutschland. In: Zeitschrift für slavische Philologie, 22, 1954, S. 12–39.

Gerigk, Horst-Jürgen: Notes Concerning Dostoevskii Research in the German Language after 1945. In: Canadian-American Slavic Studies, VI, 1972, 2, S. 272–285.

Neuhäuser, Rudolf (Hrsg.): Bulletin of the International Dostoevsky Society, I–IX, 1972–1979. Vertrieb durch: M. Rice, University of Tennessee, Dept. of Germanic & Slavic, Knoxville, Tenn. 37916, USA. Ab 1980 neuer Titel: ›Dostoevsky Studies‹. (Darin: eine ausführliche Bibliographie zu den ›Aufzeichnungen aus dem Untergrund‹).

AUSGABEN

Zapiski iz podpol'ja. In Epocha (Zeitschrift d. Brüder Dostojewskij), Nr. 1–2 (1864): 497–519; Nr. 4 (1864): 293–367.

Dass. in: Polnoe sobranie sočinenij, in vier Bänden, hrsg. v. Stellovskij, St. Petersburg 1865–70, Bd. 2.

Dass. in: Polnoe sobranie sočinenij, in 14 Bänden, hrsg. v. A. G. Dostoevskaja, St. Petersburg 1882–83, Bd. 3.

Dass: Polnoe sobranie sočinenij, in sechs Bänden, hrsg. v. A. G. Dostoevskaja, St. Petersburg 1885–86, Bd. 2.

Dass. in: Polnoe sobranie chudožestvennych proizvedenij, in dreizehn Bänden, hrsg. v. Tomasevskij, Moskau u. Leningrad, 1926–30, Bd. 4.

Dass. in: Polnoe sobranie sočinenij, in dreißig Bänden, Leningrad 1972ff., Bd. 5.

Übersetzungen: Aus dem dunkelsten Winkel der Großstadt. Übers.

v. A. Markow, Berlin 1895. Aufzeichnungen eines Paradoxen. In: Das Magazin für Literatur, Jg. 66, Nr. 49–52, 1897. Aus dem Dunkel der Großstadt. Übers. v. E. K. Rahsin, München 1907. Dass.: H. Röhl, Leipzig 1921. Dass.: F. Scharfenberg, München 1922. Aufzeichnungen aus einem Kellerloch. Übers. v. A. Luther, München 1927. Aufzeichnungen aus dem Untergrund. Übers. v. E. K. Rahsin, München 1969.

ZU LEBEN UND WERK

Dostoevskaja, Anna G.: Vospominanija, hrsg. von L. P. Grossman. Moskau, Leningrad 1925. Deutsch: Die Lebenserinnerungen der Gattin Dostojewskijs, hrsg. von René Fülöp-Miller und Friedrich Eckstein. München 1925.

Fülöp-Miller, R./F. Eckstein: Dostoevskij am Roulette. München 1925.

Nötzel, Karl: Das Leben Dostojewskis. Leipzig 1925. Reprint Osnabrück 1967.

Dostoevskij, F. M.: Pis'ma [Briefe], 4 Bde. Hrsg. von A. S. Dolinin. Moskau/Leningrad 1928–1959. Deutsch in Auswahl: Dostojevskij: »Als schwanke der Boden unter mir«. Briefe 1837–1881. Übersetzt von Karl Nötzel, hrsg. von Wilhelm Lettenbauer. Wiesbaden 1954; sowie: Gesammelte Briefe 1833–1881. Übersetzt, herausgegeben und kommentiert von Friedrich Hitzer, unter Benutzung der Übertragung von Alexander Eliasberg. München 1966.

Carr, Erward Hallet: Dostoevsky. A new biography. London 1931. Neuaufl. 1949.

Dempf, A.: Die drei Laster. Dostoevskijs Tiefenpsychologie. München 1946.

Lauth, Reinhard: »Ich habe die Wahrheit gesehen«. Die Philosophie Dostojewskis in systematischer Darstellung. München 1950.

Doerne, Martin: Gott und Mensch in Dostojewskijs Werk. Göttingen 1957.

Grossman, L. P.: Dostoevskij-chudožnik. In: Tvorčestvo Dostoevskogo, hrsg. von N. L. Stepanov. Moskau 1959.

Onasch, Konrad: Dostojewski-Biographie. Zürich 1960.

Kovalevskaja, Sonja: V.: Vospominanija i pis'ma. Moskau 1961. Deutsch: Sonja Kowalewski: Jugenderinnerungen. Frankfurt a. Main 1968.

Onasch, Konrad: Dostojewskij als Verführer. Zürich 1961.

Magarshak, David: Dostoevsky. New York 1962. Reprint: Westport, Connecticut: Greenwood Press 1976.

Wellek, René (Hrsg.): Dostoevsky. A Collection of Critical Essays. Englewood Cliffs, New Jersey: Prentice Hall 1962.

Lavrin, Janko: Fjodor M. Dostoevskij. Reinbek b. Hamburg 1963.

Troyat, Henri: Dostojewski. Freiburg i. B. 1964.

Dolinin, A. S. (Hrsg.): F. M. Dostoevskij v vospominanijach sovremennikov. 2 Bde., Moskau 1964.

Fanger, Donald: Dostoevsky and Romantic Realism. Cambridge, Mass.: Harvard University Press 1965.

Jackson, Robert Louis: Dostoevsky's Quest for Form. A Study of his Philosophy of Art. New Haven/London 1966.

Bachtin, Michail: Problemy poetiki Dostoevskogo. 2. Aufl. Moskau 1963. Deutsch in: Michail Bachtin: Literatur und Karneval. Zur Romantheorie und Lachkultur. München 1969.

Holthusen, Johannes: Prinzipien der Komposition und des Erzählens bei Dostojevskij. Köln/Opladen 1969.

Thieß, Frank: Dostojewski. Realismus am Rande der Transzendenz. Stuttgart 1971.

Schmid, Wolf: Der Textaufbau in den Erzählungen Dostoevskijs. München 1973.

Braun, Maximilian: Dostojewskij. Das Gesamtwerk als Vielfalt und Einheit. Göttingen 1976.

Müller, Ludolf: Dostoevskij. Tübingen 1977 (= Skripten des Slavischen Seminars der Universität Tübingen, 11).

Neuhäuser, Rudolf: Das Frühwerk Dostoevskijs. Literarische Tradition und gesellschaftlicher Anspruch. Heidelberg 1979.

ZUR ERZÄHLUNG

Bibliographie: International Dostoevsky Society, Bulletin (hrsg. v. R. Neuhäuser), No. 5, 1975 (76–88).

Jackson, Robert Louis: Dostoevsky's Underground Man in Russian Literature, Den Haag, Mouton, 1958.

Holdheim, W. Wolfgang: Die Struktur von D's ›Aufzeichnungen aus dem Kellerloch‹, in: Deutsche Vierteljahrsschrift für Literaturwissenschaft und Geistesgeschichte, 47 (1973): 310–323.

Neuhäuser, Rudolf: Romanticism in the Post-Romantic Age: A Typolocical Study of Antecedents of D's Man from Underground, in: Canadian-American Slavic Studies, 8 (1974): 333–358.

Skaftymov, A. P.: Zapiski iz podpol'ja sredi publicistiki Dostoevskogo, in: Nravstvennye iskanija russkich pisteley, Moskau 1972: 88–133 (Erstmals in: Slavia, 1 (1929): 101–117; 2 (1929): 312–334).

ANMERKUNGEN

[1] S. 5: Das russische Wort »Podpólje« bezeichnet einen »Raum unter dem Fußboden«, gleichviel ob er einen Keller, eine Vorratskammer oder ein geheimes Versteck enthält. Als Eigenschaftswort (podpólnui) ist es gebräuchlich für »geheim«, z. B. in »podpóljnaja petschatj« – die geheime, nicht erlaubte Presse. Im übertragenen Sinne handelt es sich hier um einen Bericht aus dem geheimen Untergrund (Souterrain) einer Menschenseele, aus ihrem offiziell nicht bekannten Versteck unterhalb des Tagesbewußtseins.

Der Autor ist in dieser Beichte überaus sparsam mit Ausrufungszeichen, selbst dann, wenn kurze Sätze mit dem Ausruf »Oh« beginnen. Besonders auffallend ist das im VI. Kapitel. Vielleicht ist dieser Monolog stellenweise mit zusammengebissenen Zähnen gedacht.

[2] S. 28: Henry Thomas Buckle (1823–1862), englischer Kulturhistoriker, dessen Hauptwerk ›History of civilisation in England‹ (1857) Aufsehen erregte und zum Teil heftigen Widerspruch fand wegen seiner Tendenz zu einer materialistischen Weltanschauung, andererseits wegen seiner vielseitigen Anregungen sehr geschätzt wurde, besonders von den russischen Studenten.

[3] S. 28: Sténjka Rásin war der Anführer des großen Kosakenaufstandes von 1667–71. In Volksliedern vielbesungener Freiheitsheld. Er wurde 1671 besiegt, gefangen und hingerichtet.

[4] S. 50: Dostojewskij hat dem Zweiten Teil dieser Aufzeichnungen, ›Bei nassem Schnee‹ einen Auszug aus einem Gedicht als Motto vorausgeschickt. Die wörtliche Übersetzung dieses Bruchstücks lautet:

»Als ich die gefallene Seele, mit heißen Worten überzeugend, aus dem Dunkel der Verirrung erlöste, und du, erfüllt von tiefster Qual, händeringend das Laster, das dich umstrickt hatte, verfluchtest; als du das vergeßliche Gewissen mit Erinnerungen geißeltest und mir alles erzähltest, was vor mir gewesen war, und plötzlich, das Gesicht in den Händen verbergend, erfüllt von Scham und Entsetzen, in Tränen ausbrachst, aufgewühlt, erschüttert ... Usw. usw. usw.

Aus einem Gedicht von
N. A. Nekrassoff.«

Die Schlußzeilen desselben Gedichts sind als Motto vor dem IX. Abschnitt (S. 135) zitiert:

»Und in mein Haus tritt frei und stolz
Als seine Herrin ein.«

Die russische Kritik (K. Motschulskij) sieht in dieser Tragödie der

Liebe des Menschen aus dem Untergrund den »Schiffbruch der gesamten romantischen Ethik« und beanstandet namentlich das höhnische »Usw., usw., usw.«, mit dem der Autor das Zitat aus dem »humanen Gedicht« Nekrassoffs abbricht.

⁵ S. 53: Die für deutsche Leser unklaren Anspielungen auf »unsere damaligen *positiven* Publizisten und Kritiker« sind von Dostojewskij ausführlicher wie folgt gebracht. In Gogols ›Toten Seelen‹ sind unter den vielen unzulänglichen Gutsbesitzern nur zwei erfreuliche Musterlandwirte geschildert: ein gewisser Kostanshóglo und ein Onkelchen Pjotr Iwánowitsch, die denn auch die »positivistischen« Publizisten damals hell begeisterten. »Aus Dummheit« hätten sie dann solche Musterlandwirte »für unser Ideal gehalten« und den andersdenkenden »Romantikern« deren angeblich unpraktischen Sinn vorgehalten, bzw. angedichtet oder »aufgebunden«.

Bemerkt sei noch, daß Dostojewskijs öfter vorkommende Ausfälle gegen die Schule und die Jahre seiner »verhaßten Kindheit« nicht autobiographisch zu verstehen sind, sondern nur zu der erdichteten Gestalt gehören (S. 69). An die eigene Kindheit hat sich Dostojewskij immer gern erinnert.

INHALT

Aufzeichnungen aus dem Untergrund
Eine Erzählung

Erster Teil: Der Untergrund 5
Zweiter Teil: Bei nassem Schnee 50

ANHANG

Nachwort. 153
Zeittafel 174
Literaturhinweise 177
Anmerkungen 180

Literatur bei Piper – eine Auswahl

Jürg Amann · Ach, diese Wege sind sehr dunkel
Drei Stücke. 1985. 122 Seiten. Serie Piper 398

Jürg Amann · Die Baumschule
Berichte aus dem Réduit. 2. Aufl., 6. Tsd. 1982. 157 Seiten. Geb.
(Auch in der Serie Piper 342 lieferbar)

Jürg Amann · Nachgerufen
Elf Monologe und eine Novelle. 1983. 110 Seiten. Geb.

Birgitta Arens · Katzengold
Roman. 5. Aufl., 31. Tsd. 1982. 222 Seiten. Geb.
(Auch in der Serie Piper 276 lieferbar)

Giorgio Bassani · Die Gärten der Finzi-Contini
Roman. 5. Aufl., 19. Tsd. 1984. 358 Seiten. Serie Piper 314

Ludwig Fels · Der Anfang der Vergangenheit
Gedichte. 1984. 118 Seiten. Geb.

Ludwig Fels · Die Eroberung der Liebe
Heimatbilder. 1985. 131 Seiten. Geb.

Italienische Erzählungen des 20. Jahrhunderts
Hrsg. von Klaus Stiller. 1982. 468 Seiten. Leinen.

Sten Nadolny · Die Entdeckung der Langsamkeit
Roman. 4. Aufl., 46. Tsd. 1985. 358 Seiten. Geb.

Cynthia Ozick · Die Kannibalengalaxis
Roman. 1985. 215 Seiten. Geb.

Salman Rushdie · Mitternachtskinder
Roman. 1983. 612 Seiten. Geb.

Salman Rushdie · Scham und Schande
Roman. 1985. 368 Seiten. Geb.

Russische Lyrik
Gedichte aus drei Jahrhunderten. Ausgewählt und eingeleitet von Efim Etkind.
1981. 575 Seiten. Leinen

Antonio Skármeta · Mit brennender Geduld
Roman. 2. Aufl., 12. Tsd. 1985. 150 Seiten. Geb.

Giuseppe Tomasi di Lampedusa · Der Leopard
Roman. 16. Aufl., 204. Tsd. 1984. 198 Seiten. Serie Piper 320

Federigo Tozzi · Das Gehöft
Roman. 3. Aufl., 8. Tsd. 1985. 189 Seiten. Geb.